DIE WELT DES CHRESTOMANCI

Sieben Tage Hexerei

Diana Wynne Jones

DIE WELT DES CHRESTOMANCI

Sieben Tage Hexerei

Aus dem Englischen von
Friedl Hofbauer und Anna Melach

CARLSEN

Außerdem bei Carlsen erschienen:
DIE WELT DER CHRESTOMANCI
Zauberstreit in Caprona
Neun Leben für den Zauberer

Unter dem Titel »Hexenwoche« 1984 in gekürzter Fassung
im Cecilie Dressler Verlag erschienen.

2 3 4 03 02 01

Originalverlag: Macmillan Children's Books, Great Britain 1982
Originaltitel: Witch Week
Deutsch von Friedl Hofbauer und Anna Melach
Umschlagtypografie: Doris K. Künster
Umschlagillustration: Sabine Wilharm
Satz: Dörlemann Satz, Lemförde
Druck und Bindung: Pustet, Regensburg
ISBN: 3-551-55215-0
Printed in Germany

Erstes Kapitel

Auf dem Zettel stand: JEMAND IN DIESER KLASSE IST EIN(E) HEXE(R). In Großbuchstaben. Mit einem gewöhnlichen blauen Kugelschreiber geschrieben. Der Zettel lag zwischen zwei Geografieheften, die Mr Crossley soeben ausbesserte. Jeder konnte das geschrieben haben. Unglücklich strich Mr Crossley über seinen rotblonden Schnurrbart und betrachtete die über ihre Schreibarbeit gebeugten Köpfe der Klasse. Er wusste nicht recht, was er tun sollte.

Er entschloss sich, den Zettel *nicht* der Frau Direktor zu zeigen. Die Sache war vielleicht nur ein dummer Witz, und Miss Cadwallader hatte keinen Humor. So etwas konnte man nur mit ihrem Stellvertreter besprechen, mit Mr Wentworth. Die Schwierigkeit dabei war allerdings, dass Mr Wentworth einen Sohn in dieser Klasse sitzen hatte. Der schmächtige Junge ziemlich weit hinten, der jünger aussah als die anderen Kinder, war Brian Wentworth. So ging es also auch nicht. Mr Crossley entschloss sich, den unbekannten Schreiber des Zettels aufzufordern, er möge sich freiwillig melden, und er würde der Klasse erklären, was für eine schwerwiegende Anschuldigung es war, jemanden als HEXE(R) zu bezeichnen. Das Weitere konnte er wohl dem Gewissen des Zettelschreibers überlassen.

Mr Crossley räusperte sich. Ein paar Köpfe hoben sich, voll Hoffnung auf eine kleine Abwechslung, aber Mr Crossley hatte es sich schon wieder überlegt. Es war schließlich Tagebuchstunde, und die sollte nur in dringenden Notfällen unterbrochen werden. Die Larwood-Schule hielt diese Regel sehr streng ein. Sie war überhaupt sehr streng in vielen Dingen, denn sie war ein Internat, und zwar kein privates, sondern ein staatliches. Ein Internat für Hexen-Waisen und andere Problemkinder. Die Tagebücher selbst galten als streng privat. Jeden Tag musste jeder Schüler und jede Schülerin eine halbe Stunde lang dem Tagebuch die geheimsten Gedanken anvertrauen, und bevor nicht alle damit fertig waren, wurde nicht weiter unterrichtet. Mr Crossley fand diese Idee bewundernswert.

Der eigentliche Grund aber, dass Mr Crossley beschlossen hatte, die Sache weiterzumelden, war, dass die Anschuldigung möglicherweise stimmte. Ein entsetzlicher Gedanke. In der 2Y konnte ohne weiteres eine Hexe sitzen. Nur Miss Cadwallader wusste genau, wer in der Klasse ein verwaister Hexensprössling war, und Mr Crossley nahm an, dass es eine ganze Menge davon gab. In anderen Klassen hatte er das stolze und glückliche Gefühl, ein guter Lehrer zu sein. In der 2Y konnte dieses Gefühl niemals aufkommen. Nur zwei Schüler machten ihm Freude: Theresa Mullett und Simon Silverson. Sie waren beide Musterschüler. Die übrigen Mädchen waren mittelgut bis miserabel und ziemlich farblos, bis auf die kleine Plappertasche Estelle Green und diesen Unglückswurm Nan Pilgrim, die ihm sehr unsympathisch war.

Die Jungen ließen sich in unterschiedliche Gruppen einteilen: Ein paar sahen Simon Silverson als ihr Vorbild an, aber viel zu viele scharten sich um den frechen Dan Smith. Ein paar bewunderten den hoch aufgeschossenen Inderjungen Nirupam Singh. Oder sie waren Einzelgänger wie Brian Wentworth und der unerfreuliche Charles Morgan.

Mr Crossley schaute zu Charles Morgan hinüber, und der schaute mit seinem berühmten scheinbar uninteressierten und zugleich tückischen Blick zurück. Charles trug eine Brille, und die vergrößerte seinen bösen Blick noch. Mr Crossley sah schnell weg, wandte sich wieder dem Zettel zu. Was sollte er bloß damit anfangen?! Die 2Y gab nun die Hoffnung auf, dass irgendetwas Aufregendes passierte. Alle beugten sich wieder über ihre Tagebücher.

»28. Oktober«, schrieb Theresa Mullett in ihrer runden, sauberen, engelhaften Schrift. »Mr Crossley hat einen Zettel zwischen unseren Geografieheften gefunden. Ich dachte zuerst, er sei von Miss Hodge, weil wir doch alle wissen, dass Teddy unsterblich in sie verliebt ist. Aber er schaut den Zettel so betrübt an, dass ich eher glaube, eines dieser dummen Mädchen aus unserer Klasse hat ihn geschrieben. Estelle Green vielleicht. Nan Pilgrim konnte im Turnen nicht über das Pferd springen. Sie hopste bloß und kam einfach nicht rüber. Wir haben schrecklich gelacht.«

Simon Silverson schrieb: »28. 10. Wissen möchte ich, wer den Zettel zwischen die Hefte gesteckt hat. Ich hab die Hefte eingesammelt, und dabei fiel er von irgendwo heraus. Ich hab ihn wieder hineingesteckt. Wenn jemand den Zettel gefunden hätte, würden wir alle in der Tinte sitzen. Diese Eintragung ist natürlich streng geheim.«

»Ich verstehe nicht«, schrieb Nirupam Singh verträumt, »wie jemand irgendetwas wirklich Wichtiges ins Tagebuch schreiben kann. Wir wissen ja, dass Miss Cadwallader in den Ferien unsere Tagebücher liest. Meine geheimsten Gedanken schreibe ich nicht auf. Ich beschreibe lieber den Seiltrick, den ich in Indien sah, bevor ich mit meinem Vater hierher nach England kommen musste.

Zwei Plätze von Nirupam entfernt kaute Dan Smith lange an seiner Füllfeder, bis er endlich zu schreiben begann: »Ich halte es nicht für richtig, dass man seine geheimsten Gefühle aufschreiben muss. Ich meine, es nimmt einem doch alle Freude an Geheimnissen und man weiß dann überhaupt nicht, was man schreiben soll. Wenn man sie aufschreibt, sind sie doch nicht mehr geheim!«

»Ich glaube nicht«, schrieb Estelle Green, »dass ich heute ein geheimes Gefühl habe. Aber ich wüsste so gern, was auf dem Zettel von Miss Hodge steht, den Teddy eben gefunden hat. Ich glaube, sie mag ihn gar nicht, jedenfalls lässt sie ihn immer abblitzen.«

Hinten in der Klasse saß Brian Wentworth und schrieb seufzend: »Ich liebe Fahrpläne, das ist mein

Problem. In Geografie wollte ich mit dem Bus von London nach Bagdad fahren. Über Paris. In der nächsten Stunde fahr ich über Berlin.«

Nan Pilgrim kritzelte: »Botschaft an diejenige, die ihre Nase in unsere Tagebücher steckt: Sind Sie Miss Cadwallader? Oder stiften Sie Mr Wentworth dazu an?« Nan starrte auf ihr Gekritzel. Das hatte sie wirklich zu schreiben gewagt? So etwas passierte ihr immer wieder. Aber, dachte sie, es gibt schließlich ein paar hundert Tagebücher und noch viel mehr Eintragungen darin. Die Gefahr, dass Miss Cadwallader ausgerechnet diese hier las, schien ihr sehr gering. Vor allem dann, wenn sie ausschließlich lauter langweilige Sachen schrieb. »Jetzt wird's langweilig«, schrieb sie. »Teddy Crossley heißt mit seinem wirklichen Vornamen Harold. Aber wir nennen ihn Teddy, weil er immer so verliebte Glubschaugen macht, wenn er Miss Hodge sieht. Wie ein Teddybär schaut er drein.«

Die langweiligste Tagebucheintragung schaffte Charles Morgan. Er fing an: »Ich bin aufgestanden. Beim Frühstück war mir heiß. Haferflocken mit Milch kann ich nicht ausstehen. In der zweiten Stunde hatten wir Werken. Aber nicht lange. Ich glaube, jetzt haben wir Turnen.«

Wenn man so etwas liest, könnte man glauben, der Schreiber dieser Zeilen sei entweder geistesgestört oder geistesabwesend. Jeder in der Klasse hätte einem sagen können, dass es ein kühler Morgen gewesen war und dass es nicht Haferflocken zum Frühstück gegeben hatte, sondern Cornflakes. Und in der zweiten

Stunde hatten sie Turnen gehabt. Und in der kommenden Stunde hatten sie Musik.

Aber Charles schrieb ja nur scheinbar über den Tagesablauf. Er schrieb seine geheimen Gefühle nach einem Geheimcode nieder. Den konnte niemand entziffern.

Jede Tagebucheintragung begann mit: »Ich bin aufgestanden!« Das bedeutete: »Ich hasse diese Schule.« Und wenn er schrieb: »Haferflocken mit Milch kann ich nicht ausstehen«, dann war das zwar richtig, aber es war gleichzeitig auch sein Geheimcode für Simon Silverson. Simon war zum Frühstück Haferbrei, zum Mittagessen Kartoffel und zur Teezeit Brot. Auch alle andern Leute, die Charles hasste, wurden mit einem Geheimwort bezeichnet. Dan Smith war Cornflakes, Kohl und Butter. Theresa Mullet war Milch.

Wenn Charles jedoch schrieb »Mir war heiß«, dann hatte das überhaupt nichts mit der Schule zu tun. Es bedeutete seine Erinnerung an den Hexer. Er hatte einmal gesehen, wie ein Hexer verbrannt wurde. Es fiel ihm immer dann ein, wenn er an gar nichts dachte. Er konnte den Vorfall nicht vergessen, so sehr er sich bemühte. Charles war damals noch ganz klein gewesen. Seine große Schwester hatte ihn im Kinderwagen geschoben. Die Mutter ging nebenher und trug die Einkaufstasche. Sie überquerten die Straße – und man konnte auf den Marktplatz sehen. Dort drängte sich eine Menschenmenge, und Charles sah es flackern. Die Schwester blieb mitten auf der Straße stehen, mitsamt dem Kinderwagen, und starrte auf den Platz, und so sah auch der kleine Charles den Scheiterhaufen. Obendrauf stand ein großer, rundlicher Mann. Die Mutter war weitergegangen. Jetzt kam sie zurückgelaufen und schalt: »Man schaut sich Hexen nicht an! Das machen nur ganz ungezogene Fratzen!« Und so hatte Charles den Hexer nur einen Augenblick lang sehen können. Er sprach nie davon, aber er vergaß ihn nicht. Und es wunderte ihn immer wieder, dass seine Schwester den Vorfall völlig vergessen hatte. Was Charles in sein Tagebuch geschrieben hatte, bedeutete also wirklich: »Beim Frühstück ist mir wieder der Hexer eingefallen!« Aber dann hatte ihm Simon Silverston sämtlichen Toast weggegessen, und Charles hatte den Hexer vergessen.

Charles' Worte: »In der zweiten Stunde hatten wir Werken« meinten, dass ihm die Hexe eingefallen war. »Werken« bedeutete für Charles alles, was er gern hatte. Sie hatten nur einmal in der Woche Werken, und deshalb hatte Charles dieses Codewort dafür ausgesucht. Denn in der Larwood-Schule gab es sehr wenige Dinge, die Charles gern hatte; und die Hexe hatte er auch gern. Sie war das zweite Zauberwesen, das ihm begegnet war. Sie war sehr jung und sehr hübsch gewesen trotz ihres zerrissenen Rocks und der zerrauften Haare. Sie kam über die Gartenmauer geklettert und stolperte über den Rasen daher, die Schühchen in einer Hand. Charles war damals neun Jahre alt. Zum Glück für die Hexe waren seine Eltern nicht daheim gewesen.

Charles hatte sofort gesehen, dass es eine Hexe

war. Sie war ganz außer Atem und voller Angst. Er konnte die Rufe und die Trillerpfeifen der Polizisten draußen hören. Niemand anderer als eine Hexe konnte am helllichten Nachmittag der Polizei entwischen. Aber er wollte ganz sicher sein, deshalb fragte er: »Was machst du in unserem Garten?«

Die Hexe hüpfte verzweifelt auf einem Fuß. Auf dem anderen hatte sie eine große Blase und ihre Strümpfe waren zerrissen.

»Ich bin eine Hexe«, japste das arme Ding. »Bitte, Junge, rette mich!«

»Hex dich doch einfach weg!«, sagte Charles.

»Wenn ich Angst habe, kann ich nicht hexen!«, flüsterte sie. »Ich hab es probiert, aber es geht nicht! Bitte, lass mich durch euer Haus flüchten! Und verrat mich nicht! Wenn ich davonkomme, hex ich, dass du dein ganzes Leben lang glücklich bist. Das versprech ich dir!«

Er sah sie mit seinem berühmten bösen, verstockten Blick an, den so viele Leute nicht verstanden. Er sah sofort, dass die Hexe die Wahrheit sagte. Und er sah auch, dass sie verstand, dass er nicht tückisch war und nicht dumm. Und dass er nur so dreinschaute, damit die Leute nicht gleich erkannten, was er dachte.

»Komm durch die Küche«, sagte er. Und er führte die Hexe, die mit ihrem verletzten Fuß hinkte, in ihren zerrissenen Strümpfen durch die Küche und durch das Vorzimmer zur Vordertür.

»Danke«, sagte sie. »Du bist ein Schatz!« Sie lächelte ihm zu, während sie vor dem Vorzimmerspiegel ihr Haar ordnete. Sie machte auch irgendetwas mit ihrem Rock – vermutlich eine Hexerei – damit er wieder heil aussah. Dann beugte sie sich zu ihm nieder und gab ihm einen Kuss. »Ich werde dir Glück bringen!«, sagte sie. »Wenn ich heil davonkomme!« Dann zog sie ihre Schühchen an und ging durch den vorderen Garten. Sie bemühte sich dabei, ihr Hinken zu verbergen. Vom Gartentor aus winkte sie und lächelte Charles zu.

Das war das Ende des Teiles, den Charles mochte. Deshalb hatte er auch geschrieben: »Aber nicht lange.«

Charles sah die Hexe niemals wieder, und er hörte auch nichts mehr von ihr. Er befahl seinem kleinen Bruder, keinem Menschen jemals von der Hexe zu erzählen – und Graham gehorchte. Er tat immer alles, was Charles sagte. Charles aber wartete auf irgendein Zeichen von der Hexe, oder auf ein Zeichen von Glück-Haben. Aber er wartete vergeblich.

Es war für Charles nahezu unmöglich, herauszufinden, was der Hexe passiert sein könnte. Denn seit er damals jene erste Hexenverbrennung gesehen hatte, waren die Gesetze geändert worden. Es gab keine öffentlichen Hexenverbrennungen mehr. Die Scheiterhaufen wurden nunmehr innerhalb der Gefängnismauern angezündet und das Radio brachte nur eine knappe Meldung: »Heute Morgen wurden im Holloway-Gefängnis zwei Hexen verbrannt.« Jedes Mal, wenn Charles eine solche Meldung hörte, dachte er: War das jetzt meine Hexe? Und es gab ihm einen schmerzenden Stich in seinem Inneren. Er dachte: Sie hat mir einen Kuss gegeben. Vielleicht ist das was Schlimmes. Vielleicht wird man davon auch hexisch. Charles gab es auf, auf das Glück-Haben zu warten. Im Gegenteil, wenn er bedachte, wie viel Pech er gehabt hatte, dann musste seine Hexe sofort erwischt worden sein. Außerdem war dieser stechende Schmerz bei jeder Radiomeldung über eine Hexenverbrennung schuld, dass er ständig das Gegenteil von dem tat, was seine Eltern wollten. Stattdessen blickte er sie mit seinem starr-verstockten Blick an. Und wenn er sie so anstarrte, da hielten sie ihn für ungezogen, das wusste er ganz genau. Sie konnten ihn nicht verstehen, wie die Hexe ihn verstanden hatte. Als sein kleiner Bruder Graham, der Charles alles nachmachte, anfing, auch böse-verstockt dreinzuschauen, musste Charles aus dem Haus. In eine Schule für Problemkinder. Sie gaben ihn in die Larwood-Schule, weil sie in der Nähe war.

Wenn Charles »Turnen« in sein Tagebuch schrieb, dann hieß das »Unglück«. Wie alle in der Klasse hatte er auch gesehen, wie Mr Crossley den Zettel gefunden hatte. Er wusste zwar nicht, was draufstand, aber von Mr Crossleys Gesicht konnte er ablesen, dass es ein Unglück geben würde.

Mr Crossley wusste noch immer nicht, was er mit dem Zettel anfangen sollte. Wenn es stimmte, was darauf geschrieben stand, bedeutete das, dass ein Inquisitor oder gar mehrere in die Schule kamen. Und das war ein erschreckender Gedanke. Mr Crossley steckte den Zettel ein und sagte: »Seid ihr fertig? Gut.

Dann räumt die Tagebücher weg und stellt euch zum Singen auf.«

Gesungen wurde in der Halle. Während die 2Y zur Halle ging, eilte Mr Crossley ins Lehrerzimmer. Er hoffte, dort jemanden zu finden, den er wegen des Zettels um Rat fragen konnte.

Er war froh, Miss Hodge anzutreffen. Wie Theresa Mullett und Estelle Green richtig beobachtet hatten, war Mr Crossley in Miss Hodge verliebt. Das zeigte er natürlich niemals. Aber alle wussten es. Die einzige Person, die davon nichts zu wissen schien, war Miss Hodge selbst. Miss Hodge war eine hübsche kleine Person, sehr ordentlich, sie hatte nie einen Fleck auf ihrem grauen Rock oder ihrer grauen Bluse, und kein einziges Haar stand aus ihrer glatten Frisur hervor. Sie stapelte gerade Bücher auf dem Tisch auf, die Ecken ganz ordentlich übereinander. Und sie hörte nicht auf, Bücher zu stapeln, während Mr Crossley ihr aufgeregt von dem Zettel erzählte. Sie warf einen Blick darauf.

»Nein, ich weiß wirklich nicht, wer das geschrieben hat!«, sagte sie.

»Aber was machen wir bloß?«, meinte Mr Crossley. »Selbst wenn es wahr ist, schreibt man es doch nicht auf einen Zettel!«, jammerte er. »Nehmen wir an, es *ist* wahr – nehmen wir an, eine Schülerin oder ein Schüler ist tatsächlich ein – eine …«

»Mir tun Hexen Leid. Ich bin nun einmal so erzogen«, erklärte Miss Hodge.

»Das hat man mir doch auch beigebracht!«, sagte

Mr Crossley rasch. »Ich wollte ja nur wissen, was ich mit dem Zettel …«

Miss Hodge errichtete einen neuen Bücherturm. »Ich halte es einfach für einen dummen Witz«, sagte sie. »Beachten Sie's doch einfach nicht. Sollten Sie nicht schon in der 4X sein?«

»Jaja, natürlich sollte ich das!«, sagte Mr Crossley kläglich.

Miss Hodge widmete sich ihren Büchern, bis sie sicher war, dass Mr Crossley das Zimmer verlassen hatte. Dann strich sie sich das Haar zurecht und lief die Treppe hinauf, um Mr Wentworth aufzusuchen.

Als Stellvertreter der Direktorin hatte Mr Wentworth ein eigenes Arbeitszimmer, in dem er am Stundenplan herumbastelte, oder an anderen Problemen, die Miss Cadwallader ihm auflud. Als Miss Hodge an seine Tür klopfte, tüftelte er gerade an einem besonders kniffeligen. Siebzig Schüler spielten im Schulorchester. Fünfzig von ihnen sangen außerdem im Schulchor, und zwanzig von diesen fünfzig spielten in der Schultheatergruppe. Dreißig Jungen aus dem Orchester spielten auch noch in verschiedenen Fußballmannschaften, und zwanzig der Mädchen spielten in der Hockeymannschaft der Schule. Mindestens ein Drittel spielte außerdem noch Basketball. Und sämtliche Mitglieder der Volleyballmannschaft waren in der Theatergruppe. Das schier unüberwindbare Problem war: zu welchen Zeiten sollte er all die Proben, Trainingsstunden und Übungen ansetzen, ohne dass die meisten Schüler an drei Orten zugleich sein mussten? Mr Wentworth rieb sich verzweifelt über seinen spärlich behaarten Hinterkopf.

»Herein!«, sagte er. Er sah Miss Hodges strahlendes Lächeln vor sich, aber seine Gedanken waren ganz woanders.

»Wirklich sehr gehässig von diesem unbekannten Schüler!«, hörte er Miss Hodge sagen. »Und angenommen, es ist tatsächlich wahr – was für eine entsetzliche Vorstellung!« Dann fuhr Miss Hodge fröhlich fort: »Aber ich hab schon eine Idee, wie wir herausfinden können, wer diesen Zettel geschrieben hat. Es muss jemand aus der 2Y sein. Könnten wir uns nicht zusammensetzen und gemeinsam einen Plan ausarbeiten, Mr Wentworth?« Sie legte kokett ihren Kopf schief.

Mr Wentworth hatte keine Ahnung, wovon sie redete. Er kratzte sich auf seiner beginnenden Glatze und schaute sie voll Unbehagen an. Miss Hodge verfolgte ganz offensichtlich irgendeinen Plan, den er unbedingt durchkreuzen musste.

»Manchmal schreiben Leute einfach anonyme Zettel, um sich wichtig zu machen«, sagte er aufs Geratewohl. »So etwas nimmt man am besten gar nicht ernst.«

»Aber meine Idee, wie man den Missetäter herausfinden kann, ist großartig!«, protestierte Miss Hodge. »Ich werde es Ihnen erklären …«

Das reichte offenbar noch nicht, also weiter, dachte Mr Wentworth. »Nein, nein«, sagte er. »Sagen Sie mir nur, was genau auf dem Zettel steht!«

Miss Hodge schaute ganz erschrocken drein. »Es

ist ganz entsetzlich!« Dann senkte sie ihre Stimme zu einem dramatischen Flüstern: »Auf dem Zettel steht, dass jemand in der 2Y eine Hexe oder ein Hexer ist!«

Mr Wentworth fand seine Vermutungen bestätigt. »Nun, was hab ich Ihnen gesagt!«, sagte er herzlich. »So etwas nimmt man am besten gar nicht ernst!«

»Aber irgendjemand in der 2Y muss verhext sein!«, flüsterte Miss Hodge.

»Aber, Miss Hodge, das sind sie doch alle in dem Alter!«, sagte Mr Wentworth. Er nahm seinen eigenen Sohn nicht aus. »Es wird sich schon auswachsen, und wenn nicht, sehen wir sie dann in der Sechsten alle auf Besenstielen herumreiten!«

Miss Hodge erschrak. Sie war schockiert über diese unverblümten Worte, aber sie zwang sich hastig zu einem Lachen. Mr Wentworth sollte nicht glauben, dass sie keinen Spaß verstand!

»Am besten, Sie vergessen die Sache«, sagte Mr Wentworth und wandte sich wieder dem Stundenplan zu.

Miss Hodge ging zurück zu ihren Bücherstapeln. Er hat einen Witz gemacht!, dachte sie. Er hat sich zum ersten Mal mit mir anders als dienstlich unterhalten. Und das war doch schon was, für den Anfang! Denn – und das wussten nicht einmal Theresa Mullet oder Estelle Green – Miss Hodge wollte Mr Wentworth heiraten. Sie war sicher, er würde einmal, wenn Miss Cadwallader in Pension ging, Direktor der Schule werden. Und er war Witwer. Wenn er sie heiratete, wurde sie Frau Schuldirektor. Diese Vorstellung gefiel

Miss Hodge, die daheim ihren alten Vater betreute. Ja, um die Frau des Schuldirektors zu werden, konnte sie Mr Wentworths schüttere Haare in Kauf nehmen, und auch seinen kummervollen Blick. Der einzige Haken an der Sache war Brian. Ein Junge, der die Behandlung verdiente, die die Klasse ihm angedeihen ließ. Macht nichts, dachte sie. Man konnte Brian in eine andere Schule schicken.

Inzwischen stand die 2Y in der Halle zum Singen bereit. Die Klasse hatte sich durch das Lied *Hier sind wir wie Vöglein im wilden Wald* gequält. Es hatte wie ein Trauerchor geklungen. Nun sangen sie *Cuckaburra sitzt im Eukalyptusbaum!*. Sie sangen es wie einen Grabgesang. »Was ist überhaupt ein Cuckaburra?«, wisperte Karen Estelle zu.

»Auch ein Vogel!«, wisperte Estelle zurück. »Aus Australien!«

»Nein, nein, *nein*!«, schrie Mr Brubeck. »Das ist ja scheußlich! Brian, zeig ihnen, wie man das singt!«

Brian stand auf, das Liederbuch in Händen. Es machte ihm gar nichts aus, dass er allein vorsingen sollte. Aber anstatt zu singen, begann er nun den Text mit ungläubiger Stimme vorzulesen.

»Der Kuckuck ist ein Vogel, er singet, wenn er fliegt. Er bringt uns gute Nachricht, ein Kuckuck niemals lügt!«, las Brian. »Bitte, Mr Brubeck, warum handeln die Lieder heute alle von Vögeln?«

Aber die Klasse lachte nicht darüber. Sie mochten Brian nicht sehr. Es stand ihm nicht zu, Witze zu machen. »Aber Brian!«, sagten die Mädchen vorwurfsvoll im Chor. Simon sagte es auch, aber bei ihm klang es höhnisch.

»Ruhe!«, schrie Mr Brubeck entnervt. »Weiter, Brian. Sing endlich!« Und er schlug ein paar Töne auf dem Klavier an.

Brian stand da und wusste offensichtlich nicht, was er tun sollte. Wenn er jetzt nicht sang, bekam er Ärger mit Mr Brubeck. Wenn er aber sang, würde ihn die 2Y nachher verprügeln. Und während Brian unentschlossen dastand, mischte sich die Hexe aus der 2Y ein. Oder der Hexer. Und zwar folgendermaßen:

Eines der großen Fenster flog auf, und ein Schwarm von Vögeln kam hereingeschwirrt. Die meisten waren ganz gewöhnliche Spatzen, Stare, Tauben, Amseln, Drosseln und dergleichen, und sie ließen Federn und noch anderes fallen, während sie in der Halle herumflatterten. Aber es gab auch zwei merkwürdige pelzige Geschöpfe, wie zwei flaumige Beutelchen oder Täschchen sahen sie aus, und die kicherten fortwährend laut. Und mitten in einem Schwarm von Spatzen flog etwas Rot-Gelbes, schrie »Kuckuck! Kuckuck!« und war eindeutig ein Papagei.

Glücklicherweise war Mr Brubeck der Meinung, es sei der Wind gewesen, der das Fenster aufgerissen hatte. Den Rest der Stunde verbrachten sie damit, die Vögel hinauszujagen. Die zwei kichernden Taschen-Vögel, oder was sie waren, hatten sich inzwischen verflüchtigt. Sie waren vermutlich ein Irrtum der Hexe gewesen. Alle in der 2Y hatten die Tierchen gesehen.

Simon sagte wichtigtuerisch: »Wenn so was noch

einmal vorkommt, müssen wir eine Konferenz abhalten, ob so etwas überhaupt möglich ist und ...«

Nirupam Singh wandte sich schnell Simon zu und sagte: »Hast du einen Beweis, dass es *nicht* mit natürlichen Dingen zugeht?«

Simon hatte keinen Beweis, also schwieg er.

Zum Ende der Stunde hatten sie alle Vögel hinausgescheucht, alle bis auf den Papagei. Der flüchtete auf die Vorhangstange, und dort saß er und schrie: »Kuckuck!«

Mr Brubeck schickte die 2Y fort und rief nach dem Schulwart, der sollte den Papagei herunterholen. Charles ging langsam mit den anderen hinaus. Er dachte: Das war jetzt das »Turnen«, von dem ich heute im Tagebuch geschrieben habe. Aber er täuschte sich. Das »Turnen« war noch nicht vorbei. Es war erst der Beginn!

Und als der Schulwart vor sich hinbrummelnd daherkam, seinen kleinen weißen Hund dicht an den Fersen, war der Papagei verschwunden.

Zweites Kapitel

Der nächste Tag war der schlimmste Tag, den Nan Pilgrim und Charles Morgan jemals in der Larwood-Schule erlebt hatten. Für Charles fing er nicht ganz so übel an, aber Nan kam bereits zum Frühstück zu spät.

Ein Schuhriemen war ihr gerissen. Mr Towers kanzelte sie für ihr Zuspätkommen ab. Und es war nur noch ein einziger Platz frei und ausgerechnet an einem Tisch, an dem lauter Jungen saßen. Nan huschte, tödlich verlegen, auf diesen Platz. Die Jungen hatten schon fast allen Toast aufgegessen, nur eine einzige Scheibe war noch übrig. Und die nahm Simon Silverson Nan vor der Nase weg. »Pech gehabt, Dicke!«

Nan bemerkte, dass Charles sie von weiter unten am Tisch anblickte. Der Blick war teilnahmsvoll gemeint, aber wie alle Blicke von Charles wirkte er drohend und gefährlich. Nan ignorierte den Blick und würgte das bleiche, glitschige Rührei ohne Toast hinunter. Beim Unterricht entdeckte sie, dass Theresa und ihre Freundinnen sich eine neue Verrücktheit ausgedacht hatten. Es war eine weiße Strickerei, ganz sauber und flaumig, so eine, die man in ein Handtuch wickelt, damit sie sauber bleibt. Das Klassenzimmer war von Gemurmel erfüllt: »Zwei verkehrt, eine glatt, zwei zusammenstricken …«

Ganz entsetzlich wurde es dann am Vormittag während des Turnens. In der Larwood-Schule gab es nicht nur täglich »Tagebuchschreiben«, sondern auch täglich Turnen. Die Jungen gingen zum Sportplatz, die Mädchen hatten heute Geräteturnen. Die Kletterseile waren schon herabgelassen.

Theresa, Estelle und alle anderen Mädchen stießen Jubelschreie aus und kletterten wie die Affen an den Seilen hoch. Nan versuchte sich beiseite zu schleichen. Sie konnte nicht seilklettern. Sie war ohne die richtigen Muskeln – oder was immer man dazu brauchte – geboren.

Und weil es schon einmal ein Unglückstag war, entdeckte Miss Phillips Nan auch sofort. »Nan, du warst noch nicht dran! Theresa, Delia, Estelle! Kommt herunter, Nan braucht ein freies Seil!« Gewandt kamen sie alle herunter. Sie wussten, sie würden gleich etwas zu lachen haben.

Nan sah ihre Gesichter und biss die Zähne zusammen. Diesmal, gelobte sie sich, würde sie es schaffen. Bis hinauf zur Saaldecke würde sie klettern. Dann hätte Theresa nichts mehr zu grinsen. Nan schlich zu den Seilen hinüber. Die Beine wurden ihr weich, und die Arme fühlten sich an wie Himbeerpudding. Als sie beim Seil ankam, hing der Knoten hoch über ihrem Kopf. Und man erwartete, dass sie gleich irgendwie da oben stehen würde.

Mit ihren dicken Händen griff sie nach dem Seil und sprang. Sie brachte nichts anderes zu Wege, als dass der Seilknoten sie heftig an der Brust traf. Und sie stand da, wo sie zuvor gestanden hatte. Sie versuchte es noch einmal, griff nach dem Seil und sprang wieder hoch. Und wieder. Und wieder. Das Getuschel der Zuschauerinnen wurde zum Gekicher. Bis Nans Füße endlich doch auf dem Knoten standen. Dann hing sie am Seil wie ein Faultier und schnappte nach Luft. Es war schrecklich. Und weiterklettern sollte sie jetzt auch noch.

Miss Phillips stand neben ihr. »Los, Nan. Aufrichten! Aufrichten!«

Nan gelang es, sich aufzurichten. Da stand sie wackelig, und der Seilknoten unter ihr beschrieb kleine Kreise. Miss Phillips' Gesicht befand sich jetzt in der Höhe von Nans Knien, und Miss Phillips erklärte freundlich und geduldig zum hundertsten Mal ganz genau, wie man seilklettert.

Nan schloss die Augen, um die grinsenden Gesichter nicht zu sehen, und tat, was Miss Phillips von ihr verlangte. Fest und gezielt griff sie nach dem Stück Seil über ihrem Kopf.

Die Augen hielt sie geschlossen. Sie zog sich kräftig mit den Armen hoch. Griff weiter. Und noch einmal weiter. Ganz konzentriert. Ja, so ging es! Am Ende schaffte sie es doch! Das Geheimnis des Erfolgs lag wohl bei den geschlossenen Augen. Sie griff und zog. Sie spürte förmlich, dass sie schon fast an die Saaldecke stieß! Genau wie die anderen!

Aber das Gekicher um sie verwandelte sich in Prusten und Lachen. Verstört öffnete Nan die Augen. Und da sah sie, in der Höhe ihrer Knie, rundum lachende

Gesichter. Sogar Miss Phillips biss sich auf die Lippen. Nan blickte nach unten – ihre Turnschuhe standen noch immer auf dem Seilknoten. Nach all der Kletterei war sie nicht ein Stückchen hochgekommen.

Nan versuchte mitzulachen. Sie musste ja wirklich sehr komisch aussehen. Aber es fiel ihr nicht leicht, über sich selber zu lachen.

Inzwischen rannten die Jungen auf dem Sportplatz immerzu rundum. Sie trugen kleine hellblaue Sporthosen und platschten mit ihren großen, spikesbewehrten Laufschuhen über den nassen Boden. Es war gegen die Regeln, ohne Spikes zu laufen.

Die Jungen waren in Gruppen eingeteilt. Voran lief die Gruppe mit den kräftigeren Beinmuskeln. Zu ihr gehörten Simon Silverson und seine Freunde und Brian Wentworth. Brian war ein guter Läufer trotz seiner kurzen Beine. Aber er versuchte wohlweislich immer hinter Simon, dem Vordersten, zu bleiben. Aber manchmal konnte es sein, dass der Geschwindigkeitsrausch ihn packte, und dann überholte er Simon. Aber Simons Freunde traten und stießen Brian gleich wieder zurück, weil schließlich jedermann wusste, dass nur Simon das Recht hatte, Erster zu sein.

Die zweite Gruppe rannte weniger begeistert. Zu ihr gehörten Dan Smith und seine Freunde. Sie hätten alle zumindest so schnell rennen können wie Simon Silverson, aber sie sparten ihre Kräfte für Besseres auf. Sie liefen dahin und unterhielten sich dabei. Heute mussten sie ständig über irgendetwas lachen.

Hinter ihnen kam die Gruppe der Jungen mit den

dicken Beinen und Jungen, die überhaupt keine Beinmuskeln hatten. Mit ihnen lief der langbeinige braune Inderjunge Nirupam Singh. Die Jungen dieser Gruppe waren zu atemlos um zu reden, und auf ihren Gesichtern spiegelten sich die verschiedensten Varianten von Unmut und Kummer.

Ganz hinten, als Letzter, trottete Charles Morgan. Charles hatte ganz normale Beine. Auffallend war nur, dass seine Füße in gewöhnlichen Turnschuhen steckten, die völlig durchgeweicht waren. Charles lief immer als Letzter. Er wollte das. Laufen war eine der wenigen Gelegenheiten des Tages, da er allein sein und nachdenken konnte. Er hätte stundenlang so laufen können. Die einzige Unterbrechung dieses Alleinseins gab es, wenn eine Gruppe ihn einholte und überholte. Oder wenn Mr Towers im Trainingsanzug dahergejagt kam und ihm überflüssige Ratschläge und Ermunterungen zurief.

So trottete Charles langsam hinterher und gab sich ganz dem Hass hin, dem Hass auf die Larwood-Schule. Er hasste den Sportplatz, die windbewegten herbstlichen Bäume und die säuberliche Reihe von Nadelbäumen vor der mit Stacheln und Glasscherben gespickten Mauer, die das Schulgelände umgab. Am meisten hasste er das Schulhaus selbst: diese endlosen, raupengrün gestrichenen Gänge, diese Heizkörper, die nie warm wurden, die dunklen Klassenzimmer, die kalten weißen Schlafsäle und den Geruch nach Schulessen. Charles blickte auf die vielen wirbelnden, laufenden Beine, die um das Fußballfeld rannten. Am allermeisten hasste er die Leute in der Schule. Alle.

Und wieder einmal fiel ihm der Hexer ein. Ungebeten schlüpfte er in sein Hirn, wie immer. Der Hexer, den er als kleiner Junge brennen gesehen hatte. Aber heute schien es ihm schlimmer denn je. Charles erinnerte sich plötzlich an Dinge, die er damals nicht bemerkt hatte: Er sah deutlich die Umrisse der Flammen, wie sie zuerst klein waren und dann hochzüngelten, und er sah, wie der rundliche Hexer sich seitwärts bog, um den Flammen auszuweichen. Und plötzlich sah er das Gesicht des Mannes vor sich: Es war voll Staunen. Der Hexer konnte nicht glauben, dass er wirklich sterben sollte. Er hatte doch gedacht, seine Zauberkraft würde ihn retten. Und jetzt begriff er plötzlich, dass seine Zauberkraft ihn nicht retten konnte. Und er war entsetzt. Charles war auch entsetzt. Und wie in einem Nebel von Entsetzen trottete er um das Fußballfeld.

Aber da tauchte wieder Mr Towers in seinem kleidsamen roten Trainingsanzug neben Charles auf. »Warum läufst du denn in Turnschuhen?«

Der Hexer verschwand. Charles hätte darüber froh sein sollen, aber er war es nicht. Der Turnlehrer hatte seine Gedanken unterbrochen und seine Privatsphäre gestört.

»Ich hab dich gefragt, warum du nicht deine Schuhe mit den Spikes anhast!«

Charles wurde langsamer und überlegte, was er antworten sollte. Mr Towers lief federnd neben ihm her und wartete auf Antwort. Charles wusste, dass Dan

Smith ihm die Schuhe versteckt hatte. Das war ganz klar. Denn seine Gruppe sah herüber und bog sich vor Lachen. Charles war sauer.

»Ich konnte sie nicht finden.«

»Wo hast du sie denn gesucht?«, fragte Mr Towers. »Meiner Erfahrung nach behauptet jeder Faulpelz, dass er überall gesucht hat, wenn er meint: nirgends. Geh und such die Schuhe. Ich warte später in der Garderobe. Also, ich möchte bald hören, dass du sie gefunden hast! Verstanden?«

»Ja«, antwortete Charles. Verbittert sah er Mr Towers nach, der leichtfüßig von ihm wegglitt und auf die nächste Gruppe Läufer zu, um Nirupam Singh zu ärgern.

Während der ganzen Pause suchte er die Schuhe. Dan hatte sie wirklich gut versteckt.

Aber wenigstens hatte Dan Smith nach der Pause etwas anderes gefunden, worüber er lachen konnte. Das Opfer war diesmal Nan Pilgrim. Als sie in die Klasse kam, wurde sie von Nirupam begrüßt: »Hallo, du musst mir auch einmal deinen Seiltrick vorführen!«

Nan starrte ihn überrascht an und ging wortlos vorüber. Wie konnte er davon wissen? Die Mädchen sprachen doch sonst nie mit den Jungen. Von denen konnte er es nicht haben.

Im nächsten Augenblick pflanzte sich Simon Silverson vor ihr auf. »Verehrte Dulcinea!«, sagte er. »Was haben Sie doch für einen reizenden Namen! Heißen Sie vielleicht nach der Erzhexe?« Er platzte beinahe vor Lachen.

»Sie heißt wirklich Dulcinea», sagte Nirupam.

Das stimmte. Dulcinea Wilkes war die berühmteste Hexe aller Zeiten. Aber woher wissen sie, dass ich nach ihr heiße, dachte Nan. Wie war das durchgesickert? Nan versuchte, hochmütig zu ihrem Pult zu stelzen, aber sie griffen nach ihr, stubsten sie und riefen lachend: »He, Dulcinea!« Es gelang ihr nicht, sich auf ihren Platz zu setzen, ehe nicht Mr Wentworth in der Klasse war.

Für gewöhnlich war die 2Y in Mr Wentworths Unterrichtsstunden ruhig und aufmerksam. Er kannte keine Gnade. Außerdem wusste er, wie man etwas interessant vorträgt. Seine Stunden kamen den Kindern kürzer vor als die der anderen Lehrer. Heute aber konnte keiner zuhören. Nan bemühte sich krampfhaft, nicht loszuheulen. Ein Jahr war es her, dass ihre Tanten sie in die Larwood-Schule gebracht hatten. Und Miss Cadwallader hatte damals versprochen, niemandem zu verraten, dass Nan eigentlich Dulcinea hieß. Sie hatte es versprochen! Wie also hatten sie es herausgekriegt?

Die 2Y war voll unterdrücktem Gekicher und aufgeregtem Geflüster. War Nan Pilgrim vielleicht eine Hexe? Theresa Mullett musste plötzlich so heftig kichern, dass ihr nichts anderes übrig blieb, als das Gesicht in ihrer Strickerei zu verstecken.

Mr Wentworth nahm ihr das Strickzeug weg. Er legte das weiße Knäuel vor sich auf das Lehrerpult und betrachtete es kritisch. »Was ist daran so lustig?« Er wickelte es auseinander und – hielt ein winziges, flaumiges, löchriges Ding hoch.

»Was soll denn das sein?«

Die Klasse schrie vor Lachen.

»Ein Babyschuh!«, sagte Theresa ungehalten.

»Ein Babyschuh?«

Die Klasse kicherte und gluckste. Aber es war nur ein kurz aufflackerndes, fast schuldbewusstes Lachen, denn Theresa war bekanntlich eine von denen, die man nicht auslachte.

Mr Wentworth schien nicht zu merken, dass er ein Wunder vollbracht hatte – dass nämlich die Klasse über Theresa lachte, statt Theresa über andere. Mr Wentworth stellte kurzfristig Ruhe her, indem er Dan Smith zur Tafel rief. Er sollte das Wesen der gleichschenkligen Dreiecke erklären. Der Unterricht ging weiter. Theresa murmelte zwar noch eine Weile vor sich hin: »Da gibt's überhaupt nichts zu lachen! Überhaupt nichts!« Und ihre Freundinnen nickten dazu voll Anteilnahme. Die anderen aber blickten zu Nan hinüber und zerplatzten fast vor unterdrücktem Gekicher.

Am Ende der Stunde machte Mr Wentworth einige unfreundliche Bemerkungen, dass Schüler, die sich so aufführten, eigentlich eine Klassenstrafe verdienten. Bevor er sich zum Gehen wandte, sagte er: »Übrigens, falls Charles Morgan, Nan Pilgrim und Nirupam Singh noch nicht auf das Schwarze Brett geschaut haben, sollten sie's tun! Sie sind für heute am Direktorstisch zum Essen eingeteilt.«

Nan und Charles erkannten, dass der heutige Tag nicht ein gewöhnlicher Unglückstag war, sondern der schlimmste, den sie bisher erlebt hatten. Miss Cadwallader hatte den Vorsitz am Direktorstisch, und dort pflegten auch immer vornehme und wichtige Gäste zu essen, die der Schule einen Besuch abstatteten. Miss Cadwallader hatte eingeführt, dass immer jeweils drei Schüler mit an diesem Tisch speisten. Und zwar einerseits deshalb, damit sie Tischmanieren lernten, andererseits lernte Miss Cadwallader ihre Schüler und Schülerinnen auf diese Weise genauer kennen. Eine schreckliche Prüfung war das. Weder Nan noch Charles hatten schon jemals dort sitzen müssen. Ungläubig marschierten sie zum Schwarzen Brett. Und da stand tatsächlich: *Charles Morgan 2Y, Dulcinea Pilgrim 2Y, Nirupam Singh 2Y.* Nan starrte ihren Namen an. Dulcinea Pilgrim! Daher also wussten alle, wie sie wirklich hieß! Miss Cadwallader hatte vergessen, was sie ihr versprochen hatte. Sie hatte wohl einfach mit einer Nadel in die Schülerliste gestochen – oder wie auch immer sie sonst die Schüler und Schülerinnen für das Mittagessen am Direktorstisch auswählte – und dann die Namen, die die Nadel angepiekt hatte, an die Tafel geschrieben. Auch Nirupam las die Aufforderung, und war nicht weniger bedrückt als Charles oder Nan. Auch wenn es für ihn nicht das erste Mal war, dass er an dem vornehmen Tisch essen musste. »Ihr müsst euch kämmen und die Jacken ordentlich ausbürsten«, sagte er. »Und essen müsst ihr mit der Art Besteck, das Miss Cadwallader in die Hand nimmt. Ihr müsst ihr immer genau zuschauen und alles nachmachen.«

Nan war entsetzt. Sie wusste plötzlich, dass sie sich

an diesem Tisch schlecht benehmen würde. Sie würde sich Essen aufs Kleid kleckern oder losplärren oder zwischen den Tellern herumtanzen. Und das Schlimmste war: Sie wusste, sie konnte nichts dagegen tun.

Noch immer starr vor Entsetzen kam sie mit Charles und Nirupam beim Direktorstisch an. Sie hatten sich alle drei wundgekämmt und versucht den Schmutz von den Jacken zu bürsten. Sie kamen sich trotzdem ganz armselig vor unter der stattlichen Gesellschaft. Da saßen eine Anzahl Lehrer und ein Herr von der Universität und ein gewichtig blickender Lord Sowieso. Und vor allem saß da, lang und dürr, Miss Cadwallader selbst. Sie lächelte die Kinder an und zeigte auf drei leere Stühle zu ihrer Linken. Sogleich stürzten sie sich alle drei auf den Stuhl, der am weitesten von ihr entfernt war. Nan erwischte ihn zu ihrer eigenen Überraschung, Charles besetzte den in der Mitte, und Nirupam blieb nichts übrig, als neben Miss Cadwallader Platz zu nehmen.

»Wir wissen doch wohl, dass dies nicht höflich ist«, sagte Miss Cadwallader. »Wir sitzen immer hübsch abwechselnd, immer eine Dame und ein Herr, Dulcinea. Du bist eine Dame, du musst in der Mitte sitzen. Und ich möchte einen Tischherrn neben mir, den ich noch nicht kenne. Charles Morgan, bitte. So gehört es sich!«

Unglücklich tauschten die drei ihre Plätze. Da standen sie am leicht erhöhten Direktorstisch, während Miss Cadwallader das Tischgebet sprach, und blickten über die Köpfe der anderen Schüler hinweg, die nicht sehr viel weiter unten saßen, aber so viel, dass es einen Unterschied machte.

Vielleicht fall ich in Ohnmacht, dachte Nan hoffnungsvoll. Sie wusste noch immer, dass sie sich schlecht benehmen würde, aber andererseits – in Ohnmacht fallen war doch immerhin eine akzeptierte Form von schlechtem Benehmen.

Bis zum Ende des Tischgebetes konnte sie sich noch zusammenreißen. Sie setzte sich mit den anderen, zwischen dem düster blickenden Charles und Nirupam, der vor Unbehagen gelblich aussah. Erleichtert sah sie, dass Miss Cadwallader sich Lord Sowieso zuwandte und mit ihm ein huldvolles Gespräch begann. Das Küchenmädchen brachte ein Tablett voller Schüsselchen und stellte vor jeden eins hin.

Was war das bloß? Am Schülertisch gab's so etwas nicht. Sie guckten misstrauisch auf die Schüsselchen und ihren Inhalt. Das Zeug war gelb. Und das Gelbe deckte kleine rosa Dinger zu.

»Ich glaub, das sind Garnelen«, sagte Nirupam. »Scheint die Vorspeise zu sein.«

In diesem Augenblick streckte Miss Cadwallader zierlich die Hand aus.

Sie reckten die Hälse, um zu sehen, welches Esswerkzeug sie ergreifen würde. Miss Cadwallader ergriff eine Gabel. Sie nahmen also auch Gabeln. Nan stach in ihre Schüssel. Und schon fing sie an sich schlecht zu benehmen. Sie konnte einfach nicht anders, es war wie verhext.

»Vanillesoße ist das«, erklärte sie laut. »Dann sind

drunter aber keine Garnelen. Das passt nicht dazu.« Sie stocherte eins der rosa Dinger hervor und kostete es. Es schmeckte gummiartig. »Scheint Kaugummi zu sein«, sagte sie. »Nein, doch nicht. Das ist ein Wurmragout. Feingliedrige Würmer mit Vanillesoße!«

»Halt den Mund!«, zischte Nirupam.

»Es ist aber doch keine Vanillesoße«, fuhr Nan fort. Sie hörte sich reden und wollte das alles gar nicht sagen, aber es quoll einfach aus ihr heraus. »Die Kostprobe erweist«, sagte sie, »das ist schweißsaurer Obstquatsch. War schon im Mülleimer!«

Charles glotzte sie an. Ihm wurde übel. Er hätte am liebsten keinen Bissen mehr gegessen – aber das wagte er nicht. Und Miss Cadwallader fuhr fort graziös, mit der Gabel Garnelen zu essen – falls es nicht tatsächlich feingliedrige Würmer waren – und Charles wagte nicht etwas anderes zu tun.

»Natürlich in einem desinfizierten Mülleimer«, bemerkte Nan. »So einer, in dem sie die Fischleichen für Biologie drin aufheben!«

»In Indien isst man Garnelen mit Curry!«, sagte Nirupam laut.

Nan wusste natürlich, dass er sie damit nur am Weiterreden hindern wollte. Sie stopfte sich mühsam ein paar Gabeln von dem grässlichen Gummiwurmzeug in den Mund, und auf diese Weise gelang es ihr, sich selbst den Mund zu stopfen. Sie hoffte sehr, der nächste Gang würde so schmecken, dass sie nichts daran auszusetzen fand.

Charles und Nirupam hofften beide aus tiefstem

Herzen dasselbe. Aber leider war das, was jetzt kam eines der seltsamsten Gerichte, das die Schulküche hervorbrachte. Sie bekamen es etwa einmal im Monat vorgesetzt. Offiziell hieß es: Hammelragout mit Kartoffeln. Dazu gab es Dosenerbsen und Dosentomaten. Charles' und Nirupams Köpfe wandten sich Miss Cadwallader zu, um zu sehen, womit sie essen würde. Miss Cadwallader nahm wieder eine Gabel. Sie nahmen also auch Gabeln, und dann schielten sie noch einmal hin, um sicher zu sein, dass Miss Cadwallader nicht auch ein Messer nahm – was das Essen für alle leichter gemacht hätte. Sie nahm aber kein Messer. Zierlich schob sich ihre Gabel unter ein Erbsenhäufchen. Die beiden Jungen seufzten und wandten sich Nan zu, Schreckliches erwartend.

Und sie wurden nicht enttäuscht. Nan stocherte sich durch eine fette Schicht Kartoffeln, und der Zwang zu beschreiben, was sie sah, überkam sie neuerlich.

»Diese Speise«, sagte sie, »ist zum Resteverwerten erfunden worden. Man nehme alte, halb verfaulte Kartoffeln und weiche sie gut in Abwaschwasser ein, am besten in einem Wasser, mit dem man mindestens schon zweimal Geschirr abgewaschen hat. Es muss eine richtige eklige Fettschicht haben. Sodann nehme man eine dreckige alte Konservenbüchse und reibe sie gut mit Socken aus, die mindestens vierzehn Tage getragen wurden. In diese Dose fülle man abwechselnd eine Schicht Schmierkartoffeln und eine Schicht Hundefutter, in das man alles gemischt hat, was sich so findet.

Heute dürften es altbackene Krapfen und tote Fliegen gewesen sein.« Nan stieß ihre Gabel in eine Tomate. »Dann garniert man sie mit Mäusen, denen man ...«

Nirupam grunzte und wurde gelb im Gesicht.

Das Grunzen ließ Nan aufhorchen. Sie blickte von ihrem Teller auf, wohin sie bis dahin wie verhext gestarrt hatte, und sah Mr Wentworth ihr gegenüber am Tisch sitzen. Er musste alles gehört haben. Warum sagt er nicht, sei still?, dachte sie. Warum schleudert nicht irgendwer einen Blitz oder schleppt mich für alle Zeiten in irgendeinen Kerker? Warum kriech ich nicht unter den Tisch und verschwinde dann heimlich? – Und die ganze Zeit, während sie das dachte, musste sie weiterreden, lauter so grässliche Sachen.

Das Ragout wurde abserviert. Charles hatte nicht viel davon gegessen. Miss Cadwallader plauderte über interessante Gebäude in der Stadt, über vornehme Landhäuser – und dann kam der Pudding.

»Reispudding!«, sagte Miss Cadwallader lächelnd. »Sehr nahrhaft!« Und dann – nein, es war einfach unglaublich – dann nahm sie wieder eine Gabel. Charles starrte sie an und wartete ab. Ganz gewiss aß Miss Cadwallader diesen flüssigen Reispudding nicht mit der Gabel! Aber – sie tat es! Sie tat es!

Charles holte sich auch eine Gabel. Nan und Nirupam sahen ihn fassungslos an. Dann senkte Nirupam den Blick und murmelte: »In den ›Arabischen Nächten‹ gibt es eine Geschichte, in der isst eine Frau Reispudding mit einer Nadel. Jedes Korn einzeln! Sie ist nämlich ein Dämon.«

Charles warf einen erschrockenen Blick auf Nan und zischte Nirupam zu: »Sei doch still! Sie fängt sonst wieder an!«

Aber die Verhexung schien von Nan gewichen zu sein. Sie flüsterte, so dass nur die Jungen sie hören konnten: »Mr Wentworth isst mit dem Löffel!«

»Traut ihr euch?«, fragte Nirupam.

»Ich schon«, sagte Charles. »Ich hab Hunger!«

So aßen sie alle mit dem Löffel. Als das Essen endlich vorüber war, sagte Mr Wentworth zu Nan: »Um vier kommst du in mein Zimmer!«

Das hatte ihr gerade noch gefehlt. Und der Unglückstag war erst zur Hälfte vorüber.

Drittes Kapitel

Als Nan an diesem Nachmittag in die Klasse kam, sah sie an ihrem Pult einen Besen lehnen. Es war ein alter, schäbiger Besen mit ein paar traurigen Zweigen an einem Ende. Der Schuldiener benützte ihn, wenn er die Wege kehrte. Irgendwer hatte diesen Besen aus dem Geräteschuppen geholt. Und irgendwer hatte einen Zettel daran befestigt, auf dem stand: *Dulcineas Pony.* Nan erkannte Theresas runde, saubere Schriftzüge.

Gekicher und Gewieher in der Klasse. Nan betrachtete die Versammlung. Theresa wäre nie von selber auf die Idee gekommen, einen Besen zu stibitzen. Estelle? Nein. Estelle war gar nicht da, auch Karen Grigg nicht. Es musste Dan Smith gewesen sein. Nan brauchte bloß sein Gesicht anzusehen. Dann betrachtete sie Simon Silverson und wurde unsicher. Aber beide zusammen konnten es nicht gewesen sein, weil sie niemals etwas miteinander ausheckten.

Simon sagte übertrieben höflich zu Nan: »Warum steigst du nicht auf den Besen, Dulcinea, und reitest uns was vor?« Er grinste dabei über das ganze Gesicht.

»Ja, los! Steig auf, Dulcinea!«, sagte Dan.

Im nächsten Augenblick tobte die ganze Klasse und verlangte lachend und schreiend, sie solle auf dem Besen reiten. Und Brian Wentworth, der nur zu bereit war Leute zu ärgern, weil sonst meist er das Opfer war, hüpfte in den Gängen zwischen den Sitzreihen auf und ab und kreischte: »Reite, Dulcinea! Reite!«

Langsam griff Nan nach dem Besen. Sie war ein sanftes und friedliches Geschöpf, das sich nur selten aus der Ruhe bringen ließ. Vielleicht war eben das ihr Pech – aber wenn sie tatsächlich einmal die Geduld verlor, musste man auf alles gefasst sein. Als sie den Besen nahm, wollte sie ihn eigentlich zuerst nur hochmütig gegen die Wand lehnen. Aber als ihre Hände sich um den knorrigen Besenstiel schlossen, wurde sie rasend. Sie wandte sich zu den spottenden, johlenden Mitschülern um, und in ihr war plötzlich nichts als brüllende Wut. Sie hob den Besen hoch über den Kopf und fletschte die Zähne. Die andern fanden das wahnsinnig lustig.

Nan wollte den Besen mitten in Simons lachendes Gesicht dreschen. Sie wollte ihn Daniel Smith über den Kopf schlagen. Aber jetzt, da Brian Wentworth quietschend und Gesichter schneidend vor ihr herumtanzte, war es Brian, an dem sie sich rächen wollte. Zum Glück sah er den Besen niedersausen und sprang beiseite. Und dann floh er, die Arme über dem Kopf, zur Tür und flehte um Gnade, während Nan wie eine Verrückte mit dem Besen auf ihn losschlug.

»Hilfe! Aufhören!«, kreischte Brian und rannte gegen Miss Hodge, die mit einem hohen Stapel Englischbüchern zur Tür hereinkam.

Brian stürzte zu Boden und die Bücher prasselten auf ihn herunter.

»Au! Au!«, schrie Brian.

»Was ist hier los?«, fragte Miss Hodge.

Der Aufruhr in der Klasse erlosch wie mit einem Zauberschlag.

»Steh auf, Brian«, sagte Simon Silverson. »Du bist selber schuld. Du hast Nan Pilgrim herausgefordert!«

»Also wirklich, Nan«, sagte Theresa. »Reg dich wieder ab!«

Diese Worte regten Nan so sehr auf, dass sie jetzt fast mit dem Besen auf Theresa losgegangen wäre. Theresa wurde nur durch die Ankunft von Estelle Green und Karen Grigg gerettet. Sie kamen herein, die Köpfe schuldbewusst gesenkt, die Arme voll mit Paketen von Strickwolle. »Entschuldigung, dass wir zu spät kommen, Miss Hodge«, keuchte Estelle. »Wir durften uns Wolle kaufen gehen!«

Die Wolle, die sie mitgebracht hatten, war weiß und weich, genau wie die von Theresa. Warum in aller Welt müssen alle immer das tun, was Theresa tut?, dachte Nan verächtlich.

Miss Hodge nahm den Besen aus Nans unruhigen Händen und stellte ihn ordentlich neben die Tür. »Setzt euch«, sagte Miss Hodge, leicht aus dem Konzept gebracht. Sie hatte erwartet, in eine ruhige, brave Klasse zu kommen und die 2Y mit einem Plan, den sie ausgearbeitet hatte, zu fesseln. Aber die waren ja schon gefesselt, noch dazu von einem Besen, der außerdem ein Hexenbesen war. Natürlich gab es jetzt keine Chance, durch Überrumpelung herauszubekommen, wer den fatalen Zettel geschrieben hatte, beziehungsweise wer die

Hexe oder der Hexer in dieser Klasse war. Trotzdem wollte sie auf ihren guten Plan nicht verzichten.

»Ich hab mir gedacht, wir machen heute zur Abwechslung einmal etwas ganz anderes«, sagte Miss Hodge, als es einigermaßen ruhig in der Klasse geworden war. »Immer nur Gedichte lesen ist auch nicht das Wahre, nicht?« Sie blickte fröhlich in die Klasse hinein. Die 2Y äugte vorsichtig zurück. Einige waren der Meinung, alles andere wäre besser, als Gedichte schön und interessant finden zu müssen. Andere wiederum dachten, es käme ganz darauf an, was Miss Hodge stattdessen im Schilde führte. Nan bemühte sich verzweifelt, nicht in Tränen auszubrechen. Brian leckte versonnen an einem Kratzer an seinem Arm. Charles aber blickte düster vor sich hin. Er mochte Gedichte, weil sie so kurze Zeilen hatten. Man konnte sich seine eigenen Gedanken rundherum denken.

»Heute«, erklärte Miss Hodge, »soll jeder von euch selbst etwas tun!«

Alle erschauderten. Estelle meldete sich: »Miss Hodge, bitte, ich hab keine Ahnung, wie man Gedichte schreibt!«

»Oh, das sollt ihr auch gar nicht«, sagte Miss Hodge heiter. »Heute wollen wir Theater spielen. Und zwar selbst erfundene kleine Stücke.« Wieder ging ein Erschaudern durch die Klasse. Miss Hodge beachtete das nicht weiter, sondern erklärte, wie sie sich das vorstellte. Sie wollte die Kinder herausrufen, immer zu zweit, einen Jungen und ein Mädchen. Und jedes Paar sollte dieselbe Szene spielen.

»Auf diese Weise haben wir am Ende fünfzehn verschiedene Ministücke.« Sie lächelte aufmunternd, um die Klasse anzuspornen, aber die Schüler schauten sie nur in stummer Verzweiflung an. Mein Plan läuft gut an, dachte Miss Hodge zufrieden. »Also«, sagte sie, »zuerst müssen wir ein geeignetes Thema finden. Es muss etwas sein mit viel Handlung, etwas Aufregendes. Etwas mit viel Leidenschaft! Zum Beispiel eine Szene, in der ein Liebespaar voneinander Abschied nimmt!«

Irgendjemand stöhnte, aber Miss Hodge hatte das vorausgesehen. »Also gut. Wer hat einen anderen Vorschlag?«

Theresa hob die Hand, dann Dan Smith.

»Ein Fernsehstar und sein Fan«, sagte Theresa.

»Ein Mörder und ein Polizist, der ihn zur Strecke bringt!«, sagte Dan.

»Noch jemand? Ein anderer Vorschlag?«

Nirupam hob den Arm. »Ein Autohändler, der eine Dame übers Ohr haut und ihr einen kaputten Wagen verkauft!«

»Also – das Aufregendste ist bis jetzt Dans Vorschlag«, sagte Miss Hodge. »Aber eigentlich hab ich an etwas gedacht, von dem wir alle sehr viel wissen!«

»Wir alle wissen sehr viel von Mord«, protestierte Dan.

»Ja«, antwortete Miss Hodge. Sie beobachtete die Schüler und Schülerinnen wie ein Falke. »Aber wahrscheinlich wissen wir noch mehr über – sagen wir: Stehlen. Oder Lügen. Oder – Hexerei oder …« Sie tat, als würde ihr Blick zufällig auf den alten Besen fallen. Jetzt kam er ihr sehr gelegen. »Ich hab's! Also wir nehmen an, dass einer der Spieler in unserem kleinen Theaterstück verdächtigt wird, eine Hexe oder ein Hexer zu sein. Der andere ist dann der Inquisitor. Nun, was sagt ihr dazu?«

Nichts. Keine einzige Reaktion in der ganzen Klasse, bis auf Dan.

»Das ist doch dasselbe wie meine Idee«, murrte er.

Er kam Miss Hodge plötzlich sehr verdächtig vor.

»Gut, dann fang gleich du an, Dan«, sagte Miss Hodge. »Du und Theresa. Wer willst du sein, Theresa: Hexe oder Inquisitor?«

»Inquisitor!«, sagte Theresa sofort.

»Das ist nicht fair!«, schrie Dan. »Ich weiß ja nicht, was Hexen tun!«

Natürlich wusste er das nicht, das war klar. Und ebenso klar war es, dass Theresa nicht wusste, was Inquisitoren tun. Dan starrte gegen die Decke. Theresa begann: »Du bist ein Hexer!« – »Nein.« Und so ging es weiter: »Du bist ein Hexer!« – »Nein.« – »Du bist ein Hexer!« – »Nein.« Bis Miss Hodge ihnen gebot aufzuhören.

Bedauernd setzte sie Dan von der ersten Stelle ihrer Verdächtigen-Liste an die letzte und Theresa mit ihm. Dann rief sie das nächste Paar heraus.

Keiner gab irgendetwas Verdächtiges von sich. Die meisten wollten diese lästige Theaterspielerei so schnell wie möglich hinter sich bringen. Einige stritten ein wenig, um den Schein zu wahren. Andere rannten fuchtelnd auf und ab, damit die Sache dramatischer aussah. Den Vogel schossen Simon Silverson und Karen Grigg ab. Es war ein Musterstück an Kürze und Bündigkeit. Simon sagte: »Ich weiß, dass du eine Hexe bist. Halt den Mund!«

Und Karen antwortete: »Jawohl, ich bin eine Hexe. Ich gebe es zu. Hören wir doch endlich auf damit.«

Als Nirupam an die Reihe kam, hatte Miss Hodge noch keinen einzigen wirklich verdächtig finden können. Nirupam gab eine großartig-schaurige Darstellung eines Inquisitors zum Besten. Seine Augen sprühten, seine Stimme brüllte, dann wieder war sie zu einem noch unheimlicheren, heimtückischen Flüstern gesenkt. Wild deutete er auf Estelle.

»Schaut euch ihre bösartigen Augen an«, schrie er, und dann, beschwörend flüsternd: »Ich kann durch dich durchsehen, durch und durch! Ich spüre deine innersten Gedanken, ich weiß alles – du *bist* eine Hexe!«

Estelle war so verschreckt, dass sie eine äußerst realistische Darstellung einer geängstigten Unschuld abgab.

Aber Brian Wentworths Darstellung einer Hexe stellte sogar Nirupams Darbietung in den Schatten. Brian weinte, schluchzte und schmeichelte, er gebrauchte offensichtlich falsche Ausreden und schließlich fiel er vor Delia Martin auf die Knie und bettelte, echte Tränen vergießend, um Gnade.

Alle waren überrascht und beeindruckt, auch Miss Hodge. Sie hätte Brian mit größtem Vergnügen als Hauptverdächtigen genommen, entweder als Hexer oder als denjenigen, der den Zettel geschrieben hatte. Aber da wäre es doch wirklich sehr peinlich für ihre Heiratspläne, vor Mr Wentworth hinzutreten und zu behaupten, Brian sei ein Hexer. Nein, entschied sie. Besser nicht. Brian hatte bloß gut gespielt, es waren keinerlei echte Gefühle dahinter. Dasselbe galt für Nirupam. Sie waren beide einfach gute Schauspieler.

Dann kamen Charles und Nan an die Reihe. Er hatte es kommen sehen, dass er mit Nan drankommen würde. Es war nun einmal ein Unglückstag. Aber das sollte ihn nicht hindern, aus seinem Auftritt einen Triumph komischer Theaterkunst zu machen. Niemand war bisher auf den Gedanken gekommen, den Inquisitor als Clown zu spielen. »Ich bin der Inquisitor!«, sagte er rasch.

Aber Nan nagte noch immer an der Geschichte mit dem Besen. Sie glaubte, Charles wollte sie in die Enge treiben oder verspotten und blickte ihn bitterböse an. Charles, der sich prinzipiell von niemandem straflos böse anblicken ließ, bedachte sie mit seinem allerbösesten, drohendsten Blick. So gingen Nan und Charles, einander mit Blicken durchbohrend, zur Tafel.

Dort schlug Charles sich gegen die Stirn. »Entsetzlich! Eine Notverordnung muss her! Wir haben noch keine Hexen für die Scheiterhaufen im Herbst! Aber ich werde schon irgendwen finden!«

Er zeigte auf Nan. »Komm her, du bist eine Hexe!«

Nan hatte noch nicht begriffen, dass das Spiel bereits im Gange war. Außerdem war sie zu tief gekränkt und zornig, um Theater spielen zu können. »Ich bin keine Hexe!«, keifte sie. »Wer sagt denn, dass nicht du der Hexer bist?«

»Weil ich beweisen kann, dass du eine bist!«, sagte Charles. »Als Inquisitor kann ich nämlich alles beweisen!«

»Gut«, sagte Nan. »Dann sind wir eben beide Inquisitoren. Ich kann nämlich auch beweisen, dass du ein Hexer bist. Ganz einfach. Du hast den grausligsten Hexenblick, den es gibt. Und außerdem stinken deine Füße nach Schwefel.«

Alle Augen wandten sich Charles' Füßen zu. Man hatte ihn gezwungen, in den Schuhen, die er anhatte, querfeldein zu rennen, und die Schuhe waren jetzt noch nass. Sie dampften von der Wärme seiner Füße, und man konnte wirklich einen ganz bestimmten Geruch erschnuppern.

»Nach Käse«, murmelte Simon Silverson.

Charles guckte böse auf seine Schuhe hinunter. Nan hatte ihn daran erinnert, dass seine Laufschuhe noch immer verschwunden waren. Und sie hatte ihm die Pointen im Stück verdorben. Er hasste sie plötzlich, er hasste sie ungeheuerlich. »Würmer und Vanillesoße. Nackte Tomatenmäuse!«, sagte er. Sie starrten ihn alle an. »Eklige Fettkartoffeln. Mich wundert es nicht, dass du Dulcinea heißt. Das passt zu dir. So was Grausliges!«

»Selber grauslig!«, schrie Nan zurück. »Ich wette, du warst es, der diese Vögel gestern in die Musikstunde gehext hat …« Die 2Y hielt geschlossen die Luft an und starrte auf die beiden vor der Tafel.

Miss Hodge lauschte hingerissen. Alles stimmte! Ihr war plötzlich alles klar. Das waren echte Gefühle, nicht bloß gute Schauspielerei. Nan und Charles standen auf ihrer Liste der der Hexerei Verdächtigen ganz obenan. Die beiden waren ja auch die Außenseiter in der Klasse. Nan musste den Zettel geschrieben haben. Und Charles war wahrscheinlich der Hexer der 2Y.

»Bitte, Miss Hodge, es läutet!«, riefen ein paar Stimmen.

Die Tür öffnete sich, und Mr Crossley kam herein. »Ich möchte den Unterricht nicht stören, Miss Hodge, aber …«

»Nein, nein, Sie stören nicht«, sagte Miss Hodge. »Wir sind schon fertig. Nan und Charles, ihr geht an eure Plätze.« Und sie glitt aus der Klasse, scheinbar ohne zu bemerken, dass Mr Crossley hinzugesprungen war, um ihr die Türe aufzuhalten.

Miss Hodge lief treppaufwärts zu Mr Wentworths Studierzimmer. Sie wusste, die Neuigkeit würde auf ihn Eindruck machen. Aber leider – Mr Wentworth kam eben die Treppe herunter, eine Schachtel mit Kreide in der Hand. Er wollte in die 3Z und war schon spät dran.

»Oh, Mr Wentworth!«, rief Miss Hodge. »Haben Sie einen Augenblick Zeit?«

»Keine Sekunde. Schreiben Sie einen Zettel, wenn's dringend ist«, sagte Mr Wentworth und wollte weitersausen.

Miss Hodge packte ihn am Arm. »Aber Sie müssen sich Zeit nehmen! Sie wissen doch! Es handelt sich um die 2Y und meine Verdächtigenliste wegen dieses anonymen Zettels!«

Mr Wentworth wurde herumgerissen, weil sie seinen Arm weiter umklammert hielt, und fragte irritiert: »Was ist mit dem anonymen Zettel?«

»Mein Plan hat geklappt!«, sagte Miss Hodge. »Nan Pilgrim hat den Zettel geschrieben, da bin ich mir ganz sicher. Sie müssen unbedingt mir ihr sprechen!«

»Ich sehe sie ohnehin um vier«, antwortete Mr Wentworth. »Schreiben Sie mir alles auf, was Sie mir sagen wollen, Miss Hodge!«

»Eileen«, sagte Miss Hodge.

»Eileen wie?«, fragte Mr Wentworth und versuchte seinen Arm freizukriegen. »Glauben Sie, dass zwei Mädchen diesen Zettel geschrieben haben?«

»Nein, ich heiße Eileen«, erwiderte Miss Hodge, noch immer seinen Arm umklammernd.

»Miss Hodge«, sagte Mr Wentworth, »die 3Z wird inzwischen sämtliche Fensterscheiben zerbrechen –«

»Aber da ist auch noch Charles Morgan«, schrie Hodge, bevor Mr Wentworth sich losreißen konnte. »Mr Wentworth, ich schwöre Ihnen, der Junge hat einen Zauberspruch aufgesagt! Würmer und Vanillesoße und quatschige Kartoffeln … lauter so grausiges Zeug!«

Mr Wentworth war es endlich gelungen, sich ihrem Griff zu entwinden und flüchtete die Treppe hinunter. »Jaja, Schnecken und Schlangen und junge Hundeschwänze. Schreiben Sie alles auf, Miss Hodge!«, rief er über seine Schulter zurück.

»Zum Kuckuck«, murmelte Miss Hodge. »Ich *werde* ihm alles aufschreiben! Alles! Und er *wird* es zur Kenntnis nehmen müssen!« Und sie ging ins Lehrerzimmer. Den Rest der Stunde verbrachte sie damit, alles, was sie in dieser Sache erfahren hatte, niederzuschreiben.

Inzwischen hatte die 2Y die Tagebücher herausgeholt. Aber bevor noch jemand anfangen konnte zu schreiben, hielt Mr Crossley den Kindern eine lange und ernsthafte Rede. Er sprach davon, wie ekelhaft und verdammenswert und wie unkollegial anonyme Beschuldigungen seien. »Stellt euch vor – jeder einzeln – wie euch zu Mute wäre, wenn ihr selbst eine solche, anonyme Anschuldigung bekommen würdet!«, sagte er. »Und einer oder eine aus dieser Klasse hat einen solchen anonymen Zettel geschrieben, und zwar mit einer sehr hässlichen, sehr gefährlichen Verdächtigung.«

»Ich sage euch nicht, was für eine Verdächtigung!«, erklärte er. »Ich sage nur soviel: Jemand wird eines ganz schweren Verbrechens bezichtigt. Ich möchte, dass ihr alle darüber nachdenkt, während ihr eure Tagebucheintragungen macht. Und wenn ihr fertig seid, möchte ich, dass derjenige oder diejenige, die den Zettel geschrieben hat, einen weiteren Zettel schreibt und zugibt, dass er es war und auch sagt, warum er ihn geschrieben hat. Das ist alles. Ich werde den Betreffenden nicht bestrafen. Ich möchte nur, dass ihm klar wird, was er da angestellt hat.«

Als er mit seiner Rede fertig war, setzte er sich hin, um Hefte zu korrigieren. Er hatte diese heikle Sache in sehr verständnisvoller Weise gelöst, fand er. Die Schüler der 2Y zückten die Kugelschreiber. Dank Miss Hodge wusste jeder von ihnen sehr genau, was Mr Crossley meinte.

»29. Oktober«, schrieb Theresa. »Es gibt eine Hexe (Hexer?) in unserer Klasse. Mr Crossley hat es uns gerade gesagt. Er will, dass die Hexe (Hexer?) gesteht. Mr Wentworth hat mir heute Morgen die Strickerei weggenommen und Witze darüber gemacht. Ich hab sie erst zu Mittag zurückbekommen. Estelle Green strickt jetzt auch. Alles muss sie einem nachmachen! Nan Pilgrim konnte noch immer nicht seilklettern heute Morgen, und außerdem heißt sie eigentlich Dulcinea. Wir haben schrecklich darüber lachen müssen.«

»29. Oktober. Mr Crossley hat eben sehr ernst mit uns geredet«, schrieb Simon Silverson. »Und zwar über eine verbrecherische Person in unserer Klasse. Ich werde alles tun, damit sie vor Gericht kommt. Wenn wir sie nicht entdecken, sind wir alle verdächtig.«

»Nan Pilgrim ist eine Hexe«, schrieb Dan Smith. »Das ist nicht mir eingefallen, das hat Mr Crossley uns gerade gesagt. Auch so eine wie die, nach der sie heißt. Ich weiß nicht, wie man den Namen schreibt.«

»Mr Crossley hat uns von ernsthaften Verdächtigungen erzählt«, schrieb Estelle. »Und Miss Hodge hat uns dazu gebracht, uns gegenseitig zu beschuldigen, die Hexe oder der Hexer zu sein. Es war zum Fürchten. Ich hoffe, es ist alles nicht wahr.«

Während alle so ziemlich dasselbe schrieben, gab es doch vier in der Klasse, die das nicht taten.

Nirupam schrieb: »Kein Kommentar heute. Ich will an den Direktorstisch nicht einmal denken.«

Brian Wentworth kritzelte ins Tagebuch, wie er mit dem Autobus von Timbuktu nach Uttar Pradesh kommen würde.

Nan saß eine ganze Weile da und überlegte, was sie schreiben sollte. Sie war verzweifelt bemüht, zumindest etwas von dem, was heute so schwer auf ihr lag, loszuwerden. Aber sie wusste nicht, wie sie das anfangen sollte ohne persönlich zu werden. Endlich schrieb sie: »Ich würde gern wissen, ob es in anderen Klassen auch so ist wie bei uns. Hier gibt es Mädchen und Jungen und zwischen ihnen verläuft eine unsichtbare Linie, und die überschreiten wir nur, wenn die Lehrer es wollen. Die Mädchen teilt man ein in wirkliche Mädchen (Theresa Mullett) und solche, die wirkliche Mädchen nachmachen (Estelle Green). Und mich gibt's auch. Die Jungen teilt man ein in wirkliche Jungen (Simon Silverson), Bestien (Dan Smith) und unwirkliche Jungen (Nirupam Singh). Und Charles Morgan. Und Brian Wentworth. Ein wirkliches Mädchen oder ein wirklicher Junge ist man, wenn niemand über einen lacht. Über mich lachen sie, das heißt, dass ich kein wirkliches Mädchen bin. Bei Charles Morgan ist es genauso. Er ist kein wirklicher Junge. Und zu Brian Wentworth dürfen überhaupt alle gemein sein.«

Nan machte eine Pause. Bis hierher hatte sie geschrieben, als wäre sie verhext, wie sie beim Essen verhext gewesen war. Sie konnte sich einfach nicht dagegen wehren. Aber jetzt musste sie über Brian Wentworth nachdenken. Was machte Brian sogar noch geringer als sie selber? »Das Schlimme für Brian ist zum Beispiel«, schrieb sie, »dass Mr Wentworth sein Vater ist. Und außerdem ist Brian wirklich gut in der Schule, eigentlich beinahe überall. Er müsste ein wirklicher Junge sein. Nicht Simon. Aber Simon ist so überzeugt, selbst ein wirklicher Junge zu sein, dass er Brian irgendwie dazu gebracht hat, das auch zu glauben.«

Das trifft die Sache nicht ganz genau auf den Punkt, dachte Nan, aber ich bin der Wahrheit ziemlich nahe gekommen. Die übrigen Schüler der 2Y sind meisterhaft beschrieben, fand sie. Nan war so zufrieden damit, dass sie beinahe vergaß, dass heute ihr spezieller Unglückstag war.

Charles schrieb: »Ich bin aufgestanden, ich bin aufgestanden, ICH BIN AUFGESTANDEN.« Das sah so aus, als wäre er eifrig aus dem Bett gesprungen, was ganz gewiss nicht der Fall war. Aber er hatte einen solchen Hass in sich, dass er ihn nur so loswerden konnte. »Meine Laufschuhe waren in den Cornflakes versteckt. Mir war heiß beim Laufen, und außerdem musste ich noch am Direktorstisch essen. Ich kann Reispudding nicht leiden.«

Als es läutete, beeilte sich Mr Crossley die verbesserten Hefte ins Lehrerzimmer zu tragen, bevor Miss Hodge es verließ.

Und plötzlich sah er: Da war schon wieder ein Zettel unter den Heften. Die Nachricht war auch in Großbuchstaben geschrieben, mit demselben blauen Kugelschreiber. Und da stand: HA HA. SIE HABEN GEGLAUBT, ICH WERDE GESTEHEN. DA HABEN SIE SICH ABER GESCHNITTEN!

Und was soll ich jetzt tun?, dachte Mr Crossley.

Viertes Kapitel

Am Ende der Stunde schlich Charles noch einmal in den Garderobenraum, um seine Laufschuhe zu suchen. Und Nan schlich die Treppe hinauf, um sich bei Mr Wentworth zu melden. Als sie vor der Milchglastür stehen blieb, sah sie zwei verschwommene Gestalten dahinter und hörte Stimmen. Das war ihr nur recht. Wenigstens musste sie nicht gleich hineingehen. Sie lungerte auf dem Gang herum, bis der Aufsicht führende Lehrer erschien und sich erkundigte, was sie vor Mr Wentworths Tür wolle.

»Ich warte auf ihn«, erklärte Nan. Der Lehrer sah sie streng an, da musste sie natürlich anklopfen.

»Herein!«, rief Mr Wentworth.

Nan streckte die Hand nach der Türklinke aus, aber da öffnete schon Mr Wentworth selbst und ließ Mr Crossley heraus. Der war ganz rot im Gesicht und lächelte blöd.

»Und ich kann's trotzdem beschwören, dass der Zettel nicht dort war, als ich die Hefte …«

»Aber Sie haben doch wohl gar nicht nachgesehen, oder?«, sagte Mr Wentworth. »Unser Wer-ist-es-bloß hat doch genau damit gerechnet, dass sie nicht nachschauen! Vergessen Sie's! Ach, da bist du ja endlich, Nan! Hast du den Weg zu mir nicht gleich gefunden? Komm nur herein, Mr Crossley möchte sowieso gerade gehen.«

Er ging zu seinem Tisch zurück und setzte sich. Mr Crossley zögerte ein paar Sekunden, dann eilte er, immer noch ziemlich rot im Gesicht, die Treppe hinunter. Nan schloss die Tür. Sie sah, dass Mr Wentworth auf drei Zettel niederstarrte, die auf seinem Tisch lagen. Er machte ein Gesicht, als hätte er Angst, die drei Stückchen Papier könnten ihn beißen. Nan erkannte auf dem einen Zettel die Handschrift von Miss Hodge, die beiden anderen waren mit blauen Großbuchstaben beschrieben. Aber Nan zerbrach sich nicht weiter den Kopf darüber, sie hatte mit ihren eigenen Sorgen genug zu tun.

»Erklär mir dein Benehmen am Direktorstisch«, sagte Mr Wentworth zu ihr.

»Ich kann es nicht erklären!«, flüsterte Nan und starrte den Fußboden an.

Es gab ja wirklich keine Erklärung.

»Du kannst nicht?«, fragte Mr Wentworth. »Du hast also Lord Mulke ohne jede Erklärung sein Essen verdorben? Nein, das ist keine Antwort. Erkläre es mir!«

Unglücklich stellte Nan einen Fuß genau in ein Rechteck des Parkettbodens. »Ich weiß es nicht, Sir. Es hat einfach aus mir herausgeredet.«

»Soso, du weißt es nicht und es hat einfach von selber aus dir herausgeredet?«, sagte Mr Wentworth. »Willst du damit sagen, dass du einfach dahergeredet hast ohne dir dessen bewusst zu sein?«

Das war natürlich sarkastisch gemeint. Aber irgendwie kam es der Wahrheit ziemlich nahe. Sorgfältig stellte Nan den zweiten Fuß auf das Nachbarfeld im Parkettboden, genau in der gleichen Linie mit dem ersten; nun stand sie ziemlich unsicher, Zehe an Zehe, und überlegte, wie sie die Sache erklären sollte. »Ich meine, ich hab nicht gewusst, was ich als Nächstes sagen würde, Sir«, sagte sie.

»Und warum nicht?«, fragte Mr Wentworth.

»Ich weiß es nicht«, sagte Nan. »Es war wie – wie – ich glaub, ich war einfach verhext!«

»Verhext!«, brüllte Mr Wentworth. So brüllte er sonst nur, bevor er mit Kreide nach jemandem schmiss.

Nan trat einen Schritt zurück, um der Kreide auszuweichen. Aber sie hatte vergessen, dass sie mit einwärtsgebogenen Füßen stand, und setzte sich mit einem Plumps auf den Fußboden. Mr Wentworth beugte sich überrascht über den Schreibtisch. »Was ist denn los?«, fragte er. »Was hast du denn?«

»Bitte werfen Sie keine Kreide nach mir!«, sagte Nan.

In eben dem Augenblick klopfte es, und Brian Wentworth steckte den Kopf zur Tür herein. »Hast du Zeit für mich, Dad?«

»Nein«, antwortete Mr Wentworth. Beide blickten auf Nan, die noch immer auf dem Fußboden saß.

»Was macht sie da?«, fragte Brian.

»Sie sagt, sie ist verhext«, antwortete Mr Wentworth. »Geh jetzt und komm in zehn Minuten wieder. Und du, Nan, steh auf!«

Brian schloss gehorsam die Tür und ging. Nan rappelte sich auf die Füße. Sie versuchte kurz, sich vorzustellen, wie sich Brian wohl fühlte mit einem Vater, der zugleich der eigene Lehrer war. Aber noch viel wichtiger war: Was hatte Mr Wentworth jetzt mit ihr vor?

Er starrte auf die drei Zettel und sah wieder einmal sehr besorgt drein. Etwas schien ihn fürchterlich zu quälen. Hatte das etwas mit ihr zu tun?

»Du glaubst also, dass du verhext bist«, sagte er jetzt.

»Nein, nein!«, antwortete Nan. »Ich hab nur gemeint, es war, *als ob* ich verhext wäre. Ich hab nämlich gleich gewusst, dass etwas Fürchterliches dabei herauskommen wird. Ich wusste nur nicht, was es sein würde. Ich hab ja versucht aufzuhören, aber konnte einfach nicht!«

»Passiert dir so etwas öfter?«, fragte Mr Wentworth.

»Manchmal«, murmelte sie schuldbewusst. »Manchmal, da – wenn ich mich über jemand ärgern muss – dann schreib ich's in mein Tagebuch.«

»Und schreibst du vielleicht auch Zettel an Lehrer?«, erkundigte sich Mr Wentworth.

»Natürlich nicht!«, antwortete Nan. »Warum sollte ich?«

»Aber jemand aus der 2Y hat Mr Crossley einen Zettel geschrieben«, sagt Mr Wentworth. »Auf dem Zettel steht, dass jemand in der Klasse eine Hexe sei. Oder ein Hexer. Das ist eine schwere Beschuldigung!«

Er sagte das so ernst und so erschüttert, dass Nan endlich begriff. Deshalb also hatte Mr Crossley diese lange Rede gehalten, und deshalb war er dann bei Mr Wentworth gewesen! Die Lehrer glaubten, sie, Nan hätte diesen Zettel geschrieben!

»Das ist gemein!«, rief sie. »Wie *können* Sie nur behaupten, ich hätte den Zettel geschrieben, *und* außerdem noch behaupten, ich sei eine Hexe! Und das alles nur, weil ich Dulcinea heiße!«

»Du könntest ja den Verdacht von dir ablenken wollen«, meinte Mr Wentworth. »Wenn ich dich jetzt direkt frage –«

»Ich bin *keine* Hexe«, sagte Nan. »Und ich hab den Zettel nicht geschrieben. Ich wette, es war Theresa Mullet, oder Simon Silverson. Sie sind beide geborene Denunzianten! Oder vielleicht war's auch Daniel Smith«, fügte sie hinzu.

»Auf Dan hätte ich nicht getippt«, sagte Mr Wentworth. »Mir ist bisher noch nicht aufgefallen, dass er schreiben kann.«

Sein sarkastischer Tonfall belehrte Nan, dass sie Theresa oder Simon nicht hätte erwähnen sollen. Wie jeder in der Schule sah auch Mr Wentworth in ihnen ein wirkliches Mädchen und einen wirklichen Jungen. »Jemand hat *mich* angeschwärzt!«, sagte sie bitter.

»Schön. Ich will dir glauben, dass du den Zettel nicht geschrieben hast«, sagte Mr Wentworth. »Und wenn du das nächste Mal spürst, dass wieder so eine Hexerei über dich kommt, dann atme dreimal tief durch und zähl bis zehn. Sonst könnte es schlimm ausgehen. Du hast einen sehr unglücklichen Namen, weiß du. Du musst in Zukunft sehr, sehr vorsichtig sein. Wie kommst du überhaupt zu dem Namen Dulcinea? Heißt du nach der Erzhexe?«

»Ja«, gab Nan zu. »Ich bin irgendeine Ururenkelin oder so.«

Mr Wentworth stieß einen Pfiff aus. »Und außerdem war deine Mutter eine Hexe, stimmt's? An deiner Stelle würde ich das keinem Menschen verraten. Was mich angeht – ich bewundere Dulcinea Wilkes, weil sie versucht hat sich für verfolgte Hexen einzusetzen. Aber es gibt nur ganz wenige Leute, die sie bewundern. Schweig dich über deine Urahnin lieber aus, Nan. Und jetzt - ab die Post!«

Nan schob sich aus Mr Wentworths Zimmer. »Was denkt er von mir?«, murmelte sie, während sie die Treppe hinunterlief.

Ungefähr zur selben Zeit überwachte Mr Towers Charles bei der vergeblichen Suche nach den Laufschuhen. Mr Towers und Charles befanden sich im Garderobenraum der Jungen. Endlich sagte der Lehrer: »Bring sie mir ins Lehrerzimmer, wenn du sie gefunden hast!«, und ging. Charles musste allein weitersuchen.

Er setzte sich auf eine Bank, allein und verlassen zwischen grauen Garderobenschränken und grünen Wänden. Es roch nach Schweiß und Socken.

»Wie ich das alles hasse«, sagte er. Überall hatte er gesucht. Dan Smith musste ein wirklich verzwicktes Versteck ausgeklügelt haben. Die einzige Möglichkeit, die jetzt noch blieb um die Laufschuhe zu finden, war, Dan zu fragen.

»Schön, dann frag ich ihn eben«, sagte Charles und stand auf. Er wusste auch, wo er Dan finden konnte. Jeder wusste, wo Dan zu finden war: Er hockte in irgendeinem Gebüsch und beobachtete Pärchen der oberen Klassen. Er hatte seinen Onkel dazu gebracht, ihm ein Fernglas zu schenken. Damit konnte er von fern Leute beobachten.

Das richtige Gebüsch dafür gab es ausschließlich um die Garderobenräume.

Die älteren Semester der Schule gingen hier gern spazieren. Und es gab eine unsichtbare Grenzlinie für alle jüngeren. Jeder Ältere, der einen aus den unteren Klassen dort traf, durfte ihn verprügeln.

Charles kroch unter den Busch, der am nächsten stand. Er bestand aus hohen, zumeist immergrünen Sträuchern mit nassem Gras dazwischen.

Charles' Schuhe sogen sich sofort voll. Er fand Dan ziemlich bald. In einem der großen Lorbeerbüsche – innen, dort wo die Zweige trocken waren – hockte er.

»Dan!«, zischelte Charles.

»Schleich dich!«, flüsterte Dan. »Verschwinde!«

»Wo sind meine Laufschuhe?«, fragte Charles.

Dan überhörte das.

Charles erhob die Stimme. »Sag mir, wo du sie versteckt hast, oder ich schrei, damit sie dich erwischen!«

»Dann erwischen sie dich genauso!«, flüsterte Dan. »Ich hab dir schon gesagt, verschwinde!«

»Erst sag mir, wo die Schuhe sind!«

Dan wandte sich zu Charles um und sagte: »Du wirst langweilig.«

Charles erkannte, dass ihm nichts mehr übrig blieb, als einen Schrei loszulassen und die Großen damit aufmerksam zu machen. Während er noch überlegte, ob er es wirklich wagen sollte, kamen zwei Pärchen auf sie zu. »He!«, sagte der eine Junge. »Da sind ja die Küken! Sue hat sie flüstern gehört!«

»Tatsächlich!«, sagte der andere Junge. Sie hatten jeder ein Mädchen bei sich. Alle vier kamen in gefährliche Nähe.

Charles sah keine andere Fluchtmöglichkeit als die offene Tür der Jungen-Garderobe. Er sauste ohne zu überlegen hinein. Und bremste sich sogleich, rutschend und stolpernd. Er war doch ein Narr! Hier war er ja gefangen! Der einzige Ausweg aus der Garderobe war die Tür, durch die er hereingekommen war!

Aber da hörte er sie schon kommen. Er schlüpfte hinter die offene Tür und drückte sich gegen die Wand. Versuchte, kaum zu atmen. Und draußen standen sie nun, alle vier.

»Da drin hat er sich versteckt!«, sagte eins der Mädchen.

»Wir dürfen nicht hinein. Es ist die Jungen-Garderobe«, sagte das andere Mädchen. »Ihr zwei müsst hinein und ihn herausholen!«

Zwei Paar schwerer Füße kamen hereingetrampelt.

»Wo kann er stecken?«, fragte der eine Junge.

»Wahrscheinlich hinter der Tür!«, sagte der andere. Die Tür bewegte sich. Charles stand wie versteinert da, vor ihm ragte der lange Große wie ein Turm auf. Der Kerl hatte schon fast einen Schnurrbart. Gleich würde er »Da ist er ja!« schreien.

Charles zitterte vor Angst.

Aber die wütenden kleinen Augen über dem Schnurrbart blickten durch Charles durch auf die Wand und auf den Fußboden. Das breite Gesicht des Jungen war rot vor Ärger.

»Nix«, sagte der Große. »Keiner da.«

»Er muss es irgendwie bis zum anderen Eingang geschafft haben«, meinte der dünne Lange.

»Verwünschter kleiner Hexer!«, sagte der Turm.

Und dann, zu Charles' grenzenlosem Erstaunen, trampelten sie wieder aus der Garderobe. Charles hörte die Mädchen schimpfen, dann schienen sie alle wegzugehen.

Charles aber stand da, an die Wand hinter der Tür gelehnt, am ganzen Leibe zitternd. Die vier Großen waren weg, aber vielleicht war es nur ein Trick und sie kamen gleich wieder zurück. Fünf Minuten später waren sie immer noch weg. Es war – ja, es war ein Wunder geschehen.

Charles taumelte aus seinem Versteck hervor, mitten in den Raum. Er konnte es nicht fassen und grübelte darüber nach, was geschehen war. Ein Wunder. Irgendeine Hexerei war passiert. Anders war es nicht denkbar, dass einer von den Großen einfach durch einen durchsah, ohne zu bemerken, dass da jemand war. Und weil es eben passiert war, so und nicht anders, war Charles ganz sicher, dass der Lange nicht nur so getan hatte, als sähe er Charles nicht. Er hatte ihn wirklich nicht gesehen.

»Also?«, fragte Charles die Jacken und Pullover an den Kleiderhaken. »Was war das? Hexerei?«

Es war eine spöttische Frage, wie man eben so fragt, wenn man sich nicht mehr auskennt. Aber irgendwie war es auch ernst gemeint. Ein Verdacht, ein ungeheuerlicher, fürchterlicher Verdacht, den er schon lange fast unmerklich im Hinterkopf gespürt hatte, stand ihm plötzlich klar und deutlich vor Augen. So wie Kopfschmerzen, die sich langsam von hinten anschleichen und dann plötzlich da sind. Charles begann von neuem zu zittern. »Nein!«, sagte er. »Nein, nein, nein! Das war es nicht! Es war etwas ganz anderes!«

Aber der Verdacht war da, er ließ sich nicht verscheuchen. Charles wollte einen Beweis, oder einen Gegenbeweis, und zwar sofort. »Na gut«, sagte Charles laut. »Ich werde es beweisen. Und ich weiß auch wie. Ich werde diesem ekelhaften Dan Smith einen Denkzettel verpassen.

Charles ging zu Dans Garderobenschrank und öffnete ihn. Er blickte nachdenklich auf das Durcheinander von Kleidungsstücken und Schuhen. Charles hatte diesen Schrank schon zweimal durchsucht. Er hatte alle Garderobenschränke zweimal durchsucht. Er hatte genug vom Suchen. Er packte Dans Laufschuhe, mit jeder Hand einen, und ging damit zur Mitte des Raums.

»So«, sagte er zu den Schuhen. »Jetzt verschwindet ihr!« Er schlug die Sohlen mit den Spikes gegeneinander, wie man die Köpfe von zwei Jungen gegeneinander schlägt, um ihnen etwas klar zu machen. »Verschwindet«, sagte er. »Abrakadabra!«

Und als nichts geschah, warf er die Schuhe in die Luft, um ihnen noch eine Chance zu geben. »Ab die Post!«, sagte er.

Beide Schuhe waren weg. Weggehext – mitten aus der Luft, ehe sie hatten zu Boden fallen können.

Charles starrte dorthin, wo er sie zuletzt gesehen hatte. »Ich hab das doch nicht wirklich so gemeint«, sagte er. »Kommt zurück!«

Nichts geschah. Die Schuhe kamen nicht wieder.

»Aha«, sagte Charles. »Vielleicht habe ich es doch so gemeint.«

Dann ging er vorsichtig, mit beinahe ehrfurchtsvoller Scheu zu Dans Schrank und schloss ihn. Der Verdacht war weg. Aber die neue Gewissheit war so ungeheuerlich, dass Charles sich am liebsten unter dem Fußboden verkrochen hätte. Er war ein Hexer! Und sie würden ihn jagen, wie sie die Hexe gejagt hatten, der er geholfen hatte, und verbrennen wie den dicken Hexer damals. Verbrennen tut weh. Scheußlich war das, schrecklich, entsetzlich! Charles hatte Angst, solche Angst! Ist das so, wenn man tot ist? So kalt, so schwer? Charles konnte kaum atmen.

Charles versuchte sich zusammenzureißen. Er nahm die Brille ab und wischte sie umständlich sauber. Dann bemerkte er, dass er immer noch vor Dans Garderobenschrank kauerte. Er krabbelte auf die Füße.

Was sollte er nun anfangen? Am besten, ich bring's

gleich hinter mich, geh zu Miss Cadwallader und zeig mich selber an, dachte er. Das war natürlich idiotisch, aber Charles fiel einfach nichts Besseres ein.

Er ging zur Tür und trat in den kalten Abend hinaus. Ich hab immer schon gewusst, dass in mir was Böses steckt, dachte er. Jetzt war es erwiesen. Und die Hexe damals hatte ihn geküsst, weil sie wusste, dass er auch so einer war. Und irgendwer in der Klasse hatte es schon bemerkt und hatte den Zettel geschrieben. Nan Pilgrim hatte ihn beschuldigt, er hätte die Vögel in die Musikstunde gehext. Vielleicht, dachte Charles. Aber wenn, dann hab ich es nicht gewusst. Genauso, wie ich nicht wusste, dass ich mich unsichtbar gehext habe. Vorhin hinter der Tür. Damit der Große mich nicht sieht.

Charles ging langsam in Richtung Miss Cadwalladers Zimmer. Dann stand er vor der Tür und wartete und wagte nicht anzuklopfen. Minuten vergingen. Plötzlich öffnete sich die Tür.

»Du hast sie also nicht gefunden!«, fuhr Mr Towers ihn an.

Charles zuckte zusammen. Wie kam Mr Towers hierher? Aber er sagte trotzdem: »Nein, leider.«

»Das wundert mich nicht, wenn du die Brille abnimmst beim Suchen!«, sagte Mr Towers.

Zitternd hängte Charles die Bügel über die Ohren. Er hatte sie nach dem Sauberwischen noch nicht wieder aufgesetzt. Nun merkte er, dass er vorm Lehrerzimmer stand, nicht vor Miss Cadwalladers Tür. Wie das? Nun, er konnte ja auch Mr Towers gestehen, dass er ein Hexer war. »Ich möchte bestraft werden, bitte, ich bin nämlich …«

»Dafür kriegst du einen schwarzen Punkt«, sagte Mr Towers kalt. »Ich kann Burschen nicht leiden, die noch darum bitten, dass man sie verprügelt. Also: Du kannst es dir aussuchen. Entweder du kaufst dir ein neues Paar Laufschuhe, oder du schreibst jeden Tag fünfhundert Zeilen ab. Jeden Tag bis zum Schuljahrsende. Morgen früh kommst du zu mir und teilst mir mit, wie du dich entschieden hast. Und jetzt weg mit dir!«

Charles ging den Gang hinunter. Das war ja großartig. Scheußlich war das.

Ein neues Paar Laufschuhe oder fünfhundert Zeilen täglich. Und ein schwarzer Punkt dazu. Aber irgendwie hatte die Sache auch ihr Gutes. Er war nicht mehr so gelähmt vor Schreck. Er konnte seine Lage nun klarer sehen. Er war doch ein Narr! Es wusste ja niemand, dass er ein Hexer war! Solange er den Mund hielt und nicht hexte, war er vollkommen sicher.

Aber er musste immer weiter daran denken. Immerzu, immerzu. Das ganze Abendessen lang. Wie böse war er eigentlich? Konnte er sich irgendwie selber helfen? Würde es ausreichen und brachte er es überhaupt fertig, nicht zu zaubern? Und wenn sie es herauskriegten – hatte es Sinn, davonzulaufen? Wohin flüchteten Hexen, nachdem man sie zur Hintertür hinausgelassen hatte? Gab es überhaupt eine Möglichkeit, zu entkommen?

Als seine Gedanken an diesem Punkt angelangt waren, hörte er Theresa Mullett vom Ende des Tisches her rufen: »Nan, tu irgendwas Interessantes. Hex uns was! Wir wissen doch, dass du das kannst!«

»Nein«, sagte Nan. »Ich kann nicht hexen.«

Aber Theresa und ein paar andere hörten nicht auf zu betteln: »Nan, am Direktorstisch gibt's Bananen! Sag einen Spruch und hex sie uns herüber!«

»Ich möchte lieber ein Eis!«

»Nan, sag, dienst du eigentlich dem Teufel?«

Ununterbrochen ging es so weiter. Obwohl Charles wusste, dass es nur zu seinem Vorteil sein konnte, wenn sie alle Nan als Hexe verdächtigten, hätte er ihnen am liebsten gesagt, sie sollten den Mund halten. Und er war recht froh, als Nan plötzlich aufsprang und aus dem Esssaal stürzte.

Sie lief geradewegs in die Bibliothek, die zu dieser Stunde ganz verlassen war. Nun gut, dachte sie. Wenn schon alle glaubten, dass sie schuldig war, dann konnte sie die Gelegenheit ja gleich benützen, etwas zu tun, was sie schon immer hatte tun wollen. Sie holte sich das große Lexikon vom Regal und schlug unter Dulcinea Wilkes nach. Seltsamerweise öffnete sich das dicke Buch genau auf der gesuchten Seite. Es schien, eine Menge Leute aus der Schule hatten bereits unter »Erzhexe« nachgeschlagen. Wenn, dann mussten sie alle ebenso enttäuscht gewesen sein, wie Nan es nun war. Die Gesetze gegen Hexerei waren so streng, dass die Informationen über Nans berühmte Vorfahrin nur sehr kurz und wahrscheinlich stark zensiert waren.

Wilkes, Dulcinea. 1760–1790. Berüchtigte Hexe, bekannt als Erzhexe. Geboren in Steeple Bumpstead, Essex. Ging 1781 nach London, wo sie sich durch nächtliche Besenrundflüge um die St. Pauls Kathedrale sowie das Parlament einen Namen erwarb. Heute noch werden gewisse Besen als *Dulcineas Ponys* bezeichnet. Dulcinea hatte eine führende Rolle im Hexenaufstand von 1789. Sie wurde eingekerkert und verbrannt.

Nan seufzte und stellte das Lexikon zurück. Als es läutete, ging sie langsam in ihre Klasse, um die Hausaufgaben zu machen. Die anderen waren schon alle da. Der Lärm verebbte, als Nan eintrat, und das zeigte, dass Mr Crossley dicht hinter ihr kam.

»Charles Morgan«, sagte er. »Du sollst zu Mr Wentworth kommen!«

Charles' Gedanken waren gerade bei unsichtbaren Scheiterhaufen gewesen. Mr Crossley holte ihn mit einem Ruck zurück in die Gegenwart. Er stand auf und ging davon, wie im Traum, ging die Gänge entlang und durch die Schwingtür in den Teil des Schulgebäudes, in dem die Lehrer, die in der Schule wohnten, ihre Privaträume hatten.

Charles war erst ein einziges Mal in Mr Wentworths Zimmer gewesen. Wieder musste er seine Gedanken gewaltsam von den Scheiterhaufen losreißen und auf die Namensschildchen konzentrieren.

Vermutlich wollte Mr Wentworth ihn wegen dieser biestigen Schuhe sprechen. Verdammter Dan Smith!

»Herein!«, sagte Mr Wentworth.

Der Lehrer saß in einem Lehnstuhl und rauchte eine Pfeife. Das ganze Zimmer roch stark nach Rauch. Überrascht sah Charles, wie schäbig Mr Wentworths Zimmer war. Der Lehnstuhl war abgewetzt. Die Sohlen von Mr Wentworths Pantoffeln zeigten Löcher, und der kleine Teppich vor dem Kamin war auch schäbig und zerrissen. Aber die Gasheizung surrte freundlich, und das ganze Zimmer war wunderbar warm, verglichen mit den übrigen Räumlichkeiten in der Schule.

»Ah, Charles!« Mr Wentworth legte die Pfeife in den Aschenbecher. »Charles, man hat mir heute Nachmittag mitgeteilt, dass du möglicherweise ein Hexer bist.«

Fünftes Kapitel

In der Jungengarderobe hatte Charles gedacht, dass er niemals mehr Angst haben könnte als in der Situation. Es konnte aber noch schlimmer kommen. Mr Wentworths Worte trafen ihn wie schwere Schläge, bum, bum, bum. Unter diesen Schlägen spürte Charles, wie er langsam in kleine Stücke zerschlagen wurde und dann irgendwo hinunter fiel, immer weiter hinunter, immer tiefer, bis er selbst nur noch ein einziger langer Angstschrei war. Dann merkte er, dass er wieder hochschwebte, während er immer weiterschrie.

Das schäbige Zimmer verschwamm erst vor seinen Augen und tauchte dann wieder auf, aber Charles schwebte jetzt oben unter der Zimmerdecke und schaute hinunter. Er schaute auf sich selbst hinunter, und auf die leichte Glatze von Mr Wentworth und auf den Rauch, der sich von der Pfeife im Aschenbecher hochkräuselte. Es war schrecklich unheimlich. Charles hatte sich in zwei Teile geteilt. Aber wieso merkte Mr Wentworth nichts davon? Zu seiner Überraschung hörte Charles den Teil von sich, der auf dem abgenutzten Teppich stand, ganz normal mit Mr Wentworth sprechen. Seine Stimme hatte die richtige Mischung von Erstaunen und Unschuld, als er sagte: »Ich? Ich soll ein Hexer sein? Nein. Also wirklich nicht.«

»Ich hab ja nicht behauptet, dass du einer bist«, erklärte Mr Wentworth. »Ich hab dir nur mitgeteilt, dass jemand dieser Meinung ist. Man hat mir berichtet, dass du mit Nan Pilgrim zusammen so eine Art öffentlicher Vorstellung gegeben hast. Da war von Würmern und toten Mäusen die Rede und noch von anderen Hexenutensilien.«

»Ich hab ihr nur nachgesagt, was sie beim Essen dahergequatscht hat«, sagte Charles. »Sie waren doch auch dabei. Sie müssen es doch gehört haben.«

»Das hab ich auch«, sagte Mr Wentworth. »Aber der, der mir's erzählt hat, hielt das Gemecker für einen Zauberspruch.«

»Ich sag doch keine Zaubersprüche!«, protestierte Charles.

»Es hat aber so geklungen. Du kannst nicht vorsichtig genug sein, Charles. Wir leben nun einmal in einer verrückten Zeit. Ich glaube, ich muss dir wirklich einmal klar machen, in was für einer Gefahr du bist!«

Er nahm die Pfeife und verbrauchte zehn Streichhölzer, bis sie brannte. Charles beobachtete ihn, und es dämmerte ihm, dass Mr Wentworth nicht glaubte, dass er ein Hexer war.

Er hatte offenbar auch nicht bemerkt, dass Charles auf so seltsame Weise in zwei Teile geteilt war. Vielleicht war der Teil, der an der Decke schwebte, unsichtbar und nur ein Produkt von Charles' Angst.

Bei diesem Gedanken fühlte Charles, wie der Teil an der Decke langsam herunterkam und in den Teil auf dem Teppich zurückschlüpfte. Mr Wentworth riskierte, dass seine Pfeife wieder ausging, denn er drückte die Zündholzschachtel auf die Öffnung des Pfeifenkopfes. Charles war wieder vollständig. Er bebte zwar noch immer von dem ausgestandenen Schrecken, aber er fühlte sich trotzdem etwas beruhigter.

»Also, Charles«, sagte Mr Wentworth, »wie du weißt, ist die Hexenkunst seit Jahrhunderten verboten. Aber man kann wohl sagen, dass die Gesetze gegen Hexerei noch niemals so streng waren wie heutzutage. Du hast natürlich von dem Hexenaufstand 1789 gehört, den Dulcinea Wilkes angeführt hat?«

Charles nickte. Das wusste doch jeder.

»Nun«, sagte Mr Wentworth, »der Aufstand damals war in seiner Weise begreiflich und sogar ehrenhaft. Die Hexen haben dagegen protestiert, dass man sie verfolgt und verbrennt. Dulcinea erklärte, was ja nur der Vernunft entspricht, die Hexen könnten schließlich nichts dafür, dass sie als Hexen zur Welt gekommen waren. Sie versprach, die Hexen würden ihre Hexenkünste nur für Gutes einsetzen, wenn man mit dem Verbrennen aufhöre. Dulcinea war nicht die böse Zauberin, für die die meisten Leute sie heute noch halten. Sie war jung und hübsch und klug – aber sie hatte ein hitziges Temperament. Als die Obrigkeit ihren Vorschlägen nicht zustimmte und weiter Hexen verbrannte, wurde Dulcinea wild. Sie schuf einige sehr starke, sehr machtvolle Zaubersprüche. Das war ein Fehler. Sie erreichte damit nur, dass die Leute in panische Angst vor jeglicher Hexerei gerieten, und als der Aufstand niedergeschlagen war, brannten die

Scheiterhaufen in Mengen, und es wurden außerordentlich strenge Gesetze gegen die Hexenkunst erlassen. Aber das weißt du doch alles.«

Charles nickte wieder. Davon abgesehen, dass man ihm immer eingeschärft hatte, Dulcinea wäre ein widerwärtiges, böses, hässliches altes Weib gewesen und außerdem noch dumm und blöd, war das eine allgemein bekannte Geschichte.

»Aber«, fuhr Mr Wentworth fort, »was du vielleicht nicht weißt, ist Folgendes: Es gab noch einen weiteren Aufstand, einen sehr unguten, das war um die Zeit, kurz bevor du zur Welt kamst. Nie gehört? Schön, hab ich mir gedacht. Diese Angelegenheit wurde vertuscht und totgeschwiegen. Die Hexenführer waren alle ungute Leute, Beamte, Armeegeneräle und sogar ein Minister waren darunter. Sie wollten die Macht im ganzen Land ergreifen.«

Mr Wentworth steckte die Pfeife zwischen die Lippen und paffte erregt. »Und da hat das Parlament die Notstandsgesetze erlassen. Und die, Charles, sind bis heute in Kraft. Sie geben den Inquisitoren eine ungeheure Machtbefugnis. Sie können jemanden auf den bloßen Verdacht hin verhaften, dass er mit Hexerei zu tun hat. Sogar jemand, der so alt ist wie du, Charles.«

»Der so alt ist wie ich?«, fragte Charles heiser.

»Ja«, antwortete Mr Wentworth. »Es werden immer noch Hexen geboren. Und es scheint so, dass etwa in deinem Alter bestimmte hexerische Fähigkeiten erwachen. Darum haben die Inquisitoren ein scharfes Auge auf alle Schulen. Vor allem auf eine

Schule wie die unsrige, in der wenigstens die Hälfte der Schüler Hexenwaisen sind. Eine solche Schule halten sie natürlich besonders unter Kontrolle. Verstehst du?«

»Nein, Sir«, sagte Charles. »Was wollen Sie mir damit sagen?«

»Jemand glaubt, dass du einen Zauberspruch gesagt hast«, erklärte Mr Wentworth. »Denk doch nach, Junge! Wenn ich nicht zufällig gewusst hätte, dass du in Wirklichkeit Nans ungezogene Bemerkungen vom Mittagstisch wiederholt hast, dann wärst du jetzt schon im Gefängnis! Deshalb musst du ganz besonders vorsichtig sein. Hast du jetzt verstanden?«

»Ja, Sir«, sagte Charles. Plötzlich fürchtete er sich wieder.

»Und jetzt marsch zurück in die Klasse«, sagte Mr Wentworth. »Für alle Fälle geb ich dir einen schwarzen Punkt: damit du dir merkst, dass man vorsichtig sein muss!«

Charles öffnete die Tür. Zwei schwarze Punkte an einem Tag! Drei schwarze Punkte in der Woche bedeuteten, dass man sich bei Miss Cadwallader melden musste. Das war dann ganz schlimm. Und zwei hatte er schon! Und beide für etwas, an dem er nicht schuld war. Als Charles sich umwandte, um die Tür zu schließen, richtete er die ganze Kraft seines allerärgsten bösen Blickes auf Mr Wentworth. Er hatte es satt! Er ging den Gang hinunter zur Schwingtür, und als er dort ankam, traf er zu seiner Überraschung mit Miss Hodge zusammen, die eben von draußen kam. Miss

Hodge wohnte nicht in der Schule, sondern bei ihrem alten Vater in der Stadt. Sie war für gewöhnlich abends nicht in der Schule.

»Charles!«, sagte Miss Hodge. »Wie gut, dass ich dich treffe! Kommst du gerade von Mr Wentworth?«

Charles wunderte sich nicht einmal, warum Miss Hodge das wusste. Lehrer wussten einfach immer viel. Viel zu viel!

»Ja«, sagte er.

»Dann kannst du mir doch sicher sein Zimmer zeigen, nicht?«

Charles zeigte ihr die Tür und drückte mit der Schulter die Schwingtür auf. Er war kaum ein paar Schritte gegangen, als die Schwingtür hinter ihm wieder aufflog und Miss Hodge erschien.

»Charles, bist du sicher, dass Mr Wentworth in seinem Zimmer war? Ich hab geklopft, aber er antwortet nicht!«

»Er saß am Feuer«, sagte Charles.

»Dann hab ich vielleicht an die falsche Tür geklopft. Komm doch bitte mit und zeig mir die richtige!«, sagte Miss Hodge.

Charles seufzte und ging mit Miss Hodge den Weg zurück.

Miss Hodge hielt es für einen Glücksfall, dass sie Charles getroffen hatte. Sie hatte über die Vorfälle am Nachmittag genau nachgedacht. Und sie war zu der Einsicht gekommen, dass der günstigste nächste Schritt auf dem Weg, Mr Wentworth zu heiraten, der war, die Verdächtigungen gegen Charles zurückzunehmen. Der

Gedanke, jemand würde ihretwegen verbrannt werden, war gar nicht angenehm. Auch wenn Charles den schrecklichsten Blick hatte, den sie jemals bei einem Schuljungen erlebt hatte. Außerdem würde es ein günstiges Licht auf ihren Charakter werfen, wenn sie sich großmütig zeigte. Und nun hatte sie glücklicherweise Charles getroffen und konnte demonstrativ zeigen, dass sie ihm nichts Böses wollte.

Charles betrachtete Mr Wentworths Namensschildchen an der Tür und wunderte sich, wie Miss Hodge die Tür hatte verfehlen können.

»Oh!«, sagte Miss Hodge. »Es war doch die richtige! Da steht ja sein Name!«

Sie klopfte und klopfte, aber niemand sagte »Herein«. Erstaunt blickte Miss Hodge Charles an.

»Vielleicht ist er schon schlafen gegangen«, sagte Charles. »Es war da drin zum Einschlafen warm!«

»Machen wir doch die Tür auf und werfen wir einen Blick hinein!«, schlug Miss Hodge vor.

»Das müssen Sie machen«, sagte Charles.

»Nein, du. Ich übernehme die Verantwortung.«

Charles seufzte und öffnete zum zweiten Mal an diesem Abend Mr Wentworths Tür.

Kalte, verrauchte Luft schlug ihnen entgegen. Im Zimmer war es dunkel bis auf den leisen Schimmer der verglühenden Gasheizung. Miss Hodge schaltete das Licht ein und fächelte den Rauch von sich weg.

»Lieber Himmel«, sagte sie und blickte sich um. »In diesen Haushalt gehört eine Frau! Bist du ganz sicher, dass er da war, Charles?«

»Vor einer Minute noch!«, sagte Charles beharrlich, aber er fühlte, wie eine grauenvolle Ahnung in ihm aufstieg. Das Zimmer sah so leer aus, als wäre Mr Wentworth niemals hier gewesen. Charles ging über den kahlen Platz vor dem Ofen. Der Ofen war noch warm. Mr Wentworths Pfeife lag im Aschenbecher. Auch sie fühlte sich noch warm an, aber sie kühlte schnell ab durch die kalte Luft, die durch das offene Fenster kam. Vielleicht, dachte Charles, ist Mr Wentworth einfach plötzlich schläfrig geworden und ist ins Bett gegangen. An der gegenüberliegenden Wand gab es eine Tür, vielleicht war es die zum Schlafraum.

Miss Hodge ging kühn hinüber und öffnete die Tür. Aber es war nur ein Regal dahinter, voll gestellt mit Schulbüchern. »Hier kann er nicht verschwunden sein«, sagte sie. »Hat er vielleicht irgendwo anders auf diesem Gang sein Schlafzimmer, Charles?«

»Müsste er«, antwortete Charles. Aber er wusste, dass Mr Wentworth den Gang nicht betreten hatte. Von der einen oder anderen Seite hätten er oder Miss Hodge ihn sehen müssen. Es gab nur eine einzige Möglichkeit, Mr Wentworths Verschwinden zu erklären: Charles hatte ihn mit seinem bösesten Blick durchbohrt. Und dieser böse Blick musste an seinem Verschwinden schuld sein. Er hatte auch Dans Laufschuhe mit einem solchen Blick angesehen, bevor sie verschwanden. Er, Charles, hatte also wirklich den bösen Blick.

»Ich glaube, es hat keinen Sinn zu warten«, sagte Miss Hodge. Man merkte ihr an, dass sie enttäuscht war. »Na schön, ich kann ihn ja auch morgen noch sprechen.«

Charles war nur zu froh, dass er Miss Hodge hinunterbegleiten durfte bis an die Tür, wo sie ihr Fahrrad abgestellt hatte. Den ganzen Weg unterhielt er sie auf die charmanteste Weise. Solange er auf sie einredete, musste er wenigstens nicht daran denken, was er angestellt hatte. Und außerdem, fiel ihm ein, wenn er nur recht viel redete und besonders höflich und bezaubernd zu ihr war – fände sie vielleicht nicht die Zeit zu überlegen, dass er ja der Letzte gewesen war, der Mr Wentworth gesehen hatte.

Sie plauderten über Gedichte, Fußball, Fahrräder und über den Garten von Miss Hodge. Das Ergebnis war, dass Miss Hodge mit der Überzeugung ihr Fahrrad bestieg, Charles Morgan sei ein ganz entzückender Junge, wenn man ihn erst näher kennen gelernt hatte. Sie radelte davon.

Charles stieß einen Seufzer der Erleichterung aus und trollte sich, beladen mit neuer Schuld. Als er in die Klasse kam, waren die meisten mit ihren Schularbeiten schon fertig, und einer nach dem anderen verschwand. Charles hatte die ganze Klasse für sich allein, wenn man von Nan Pilgrim absah, die anscheinend noch arbeitete. Sie redeten kein Wort miteinander, sie taten, als wären sie mit Aufgaben beschäftigt, kamen aber nicht voran. Nan dachte, dass sie, wenn sie eine Hexe wäre wie Dulcinea Wilkes, sich nicht um die Meinung der Leute kümmern würde. Und Charles kam von dem Gedanken an Mr Wentworth nicht los.

Zuerst diese Vögel in der Musikstunde. Jetzt Mr Wentworth. Dass der Große aus der Oberklasse ihn wunderbarerweise nicht gesehen hatte, weil er unsichtbar war – das zählte nicht, weil niemand davon wusste. Wovor Charles aber wirklich Höllenangst hatte, war, dass er offenbar einfach loshexte, ohne es recht zu wissen oder zu wollen. Wenn er diese unkontrollierte Hexerei in den Griff bekam, hatte er vielleicht eine Chance unentdeckt zu bleiben. Was die Sache mit Mr Wentworth betraf, würde ihm Miss Hodge sicher ein Alibi geben. Er musste nur weiterhin liebenswürdig zu ihr sein. Aber wie konnte er aufhören drauflos zu hexen?

»Ein scheußlicher Tag war das«, sagte Nan, während sie ihre Sachen zusammenpackte. »Bin ich froh, dass er fast vorbei ist.«

Charles betrachtete sie und hätte gern gewusst, wieso sie sich dessen so sicher war. Dann packte auch er zusammen und ging. Er machte sich ernsthaft Sorgen, der Tag könnte für ihn noch nicht vorüber sein, und zwar noch lange nicht. Er hatte gehört, die Inquisitoren kämen auch nachts Leute holen. Und ihn würden sie holen kommen, sobald jemand merkte, dass Mr Wentworth verschwunden war. Der Gedanke verließ ihn nicht einmal beim abendlichen Waschen. Charles mochte Mr Wentworth gut leiden, und er hatte ein verflixt schlechtes Gewissen. Und dann hatte er eine Idee, wie er verhindern konnte, noch einmal irgendetwas oder irgendwen zu verhexen, Mr Crossley womöglich oder irgendeinen anderen Lehrer. Er musste sich einfach vorstellen, wie es war, zu verbrennen. Es würde schrecklich weh tun.

Verbrennen tut weh, sagte er sich immer wieder im Geiste vor, während er seinen Pyjama anzog. Verbrennen tut weh. Und er bibberte vor Angst, als er ins Bett kroch, und das kam nicht nur von der kalten Luft in dem ungemütlichen Schlafsaal.

Einige Betten weiter wurde wieder einmal Brian Wentworth verdroschen. Brian kauerte auf seinem Bett, die Arme schützend über dem Kopf, während Simon Silverson und seine Kumpane mit ihren Kissen auf ihn einschlugen.

Brians Gesicht zerschnitt Charles' Grübeleien und erinnerte ihn daran, was er seinem Vater angetan hatte. Aber dann wurde ihm klar, warum die auf Brian losschlugen: Mr Brubeck hatte Brian gebeten, das Solo im Schulkonzert zu singen, und Brian hatte das unüberlegterweise angenommen. Wo doch alle wussten, dass es Simon zustand, dieses Solo zu singen.

Es gab keine Möglichkeit, Mr Wentworths Verschwinden geheim zu halten. Das war klar. Aber es war immerhin nicht unwahrscheinlich, dass keiner auf die Idee kam, Charles hätte damit etwas zu tun. Er musste unbedingt etwas finden, eine Art Notbremse, die ihn daran hinderte irrtümlich zu zaubern. Sonst würde er auf dem Scheiterhaufen landen. Verbrennen tut weh.

Charles sprang aus dem Bett. Er nahm seine Brille vom Bettrand, setzte sie auf und tappte durch die im Schlafsaal verstreuten Kissen.

»Kann ich für fünf Minuten die Notfallskerze haben?«, fragte er Simon laut.

Natürlich war Simon der Schlafsaal-Vertrauensschüler. Er hörte auf, auf Brian einzudreschen, und wurde amtlich. »Die Kerze ist nur für Notfälle da! Wofür brauchst du sie?!«

»Das wirst du sehen, wenn du sie mir gibst«, sagte Charles.

Simon zögerte, er schwankte zwischen Neugierde und seiner Gewohnheit, niemals jemandem gefällig zu sein. »Sag mir zuerst, wofür du die Kerze brauchst. Ich kann sie dir nicht nur zum Spaß geben!«

»Ich sag dir gar nichts«, antwortete Charles. »Gib mir die Kerze!«

Simon überlegte. Er kannte Charles Morgan gut genug. Nichts in der Welt würde Charles dazu bringen, etwas zu sagen, was er nicht sagen wollte, weder Prügel noch Bosheiten. Aber, wie Charles gehofft hatte, war seine Neugierde gereizt.

»Wenn ich dir die Kerze gebe«, sagte er wichtigtuerisch, »breche ich das Schulgesetz. Du musst mir eine Entschädigung geben, dass ich riskiere, Schwierigkeiten zu bekommen, klar?«

Das war zu erwarten gewesen. »Was willst du?«, fragte Charles.

Simon lächelte. Er war erstaunt, wie dringend Charles die Kerze brauchte. »Dein Taschengeld, und zwar bis zum Ende des Jahres!«, sagte er. »Einverstanden?«

»Viel zu viel«, sagte Charles.

Simon wandte sich um und hob ein Kissen auf. »Wie du willst«, sagte er. »Aber das ist mein letztes Angebot.«

»Okay«, sagte Charles. Oh, wie er Simon hasste!

Simon blickte ihn überrascht an. Er hatte erwartet, Charles würde feilschen oder aufgeben. Simons Kumpane schauten Charles ebenso erstaunt an. Sie hatten aufgehört Brian zu prügeln. Endlich passierte einmal etwas Besonderes! Sogar Brian starrte Charles an. Wie war es möglich, dass jemand eine Kerze so dringend brauchte?

»Gut«, sagte Simon. »Ich nehme dein Angebot an, Charles! Aber vergiss nicht, ich habe Zeugen! Versuch nicht dich beim Zahlen zu drücken!«

»Ich werde zahlen«, entgegnete Charles. »Jede Woche, wenn Mr Crossley uns das Taschengeld gibt. Und jetzt rück die Kerze heraus.«

Simon holte mit geschäftigem Getue seinen Schlüsselbund aus seinem Blazer und schloss den Wandschrank auf, in dem sich der Erste-Hilfe-Kasten und die Kerze befanden. Charles schaute ihm grimmig zu. Wenn der Inquisitor ihn durch ein Wunder doch nicht holte, dann hatte er sich jetzt gründlich in die Klemme gebracht. Kein Taschengeld bis Weihnachten! Das bedeutete, dass er sich keine neuen Laufschuhe kaufen konnte. Er musste also 500 Zeilen täglich für Mr Towers abschreiben. Aber vermutlich nicht lange. Ein Inquisitor, so hieß es allgemein, konnte jede Hexe und jeden Hexer entlarven, ganz egal, was sie taten.

Simon nahm die Kerze in die Hand. Sie steckte in einem Emaille-Halter und brannte natürlich nicht. Charles blickte auf die Kerze, plötzlich bemerkte er, dass Simon und die anderen Jungen, sogar Brian, grinsten.

»Du hast vergessen, mich um Zündhölzer zu bitten«, sagte Simon.

Charles schaute ihn nur an, mit dem allerbösesten Blick, den er je auf jemanden gerichtet hatte. Er hoffte, Simon würde auf der Stelle tot umfallen.

Aber Simon trat nur einen Schritt zurück, ohne seine Überlegenheit einzubüßen. »Aber ich geb dir die Streichhölzer gratis«, sagte er hoheitsvoll. »Sie sind inklusive.« Und er warf Charles eine Schachtel Streichhölzer zu.

Charles stellte den Kerzenleuchter auf den Boden. Alle schauten ihm wie gebannt zu, als er ein Zündholz anstrich und die Kerze anzündete. Dann kniete er neben der Kerze nieder.

Verbrennen tut weh, dachte er. Verbrennen tut weh! Und Charles streckte den Finger aus und hielt ihn in die kleine gelbe Flamme.

»Was in aller Welt machst du da?«, fragte Ronald West.

Charles gab keine Antwort. Einen Augenblick lang fühlte sich die Flamme gar nicht heiß an, bloß warm und harmlos. Dann, ganz plötzlich war sie heiß und ganz plötzlich schmerzte es. Wie Charles erwartet hatte, war es ein ganz anderer Schmerz, als wenn man sich in den Finger schneidet oder die Zehe anstößt. Es war ein scheußlicherer Schmerz, scharf und dumpf zugleich. Charles lief eine Gänsehaut über den Rücken, und die Nerven im ganzen Arm schienen zu toben.

Stell dir das auf dem ganzen Körper vor, sagte er zu sich selbst. Verbrennen tut weh. Er hielt mit der anderen Hand das Handgelenk fest, damit der Finger nicht aus der Flamme fahren konnte. Verbrennen tut weh! Es tat tatsächlich weh. Kleine Schweißtropfen brachen ihm aus.

»Es muss eine Mutprobe sein, oder eine Wette«, hörte er Simon sagen. »Was ist es? Sag es mir, oder ich nehme die Kerze weg!«

»Eine Wette«, sagte Charles ohne nachzudenken. Verbrennen tut weh. Verbrennen tut weh. Er spulte diesen Satz wieder und wieder ab, brannte ihn in sein Hirn ein. Oder in den Teil seines Körpers, wo immer das war, der für Hexerei zuständig war. Verbrennen tut weh. Es tut so weh! Verbrennen tut weh!

»Manche Leute«, bemerkte Simon, »gehen besonders blöde Wetten ein!«

Charles beachtete ihn nicht, er versuchte seinen zuckenden Finger festzuhalten. Der wollte immer von selbst aus der Flamme springen. Der Finger war jetzt rot, mit einem weißen Strich quer darüber. Charles konnte ein seltsames, ganz feines Geräusch hören, ein winziges Zischen. Dann, ganz plötzlich, konnte er es nicht länger aushalten. Der Finger schnellte aus der Flamme und Charles blies die Kerze aus. Die Jungen, die ihn beobachtet hatten, stießen einen Seufzer der Erleichterung aus, als hätten sie die ganze Zeit den Atem angehalten.

Als Charles Simon die Kerze zurückgab, bemerkte Simon grantig: »Ich nehme an, du verdienst bei dieser Wette mehr Geld, als du mir schuldest!«

»Nein«, sagte Charles schnell. Er befürchtete, Simon wollte dieses Geld, das es gar nicht gab, auch noch an sich reißen. Simon war durchaus im Stande, Mr Crossley von der Geschichte zu erzählen, wenn Charles nicht pünktlich zahlte. »Ich bekomme überhaupt nichts«, sagte Charles. »Die Wette hieß, ich sollte den Finger ganz verbrennen.«

Der Dienst habende Aufsichtsschüler erschien in der Tür. »Licht aus jetzt!«, schrie er. »Schluss mit dem Reden!«

Charles stieg ins Bett, er saugte an seinem verbrannten Finger und hoffte inständig, er hätte nun gelernt, nicht mehr irrtümlich zu hexen. Seine Zunge ertastete eine dicke, weiche Blase zwischen dem ersten und zweiten Fingerglied. Es schmerzte jetzt noch stärker als zuerst.

»Ich hab immer schon gewusst, dass Charles Morgan verrückt ist«, sagte Simon in die Dunkelheit hinein. »Wie kann man nur etwas so Hirnloses machen!«

Ronald West sagte: »Du darfst doch nicht erwarten, dass ein Tier Verstand hat.«

»Tiere haben viel mehr Verstand«, erklärte Geoffrey Baines.

»Charles Morgan«, erklärte Simon, »ist eine niedrigere Form des Lebens.«

Solche Bemerkungen gingen noch eine Weile weiter. Heute war es ganz ungefährlich, leise zu reden, denn aus dem Nachbarschlafsaal kam viel lauterer Lärm. Charles lag da und wartete, dass sie endlich ruhig waren. Es war klar, dass er jetzt nicht schlafen konnte, und das war auch so.

Lange, nachdem Simon und seine Kumpane eingeschlafen waren, lange, nachdem zwei Aufsichtsschüler und zuletzt auch der Nachtdienst habende Lehrer die Jungen im Nachbarschlafsaal zum Schweigen gebracht hatten, lag Charles steif wie ein Stück Holz in seinem Bett und starrte in die Schatten der Nacht.

Er hatte Angst, entsetzliche Angst. Aber diese Angst war nun eine Art Dauereinrichtung geworden, die ihn vermutlich für den Rest seines Lebens begleiten würde. Angenommen, durch irgendein Wunder käme kein Inquisitor, um ihn zu schnappen, dann würde er sich sein ganzes Leben lang davor fürchten. Jede Minute, jeden Tag, Jahr für Jahr. Ob er sich daran gewöhnen konnte? Hoffentlich. Denn jetzt wäre Charles am liebsten aufgesprungen und hätte alles gestanden, damit er es hinter sich hatte.

Was würde Simon tun, wenn Charles plötzlich aufsprang und schrie: »Ich bin ein Hexer!«? Wahrscheinlich würde er ihn für übergeschnappt halten. Seltsam, dass Simon nicht auch verschwunden war auf seinen bösen Blick hin. Charles saugte an seinem Finger und grübelte darüber nach. Er hatte doch sicher genügend Hass gegen Simon aufgestaut. Mr Wentworth hatte er eigentlich niemals richtig gehasst – nur so, wie man eben Lehrer hasst, die einem einen schwarzen Punkt geben, den man nicht verdient.

Dann dachte Charles an seine anderen Sorgen. Zwei schwarze Punkte an einem Tag. Keine Laufschuhe. Kein Geld. Fünfhundert Zeilen am Tag. Und er konnte überhaupt nichts dafür! Es war auch nicht seine Schuld, dass er als Hexer geboren war. Unfair war das alles, einfach unfair!

Wenn er wenigstens wegen Mr Wentworth nicht so ein schlechtes Gewissen gehabt hätte! Das war das Schlimmste von allem. Verbrennen tut weh.

Charles' Gedanken schweiften ab. Er musste eingeschlafen sein. Aber es war kein richtiger Schlaf, eher ein leichtes, schreckerfülltes Dösen, und seine Gedanken hämmerten weiterhin dröhnend in seinem Kopf, wie eine Maschine, die man nicht abschalten kann. Aber ein wenig hatte er doch geschlafen.

Dann saß er im Bett und grübelte und grübelte. Er versuchte sich ordentlich und folgerichtig zurechtzudenken, wie die Dinge wirklich lagen. Er war also ein Hexer. Er fürchtete, dass man ihm auf die Schliche kam. Er musste also nochmals hexen, um zu verhindern, dass man von seiner Hexerei erfuhr. Mit anderen Worten: Er musste sich einen Ort suchen, wo niemand ihn stören konnte, zum Beispiel die Toilette, und dort zuerst Mr Wentworth und sodann seine Laufschuhe herzaubern.

Sechstes Kapitel

Charles kletterte aus dem Bett. Er vergaß nicht die Brille aufzusetzen. Er dachte sogar daran, Kissen und Decke so herzurichten, dass es aussah, als läge jemand im Bett. Er konnte genug sehen, um das überzeugend zu arrangieren, weil vom Gang Licht in den Schlafsaal fiel. Und in diesem Licht konnte er auch genug sehen, um, ohne irgendwo anzustoßen, an den Betten der schlafenden Jungen entlangzukriechen. Endlich war er auf dem Gang draußen.

Lärm kam aus dem nächsten Schlafsaal: Geschepper, Gepolter, gefolgt von unterdrücktem Gewieher. Es klang, als hielten die da drin wieder einmal ein mitternächtliches Festgelage ab.

Das Gepolter kam wahrscheinlich von den Fußbodenbrettern, die man aufhob, um darunter verstecktes Essen hervorzuholen.

Charles verhielt den Schritt. Es war keine gute Zeit, um sich hier vorüberzuschleichen. Wenn die Nachtaufsicht etwas von dem Lärm da drin hörte, würde sie ihn auch erwischen.

Aber niemand kam. Nach einer Weile wagte er weiterzugehen. Es war kalt. Die Heizung, die ohnehin nie warm wurde, war nachts ganz klein gestellt. Die Kälte kroch von Charles' bloßen Füßen die Hosenbeine seines Pyjamas hinauf und machte ihn ein wenig munterer. Ob es die Schmerzen in seinem Finger waren, die ihn aufgeweckt hatten? Der Finger pochte. Charles hielt ihn gegen die kalte Wand des Stiegenhauses, das half ein wenig. Während seine Füße sich Stufe für Stufe hinuntertasteten, überlegte er, was und wie er es nun machen sollte. Mr Wentworth war unzweifelhaft wichtiger als die Schuhe. Ihn musste er zuerst zurückbeschwören. Aber die Laufschuhe brauchte er auch.

»Vielleicht übe ich zuerst an den Schuhen«, murmelte Charles. »Wenn's klappt, versuch ich es mit Mr Wentworth.«

Er stolperte über die letzte Stufe und wandte sich nach links zu den Toiletten am Ende des Korridors. Dort wanderte eine Schattengestalt, die eine ungeheure Taschenlampe schwang. Der huschende Lichtkegel erfasste ein kleines weißes Wesen, das der Schattengestalt auf den Fersen folgte. Es waren der Schulwart und sein Hund auf ihrem nächtlichen Rundgang.

Sie kontrollierten auch die Toiletten nach Leuten, die dort Unfug machen könnten. Charles kehrte um und schlich auf Zehenspitzen zurück. Sogleich füllte sich der ganze Korridor mit schrillem Gekläff, das an den langen Wänden unheimlich widerhallte. Der Hund musste Charles gehört haben.

Charles fing an zu laufen. Er hörte den Schulwart rufen: »Wer da?«, und dann das Pfotengetrappel des kleinen Hundes.

Charles rannte. Er rannte am Treppenaufgang vorbei und hoffte, der Schulwart würde annehmen, er sei wieder die Treppen zu den Schlafsälen hinaufgelaufen. Dann ging er langsamer weiter, die Arme vor sich ausgestreckt, bis zu einer Schwingtür. Vorsichtig stieß er die Tür einen kleinen Spalt auf, schlüpfte durch und hielt die Tür auf der anderen Seite fest, damit sie nicht zuschlug und ihn verriet. Dann stand er ganz still und hoffte, der Schulwart würde seinen Rundgang fortsetzen.

Aber er hatte vergeblich gehofft dem Schulwart zu entwischen. Der ließ sich nicht täuschen. Der Schein seiner Taschenlampe näherte sich.

Charles ließ die Tür los und sauste durch dunkle Gänge, bis er kaum mehr Luft bekam und auch nicht mehr wusste, in welchem Teil des Schulhauses er sich befand. Den Schulwart hatte er abgehängt, aber dabei hatte er sich verirrt.

Plötzlich fand er sich vor der Tür zum Turnsaal der Jungen. Er atmete auf. Es gab ungeeignetere Orte, um einen Zauber zu vollbringen. Er öffnete die Tür und ging hinein.

Aber da war jemand.

Charles sprang einen Schritt zurück und konnte einen Quietscher nicht unterdrücken. Der andere gab gleichfalls einen erschrockenen Quietschlaut von sich.

»Wer ist da?«, fragten sie beide gleichzeitig.

Charles fand den Lichtschalter. Er schaltete ein und sofort wieder aus. Für einen Augenblick blitzte Licht auf und blendete sie beide. Aber Charles hatte den anderen erkannt und er musste sich vor Überraschung an die Turnsaaltür lehnen. Es war Brian Wentworth. Wie kam der hierher? Und das Allererstaunlichste daran war, dass Brian heulte. Charles sah das ganz deutlich in dem kurzen, grellen Lichtblitz. Brians Gesicht war nass von Tränen. Das verblüffte Charles, denn Brian heulte nie, das wusste jeder. Er quietschte und kreischte und bat um Gnade, wenn sie ihn verprügelten, aber Charles hatte ihn noch nie weinen gesehen. Das hieß also: Es musste etwas Außerordentliches geschehen sein. Hatte Brian entdeckt, dass sein Vater verschwunden war?

»Ich bring es wieder in Ordnung«, sagte Charles schuldbewusst. »Ich bin doch extra deshalb hergekommen!«

»Was kannst *du* denn schon machen!«, sagte Brian schniefend. »Wie ich diese Schule hasse! Ich hasse sie! Ich hasse sie! Ich hasse sie!«

»Ja«, sagte Charles mitfühlend. »Ich auch.« Es war ein wunderbares Gefühl, so etwas auszusprechen, es trug aber nicht dazu bei, das Gespräch auf Mr Wentworth und sein Verschwinden zu bringen. Er holte tief Atem und sagte tapfer: »Äh – ich – hast du deinen Vater gesehen?«

Brian unterbrach ihn fast schreiend. »Natürlich hab ich ihn gesehen. Jeden Tag geh ich hin und flehe ihn an, er soll mich aus dieser Schule nehmen. Heute Nachmittag war ich auch bei ihm. Sooo gebeten hab ich ihn! Warum kann ich nicht in die Forest-Road-Schule gehen, sag ich, wie Stephan Towers. Und weißt du, was er mir antwortet? Er sagt, die Forest-Road-Schule ist eine Privatschule, die kann er sich nicht leisten. Nicht leisten! Und Mr Towers kann sich's leisten? Mein Vater muss zweimal so viel Gehalt kriegen wie Mr Towers, mindestens! Ich wette, dass er fast so viel hat wie Miss Cadwallader. Aber er sagt, er kann es sich nicht leisten!«

In Charles' Kopf wirbelten Gedanken. Der schäbige Kaminvorleger in Mr Wentworths Zimmer fiel ihm ein und die löchrigen Pantoffel. Und wieder packte ihn das Schuldgefühl. Wenn Mr Wentworth verschwunden blieb, musste Brian für alle Zeiten in der Larwood-Schule bleiben. »Aber sag, hast du deinen Vater danach noch mal gesehen?«, erkundigte er sich.

»Nein«, gab Brian zur Antwort. »Er hat mich hinausgeschmissen. Er sagt, ich soll nicht immer winseln kommen.« Und schon heulte er wieder los.

Brian wusste noch nichts von dem Verschwinden seines Vaters. Charles war erleichtert. Es war also noch Zeit, Mr Wentworth zurückzuhexen.

»Ich kann tun, was ich will«, heulte Brian, »sie hauen mich. Ich kann doch nichts dafür, dass mein Vater hier Lehrer ist! Ich kann doch nichts dafür, dass ich ein guter Schüler bin! Ich hab Mr Brubeck nicht gebeten, dass er mich das Solo singen lässt. Er hat's mir einfach gegeben. Natürlich bildet Simon Silverson sich ein, nur er darf es singen! Das ärgert mich am meisten!« Und dann sagte Brian so heftig, dass Charles ganz erstaunt war: »Dass immer alle tun, was Simon Silverson sagt!«

»Ich kann ihn auch nicht leiden«, gestand Charles. »Überhaupt nicht.«

»Das ist doch ganz wurscht, ob wir ihn leiden können oder nicht«, sagte Brian. »Sein Wort ist Gesetz. So wie in dem Spiel – kennst du es? *Simon sagt* heißt es, und wenn jemand einen Satz mit *Simon sagt* beginnt, dann müssen alle tun, was er verlangt. Und wer ist er schon? Ein hochnäsiger Kerl, sonst gar nichts!«

»Ein Schwätzer«, sagte Charles. »Redet den Lehrern nach dem Mund.«

»Goldene Locken und Heiligenschein. Sogar wenn er lacht, schaut er aus, als hätte er sich extra dafür die Zähne geputzt!«, sagte Brian.

»Klar«, antwortete Charles. »Tritt dich in den Hintern und schaut unschuldig drein.« Das Gespräch machte Charles Spaß. Aber der Spaß verging ihm sofort, als Brian sagte: »Danke übrigens, dass du sie vorhin dazu gebracht hast, aufzuhören mich zu hauen! Wie bist du bloß auf die Idee gekommen, deinen Finger so schlimm zu verbrennen? – Du kannst dich übrigens darauf verlassen, dass Simon dir für die Kerze wirklich dein ganzes Geld abknöpfen wird!« Brian zögerte, dann fügte er hinzu: »Ich glaube, ich sollte die Hälfte zahlen.«

Charles konnte gerade noch ein heftiges »Spinnst du?!« hinunterschlucken. So grob wollte er auch wieder nicht sein. Aber was sollte er nun tun? Brian dachte allen Ernstes, Charles sei extra in den Turnsaal geschlichen, um ihn zu trösten! Womöglich erwartete er jetzt, Charles würde sein Freund werden. Das hab ich auch verdient, dachte Charles bitter. Das ist die Strafe dafür, dass ich seinen Vater verhext habe. Aber abgesehen von Mr Wentworth, auch abgesehen davon, dass Brian der Allerletzte in der 2Y war, sogar davon abgesehen, dass Charles Brian nicht leiden konnte: Charles war überzeugt, dass er nun nie wieder einen Freund haben durfte. Er war ein Hexer, und jeder, der sein Freund war, kam in Gefahr, gleichfalls verhaftet zu werden.

»Du musst überhaupt nichts zahlen«, sagte er. »Du bist mir überhaupt nichts schuldig!«

Brian schien sich ein bisschen leichter zu fühlen. »Ich werde dir etwas verraten«, sagte er. »Ich hab genug. Ich hab endgültig genug von dieser Schule. Wenn mein Vater mich nicht herausnimmt, renn ich einfach weg.«

»Und wohin, wenn ich fragen darf?«, sagte Charles. Er hatte selber schon manchmal daran gedacht, einfach davonzulaufen, aber er hatte den Gedanken immer wieder aufgegeben. Wohin hätte er denn auch laufen sollen?

»Weiß *ich* doch nicht«, sagte Brian. »Ist mir auch egal. Ich geh einfach.«

»Sei nicht so blöd«, sagte Charles. Das war das Freundlichste, was ihm einfiel. »So etwas muss man gut planen! Wenn du nur einfach so wegrennst, finden dich die Suchhunde sofort und du wirst gleich zurückgeschleppt. Dann kannst du was erleben. Du musst deine Spuren gut verwischen.«

»Aber wenn ich hier bleibe, werde ich noch verrückt!«, sagte Brian hysterisch. Dann wurde er plötzlich ganz ruhig, nur seine Zähne klapperten vor Kälte. »Ich glaube, ich hab's!«, sagte er ernst.

Plötzlich fiel ihnen auf, wie eiskalt es im Turnsaal war. Beide zitterten vor Kälte. Charles überlegte, wie er Brian dazu überreden könnte, ins Bett zu gehen ohne selbst mitzugehen, aber es fiel ihm nichts ein. So blieben sie beide weiter in der Mitte des Turnsaales hocken, einander gegenüber, bis sie plötzlich ein leises Trappeln vor der Türe hörten. Beide sprangen auf.

»Der Hund vom Schulwart!«, flüsterte Charles.

Brian kicherte. »Ein blödes Viech! Sieht aus wie eine Strickerei von Theresa Mullet!«

Charles brach in schallendes Gelächter aus. »Ja, ja! Genau!«

»Still!«, zischte Brian. »Der Schulwart!«

Vor der Glastür sahen sie das Licht der Taschenlampe geistern. Der Hund begann wild zu kläffen. Er wusste genau, dass da jemand war.

Brian und Charles sprangen auf und liefen durch den Turnsaal zur zweiten Tür hinaus. Als sie hinter ihnen zukrachte, flog die andere Tür auf und der große Turnsaal hallte wider von dem Gekläff des kleinen Hundes. Ohne ein Wort rannte Charles in eine Richtung, Brian in die andere. Wohin Brian gelaufen war, bekam Charles niemals heraus. Während er den Gang entlang raste, hörte er, wie die zweite Tür des Turnsaales aufgestoßen wurde und die kleinen Hundefüßchen hinter ihm hertrappelten. Charles hielt seine Brille fest und rannte verzweifelt weiter. Es war fast so wie letzthin, als er den Großen aus dem Gebüsch davongelaufen war. Warum waren sie alle hinter *ihm* her? Roch er vielleicht nach Hexerei?

Charles fand eine Außentür, aber die war versperrt. Hinter sich hörte er den Schulwart seinen Hund zurückpfeifen. Das gab Charles eine kleine Frist. Er sauste durch die nächste offene Tür, die er fand.

Er war in einen großen, kalten Raum geraten. Hier war es ganz dunkel. Charles trat vorsichtig ein paar Schritte vorwärts und stieß mit dem Fuß gegen etwas Hartes. Es gab einen lauten, metallischen Klang, Charles war gegen eine Reihe metallener Stühle gekracht. Wie versteinert stand er da. Jetzt hatten sie ihn bestimmt wieder entdeckt! Das Blut brauste so laut in seinen Ohren, dass er fast nichts anderes wahrnehmen konnte. Irgendwo, ziemlich weit weg, hörte er den Hund kläffen. Aber der schien die Spur verloren zu haben.

Gleichzeitig erkannte Charles die schwachen Umrisse hoher Fenster ziemlich weit oben. Er war in der großen Halle.

Eine bessere Gelegenheit, seine Hexereien zu erledigen, konnte er kaum finden. Schnell zuerst die Schuhe herbeschwören, dachte er. Nein, nicht die Schuhe. Viel dringender war es, Mr Wentworth herzuhexen. Also her mit ihm! Und wenn er erst da war, konnte Charles vielleicht ein gutes Wort für Brian bei ihm einlegen.

Plötzlich fiel Charles ein, dass er es nicht wagen durfte, Mr Wentworth herzuhexen. Denn falls der nicht wusste, wer ihn weggehext hatte, dann *würde* er es sofort erkennen, wenn er plötzlich nachts neben Charles in der Halle stand.

»Oh, nein, nein!«, stöhnte Charles. »Warum ist mir das nicht früher eingefallen?«

Der Hund kläffte wieder, nicht allzu weit entfernt. Erschrocken trat Charles nach vorn und stolperte über eine weitere Stuhlreihe. Ein perfekter Irrgarten aus Stuhlreihen war das! Charles blieb stehen wo er stand und versuchte einen klaren Gedanken zu fassen.

Ich kann ja jetzt immer noch die Schuhe herbeizaubern, dachte er. Falls der Schulwart mich wirklich entdeckt, dann sag ich, dass ich vor lauter Sorge um meine verschwundenen Laufschuhe schlafwandle! Charles hob probeweise die Arme. Das Hundegekläff kam immer näher.

»Schuhe!«, sagte Charles eilig und seine Stimme krächzte vor Angst, Kälte und Atemlosigkeit. »Schuhe! Herbei, herbei! Aber schnell! Abrakadabra. Schuhe! Na wird's bald!?« Der Hund schien nun direkt vor der Hallentür zu bellen. Charles fuchtelte mit den Armen. »Los! Erscheint schon endlich!«

Und plötzlich purzelte etwas auf den Stuhl neben ihm. Es war tatsächlich ein Schuh. Und da kam auch schon der zweite heruntergepoltert. Und – schwupps – fielen ihm zwei weitere auf den Kopf. Etliche fielen ihm vor die Füße, und dann hörte er es rundum purzeln und poltern. Ein ganzer Schuhregen prasselte los.

Der Hund kratzte jetzt wild kläffend an der Tür. Ein Stulpenstiefel fiel Charles auf die Schulter. Er drehte sich um und tappte die Stühle entlang, stolperte über Turnschuhe, Fußballschuhe und Schnürschuhe; und immer mehr Schuhe, immer mehr Schuhe polterten rund um ihn zu Boden. Der Schulwart näherte sich. Man sah es am Licht seiner Taschenlampe. Dieses Licht half Charles, den Weg aus der Halle zu finden. Denn jetzt war die Ausrede von der Schlafwandlerei lächerlich. Er musste weg, und zwar so schnell wie möglich! Charles stolperte und taumelte über Schuhe und Schuhe und Schuhe, die immer noch herunterprasselten. Er zwängte sich zwischen den Stuhlreihen durch zur Seitenwand der Halle, dort sauste er durch die Tür, durch die normalerweise die Lehrer kamen.

In diesem Raum war es absolut finster. Charles nahm an, dass er sich im Lehrerzimmer befand. Ganz sicher war er sich aber nicht. Wieder streckte er die Hände aus nach vorn, tappte und stolperte, kopflos vor Angst, über einen Stuhl.

Während Charles sich aufrappelte, erinnerte er sich plötzlich an jene Hexe, der er damals zur Flucht verholfen hatte. Das hätte mir früher einfallen sollen, dachte er und warf versehentlich einen Stoß Bücher um. Die Hexe hatte damals gesagt, man könne nicht zaubern, wenn man Angst hatte. Sie hatte Recht gehabt. Seine Schuh-Herbeizauberei in der großen Halle war jedenfalls gründlich schief gegangen. Ja, um hexen zu können, muss man ruhig und entspannt sein. Charles verwickelte sich in einen Vorhang und kämpfte sich wieder frei. Gott sei Dank! Da war eine Tür!

Charles stürzte hinaus. Jetzt war er ganz nahe bei der Haupttreppe. Er floh die Treppe hinauf. Während er so rannte, rieb er mit dem Daumen die dicke, schmerzende Brandblase auf dem Finger. Was für eine Verschwendung! Was für eine sinnlose Geldverschwendung! Er hatte zwar seinen Finger verbrannt, aber er war offensichtlich um kein Haar gescheiter geworden! Und da war schon die herrliche grünliche Nachtbeleuchtung der Schlafsaal-Korridore, die ihn willkommen hieß. Er hatte es nicht mehr weit.

Später wusste er nicht mehr, wie er ins Bett gekommen war. Sein letzter klarer Gedanke galt Brian und wie und ob er zurückgekommen war. Als ihn die Morgenglocke weckte, hatte er das Gefühl, er müsste zu Füßen von Brians Bett aufwachen. Aber er lag in seinem eigenen Bett. Er hoffte, dass alles nur ein Traum gewesen war. Aber noch bevor er wirklich wach um sich blinzeln konnte, hörte er schon Stimmen. Der ganze Schlafsaal war voll davon.

»Ich find meine Schuhe nicht!«

»Was ist denn mit unsern Schuhen passiert?«

»Meine Hausschuhe sind nicht da!«

Charles rappelte sich hoch, und da hörte er Simon sagen:

»Bist du der Schuhdieb, Brian?«

Brian kniete in seinem Bett und sah so verschlafen aus wie Charles. Er gab keine Antwort und vermied es, Charles anzusehen.

Im nächsten Schlafsaal waren auch alle Schuhe weg. Und sie hörten einen von der Oberklasse brüllen:

»He, ihr Winzlinge! Habt ihr etwa unsere Schuhe gestohlen?«

Alle schienen die Sache für einen Ulk zu halten, und Charles hoffte sehr, sie würden das auch weiterhin tun. Zunächst mussten alle in Socken gehen. Auch Charles' Schuhe waren verschwunden und darüber war er sehr froh.

Auf dem Gang wurden plötzlich Stimmen laut. »Wir müssen hinunter in die Halle! Alle Schuhe sind in der Halle!«

Charles lief mit den andern in Socken zur Halle hinunter. Auch die Mädchen kamen in Socken gerutscht, die Oberklassen hielten natürlich die Tür zur Halle besetzt. Die unteren Klassen strömten in den Hof und schauten durch die Hallenfenster hinein und staunten.

Eine Schule mit sechshundert Schülern besitzt eine ungeheure Menge von Schuhen. Es wären schon zwölfhundert gewesen, hätte jeder nur ein Paar besessen. Aber in der Larwood-Schule musste jeder noch Spezialschuhe haben, fast für jede Gelegenheit ein eigenes Paar. Da gab's Turnschuhe, Laufschuhe, Tennisschuhe, Tanzschuhe, Sonntagsschuhe, Sandalen, Fußballschuhe, Hockeyschuhe, Stiefel und Galoschen. Das alles waren schon viele tausend Paar. Dazu kamen noch die Schuhe der Lehrer und Lehrerinnen. Miss Cadwalladers Schuhe mit den Bleistiftabsätzen, die Latschen des Schulkochs, die Genagelten des Schulwarts. Sogar purpurfarbene Stiefelchen waren in dem Schuhberg, ein Paar zerfledderte Reitstiefel und noch andere.

Es war ein ungeheurer Berg. Die Stühle der Halle waren begraben unter diesem riesigen Schuhberg.

Mitten im allgemeinen Staunen schrillte Theresas Stimme: »Falls das jemand für witzig hält, ich finde es überhaupt nicht lustig. Meine Bettsocken sind ganz schmutzig geworden!« Theresa trug flauschige, hellblaue Bettsocken über ihren normalen Socken.

Das war das Stichwort, nun stürzten sich alle auf den Schuhberg. Es gab ein Gekletter durch Türen und Fenster, ein Gerutsche auf Socken, ein Gegrabe nach Schuhen, die man für die eigenen hielt – oder wenigstens nach einem Paar, das halbwegs passte.

Bis eine Stimme brüllte: »RRRAUS! RRRAUS MIT EUCH ALLEN!!! DIE SCHUHE BLEIBEN ALLE DA!!!«

Es war Mr Wentworths Stimme. Charles war so fassungslos, dass er stocksteif stehen blieb und in dem allgemeinen Gedränge mitgerissen und in eine stillere Ecke bei der Türe geschoben wurde. Er reckte den Hals und konnte klar und deutlich Mr Wentworth sehen, der über den Rand des Schuhberges schritt. Er trug seinen üblichen schäbigen Anzug, aber keine Schuhe. Sonst war er wie immer. Hinter ihm drein stolperte Mr Crossley in leuchtend gelben Socken, und dann kam Mr Brubeck.

»Ich hab keine Ahnung, wer es war!«, beteuerte der Schulwart, der auch daherkam, von seinem Hund gefolgt. »Aber ich habe die halbe Nacht Leute im Schulhaus herumschleichen gehört. Einen hätte mein Hund beinahe erwischt!«

»Halten Sie doch endlich den Mund!«, rief Mr Wentworth.

Charles schlüpfte auf den Gang hinaus. Mit Mr Wentworth schien alles in Ordnung zu sein. Er war wohl doch schlafen gegangen, eben als Miss Hodge Charles nach dem Weg zu seinem Zimmer fragte. Und, was noch viel besser war: Alle glaubten, die Schuhe seien durch einen völlig natürlichen Ulk in die Halle geraten.

Charles hätte tanzen und singen können vor Freude.

Plötzlich stand Dan Smith neben ihm. Das ernüchterte ihn etwas. »He«, sagte Dan, »haben dich die Großen erwischt, gestern Abend?«

»Nein, ich bin davongerannt«, antwortete Charles leichthin.

»Dann bist du aber ordentlich schnell gelaufen«, sagte Dan. Das klang neidisch, aber es war immerhin ein Kompliment von Dan. »Hast du eine Ahnung, wer für diesen Schuh-Streich verantwortlich ist?«, fragte Dan mit einer Kopfbewegung zur Halle hin.

Charles hätte ihm liebend gern die Wahrheit gesagt und Dans Gesicht gesehen, aber so blöd war er auch wieder nicht. »Keine Ahnung!«, sagte er.

»Ich weiß es aber«, erklärte Dan. »Es war die Hexe in unserer Klasse, darauf schluck ich einen Besen!«

Mr Wentworth erschien in der Hallentür. Ein allgemeines »Schhhhh!« zischte durch den gedrängt vollen Gang.

»Frühstück gibt's heute später!«, schrie Mr Wentworth. Er sah sehr besorgt drein. »Ihr könnt nicht erwarten, dass das Küchenpersonal in Socken arbeitet! Ihr marschiert in eure Klassen und wartet dort. Inzwischen werden alle Lehrer und die Schüler der oberen Klassen die Schuhe sortieren und im Hof aufstellen. Wenn ihr aufgerufen werdet – *und zwar nur dann*, verstanden! – kommt ihr klassenweise und holt euch eure Schuhe heraus.«

In dem ganzen Tumult hielt Nan sich abseits. Sie war in den oberen Gang hinaufgehuscht, wo die Baderäume der Mädchen lagen. Von dort hatte sie eine ausgezeichnete Aussicht auf den mit Reihen von Schuhen bedeckten Hof und auf das Küchenpersonal, das auf Zehenspitzen die Schuhreihen entlangschlich, um seine Arbeitsschuhe zu suchen. Aber die Sache machte ihr keinen Spaß. Theresas Freundin Delia Martin und Estelles Freundin Karen Grigg hatten ihr klar gemacht, sie wären überzeugt, dass die Geschichte mit den Schuhen ihr, Nans, Werk war. Und die Tatsache, dass die beiden sonst nie miteinander sprachen und auch Nan sonst immer übersahen – diese Tatsache war bedenklich und ließ das Schlimmste befürchten.

Siebentes Kapitel

Frühstück gab es spät, aber immer noch bevor die 2Y gerufen wurde, um ihre Schuhe herauszuklauben. Miss Cadwallader hatte sich vor dem Direktorstisch aufgepflanzt, und nun hielt sie eine Rede.

»Irgendjemand hat sich einen unerhörten, völlig geistlosen Scherz erlaubt«, sagte sie. »Vermutlich waren die- oder derjenige überzeugt, dass so etwas lustig ist. Sie müssen jedoch zumindest jetzt einsehen, wie dumm und unehrenhaft sie gehandelt haben. Ich wünsche, dass sie sich von nun an ehrenhaft benehmen. Ich wünsche, dass sie sich bei mir melden. Und ich wünsche, dass jeder, der etwas weiß oder vermutet, mir mitteilt, was er von der Sache weiß. Ich bin den ganzen Vormittag in meinem Zimmer. So. Mehr habe ich jetzt nicht zu sagen.«

»Was ist daran denn ehrenhaft?«, fragte Nirupam in das Gescharre und Getrappel hinein, als sie alle aufstanden. »Hingehen und Märchen erzählen soll ehrenhaft sein?«

Mit dieser Bemerkung erwies er, absichtlich oder nicht, Nan einen Dienst. Keiner in der 2Y hatte Lust, hinzugehen und über jemanden Märchen zu erzählen. Niemand suchte Miss Cadwallader auf. Stattdessen gingen sie alle hinaus in den Hof, wo inzwischen ein leichter, aber eisiger Nieselregen eingesetzt hatte, und wanderten die langen Reihen der feuchten Schuhe auf und ab, um ihre eigenen herauszusuchen. Nan musste mitkommen.

»Schau, schau, da kommt die Erzhexe Dulcinea!«, sagte Simon. »Warum hast du deine eigenen Schuhe auch gestohlen, Dulcinea? Sieht unschuldiger aus, wie?«

Und Theresa fügte hinzu: »Also wirklich, Nan! Meine Bettsocken sind hin! Ist das vielleicht lustig?«

»Los, los, nicht trödeln!«, schrie Mr Crossley herüber. Eifrig begannen sie alle nach ihren Schuhen zu suchen.

Der Einzige, der sich an der allgemeinen Suche nicht beteiligte, war Brian. Er wanderte einfach planlos herum und starrte in die Luft. Schließlich fand Nirupam Brians Schuhe und drückte sie ihm in einem Bündel in die Hand.

»Ist dir schlecht?«, fragte Nirupam.

»Wem? Mir? Nein, nein«, antwortete Brian zerstreut.

»Sicher nicht? Eines deiner Augen steht ein wenig schief«, sagte Nirupam.

»Wirklich?«, fragte Brian uninteressiert und ging weg.

»Ich glaube, du hast ihn zu oft auf den Kopf geschlagen«, sagte Nirupam scharf zu Simon.

Simon lachte ein wenig unsicher, denn Nirupam war schließlich einen Kopf größer als er. »Unsinn! In Brians Kopf ist nichts drin, was man verletzen könnte!«

»Du wirst ja sehen«, begann Niripam, doch er wurde von einem Wutschrei von Dan Smith unterbrochen.

»Das werden sie mir büßen«, schrie Dan. Er war bleich und übermüdet nach dem nächtlichen Festgelage und kochte vor Wut. »Das werden sie mir büßen! Auch wenn's einer von den verdammten Großen war! Meine Laufschuhe sind weg! Jemand hat meine Laufschuhe gestohlen!«

»Such noch einmal!«, rief Mr Crossley.

Dan suchte überall, er suchte alle Reihen durch, auch Charles suchte und suchte, bis ihre Socken völlig durchweicht waren und ihnen der Regen aus den Haaren troff, aber weder Dan noch Charles konnten ihre Laufschuhe finden. Inzwischen durften auch die 1X, die 1Y und die 1Z ihre Schuhe suchen, bevor sie zu nass wurden. Auf dem ganzen Hof lagen schließlich nur die drei einsamen Fußballschuhe aus der Garderobe, die zerfetzten Reitstiefel und ein Paar giftgrüner Turnschuhe, die offenbar niemand haben wollte.

Dan stieß so grässliche Drohungen aus, dass Charles sich glücklich pries, weil Dan nicht auf den Gedanken kam, Charles könnte mit dem Verschwinden der Schuhe etwas zu tun haben.

Aber nun musste Charles wohl oder übel zu Mr Towers gehen und ihm gestehen, dass seine Laufschuhe noch immer nicht aufgetaucht waren.

»Und ich hab doch wirklich gesucht!«, beteuerte er.

Mr Towers blickte Charles an. »Kannst du neue Schuhe bezahlen, oder willst du lieber fünfhundert Zeilen abschreiben?«, fragte er.

»Abschreiben«, sagte Charles grantig.

»Also jeden Abend nachsitzen. Bis Weihnachten«, sagte Mr Towers. »Wart einen Moment!« Er ging ins Lehrerzimmer und kam mit einem zerfledderten dicken Buch zurück. »Da!«, sagte er und reichte Charles das Buch. »Daraus schreibst du jeden Abend fünfhundert Zeilen ab. Ich werde dir schon noch beibringen, was ein ordentlicher Schüler ist!«

Charles stand vor dem Lehrerzimmer und starrte das Buch an. Es hieß *Der schneidigste Junge der Schule*, und die erste Zeile lautete: »Prima! Kolossal!«, rief Watts Jüngster. »Ich darf heute Nachmittag bei der Rugbymannschaft mitspielen!«

Charles blickte von der Buchseite auf seine dicke, durchsichtige Blase auf dem Finger, die so völlig sinnlos war, und fühlte sich hundeelend. Aus tiefstem Herzen knurrte er eine Verwünschung.

»Guten Morgen, Charles!«, rief Miss Hodge in diesem Augenblick. Sie kam herangetrippelt und sagte: »Ein wunderschönes Buch!« Charles starrte sie nur wütend an. Sie war einigermaßen überrascht über die Aufregung und das Durcheinander im Lehrerzimmer und die vielen Stiefel und Schuhe, die mitten im Zimmer auf dem Boden lagen. Und da sah sie Mr Wentworth, der an ihr vorübereilen wollte. Hoch erfreut stellte sich Miss Hodge in seinen Weg.

»Oh, Mr Wentworth! Ich möchte mich gern entschuldigen, ich glaube, ich habe Charles Morgan zu Unrecht verdächtigt«, sprudelte sie sogleich hervor.

Das ist doch wirklich sehr großzügig von mir,

dachte sie, besonders nach diesem fürchterlichen Blick von Charles! Sie lächelte Mr Wentworth an.

Aber der sagte nur: »Freut mich zu hören«, und eilte an ihr vorbei.

Aber er hat jetzt wirklich andere Sorgen, dachte sie entschuldigend, als Mr Crossley ihr aufgeregt von dem Schuh-Durcheinander erzählte. Sie durfte Mr Wentworth jetzt wirklich nicht übel nehmen, dass er so kurz angebunden gewesen war.

Sie fing also an, Hefte einzusammeln, die auf geheimnisvolle Weise auf den Fußboden geraten waren, und dann ging sie in die 2Y, um eine Englischstunde zu geben.

Als sie die Klasse betrat, sah sie, dass Simon Silverson ein dickes Buch in die Höhe hielt. Es war *Der schneidigste Junge der Schule.* »Hört euch das an!«, sagte Simon. »Mit stolzgeschwellter Brust blickte Watts Jüngster in die Augen seines einzigen treuen Freundes. Er war ein Junge, der alle anderen übertraf, aufrecht an Körper und Seele.«

Theresa und Delia kicherten in ihre Strickerei. Charles starrte sie vernichtend an.

»Wahrhaftig, Simon«, sagte Miss Hodge. »Das war deiner unwürdig.« Simon blickte sie erstaunt an. Er war überzeugt, dass er niemals etwas Unwürdiges tun konnte.

Nirupam meldete sich.

»Spielen wir wieder Theater?«, fragte er.

»Nein«, sagte Miss Hodge fest. »Holt die Gedichtbücher heraus.«

Die Stunde und der ganze Vormittag schleppten sich dahin. Theresa strickte den zweiten Babyschuh fertig und begann ein Jäckchen für ihren Morgenrock. Estelle strickte ein gutes Stück von einer Babymütze. Brian hörte auf, die Wand anzustarren, und schien einen Anfall von Fleiß zu haben. Er kritzelte wie wild in einem Schulheft. Charles saß da und dachte nach. Er war überrascht, was für Gedanken und Gefühle ihm kamen. Er hatte überhaupt keine Angst mehr. Es schien, als hätte er sich damit abgefunden, ein Hexer zu sein. Keiner hatte etwas bemerkt. Alle hielten Nan Pilgrim für die Hexe, schon deshalb, weil sie Dulcinea hieß. Das war natürlich gut für Charles. Aber das wahrhaft Verwunderliche war, dass der Gedanke an den dicken Hexer, den er seinerzeit brennen gesehen hatte, ihn nicht mehr quälte. Er versuchte an ihn zu denken, vorsichtig zuerst, und dann immer kühner. Nein, es machte ihm nichts mehr aus. Und wenn er an die Hexe dachte, die zu ihm in den Garten geflüchtet war, machte ihm auch das keinen Kummer mehr.

Das war alles so lange her. Es schien nie gewesen. Es war wie Kopfweh, das plötzlich aufhört. Ein großer Friede überkam ihn. Charles begriff, sein Unterbewusstsein wollte ihm offensichtlich klar machen: Du bist ein Hexer, und damit musst du leben! Und nun, wo er das wusste, war es nicht mehr so schlimm.

Dann dachte er an Inquisitoren. Er wollte herausbekommen, ob er davor noch immer Angst hatte. Verbrennen tut weh!, dachte er und blickte auf seine dicke Brandblase. Eines hatte er doch von ihr gelernt: Lass dich beim Hexen nicht erwischen! Pass auf, dass die anderen nicht draufkommen!

Sehr gut, dachte Charles. Dann überlegte er, wie er sich an Simon Silverson rächen könnte. Auch an Dan Smith, aber Simon kam zuerst dran, das war ganz klar. Was konnte er Simon antun, was das Taschengeld vom Rest des Jahres aufwog? Das war schwierig. Es musste etwas Fürchterliches sein, aber es durfte in keiner Verbindung mit ihm, Charles, stehen. Das war eine Herausforderung! Simon sollte leiden. Alle sollten davon erfahren, aber keiner durfte wissen, dass Charles dahintersteckte. Was *konnte* er also tun?

Die letzte Stunde vor dem Mittagessen hatten sie Turnen. Heute waren die Jungen an der Reihe, auf die Seile zu klettern.

Charles saß an der Sprossenwand und tat, als müsste er seine Schuhriemen binden. Es ging ihm nicht wie Nan, die nicht klettern konnte. Er konnte es sehr wohl, wenn er wollte, aber er wollte nicht. Er wollte in Ruhe nachdenken, was er Simon antun könnte. Simon war natürlich wieder einer der Ersten, die an der Decke des Turnsaals anlangten. Er sah Charles unten sitzen und schrie etwas hinunter. Weil Charles nicht reagierte, boxte ihn jemand aus der 2Y in den Rücken.

»Simon sagt, du sollst nicht so faul rumsitzen!«

»Soso, Simon sagt das!«, antwortete Charles.

Ein Gedanke schoss ihm durch den Kopf. Er sprang auf. Was hatte Brian gestern abend noch gesagt? *Simon sagt.* Wie in dem Spiel *Simon sagt.* Wie wär's, wenn aus diesem Spiel plötzlich Ernst würde? Angenommen, alles, was Simon behauptete, würde wahr? Schlimmstenfalls war die Sache ein guter Spaß. Am schönsten wäre es natürlich, wenn alle glauben müssten, Simon wäre ein Hexer.

Charles kletterte ein Seil hinauf. Er kletterte, wie es sich gehört, in aller Ruhe, damit er weiter nachdenken konnte. Er wollte nicht allzu nah an Simon herangehen, um ihn mit einem Spruch zu belegen, damit es niemand bemerkte. Andererseits fühlte Charles, dass es nicht möglich war, jemanden so aus der Ferne zu verhexen. Dazu war der Zauber viel zu persönlich. Er brauchte also etwas, das so ganz zu Simon gehörte, dass es, wenn man dran herumhexte, auf Simon zurückwirkte. Ein Stückchen Simon sozusagen. Gab es so was? Was war ein Stückchen Simon und doch räumlich von ihm getrennt? Ein Zahn vielleicht. Abgeschnittene Zehennägel. Fingernägel. Haare … Er konnte doch nicht zu Simon gehen und ihm einen Zahn ausschlagen oder ein Haar ausreißen! Augenblick. Haar … Simon hatte sich natürlich am Morgen gekämmt. Mit einigem Glück konnte Charles in Simons Kamm noch das eine oder andere Haar finden. Zufrieden glitt er das Seil hinunter, zu schnell für die Blase an seinem Finger. Er musste pusten, damit sie nicht mehr so wehtat. Nach dem Mittagessen war die richtige Zeit, in den Schlafsaal zu schleichen.

Nach dem Mittagessen – das war auch für Nan eine wichtige Zeit. Während des Essens gelang es ihr, Karen Grigg und Delia Martin zu entwischen und sich an einen Tisch zu setzen, an dem ältere Mädchen saßen. Sie beachteten Nan überhaupt nicht. Das Essen war fast so abscheulich wie am Vortag, aber Nan fühlte keinerlei Zwang, es zu beschreiben. Sie wäre nur am liebsten tot gewesen. Als ihr dann aber einfiel, dass sie ohnehin bald sterben müsste, wenn irgendwer aus der 2Y zu einem der Lehrer ging und ihm sagte, Nan sei eine Hexe, da merkte sie plötzlich, dass sie überhaupt keine Lust hatte zu sterben, und sie fühlte sich gleich ein wenig besser. Bis jetzt hatte sie jedenfalls noch keiner verpetzt. Sie sind einfach dumm, dachte Nan. Und bis Weihnachten haben sie das alles vergessen. Ich muss ihnen nur so lange aus dem Weg gehen.

Als das Mittagessen vorüber war, schlich sie hinauf in den Gang vor den Badezimmern. Aber Karen Grigg und Theresa waren ihr gefolgt und versperrten ihr plötzlich den Weg. Sie machte kehrt und wollte weglaufen, aber da standen schon Delia und ein paar andere Mädchen. »Gehen wir ins Badezimmer«, schlug Theresa vor. »Wir wollen dich um was bitten, Nan!«

Einen Augenblick überlegte Nan, ob sie sich auf Karen und Theresa stürzen und versuchen sollte wegzulaufen. Aber dann würden sie sie eben abends im Schlafsaal erwischen. Am besten, sie brachte es hinter sich. »Okay«, sagte sie und schlenderte scheinbar sorglos ins Badezimmer.

Fast in demselben Augenblick sauste Charles in den Schlafsaal der Jungen. Weiß und sauber und kalt standen die Betten da, jedes mit seinem kleinen Nachtschrank daneben. Charles lief zu Simons Nachtschrank. Er war natürlich versperrt. Simon war ein ausgesprochener Zusperrer. Sogar seine Uhr hatte einen kleinen Schlüssel, womit man den Verschluss am Handgelenk abschließen konnte. Aber Charles ließ sich nicht aufhalten. Er streckte gebieterisch die Hand gegen das versperrte Türchen aus. »Kamm«, sagte er. »Los! Abrakadabra!«

Und schon kam Simons Kamm durch das weiß gestrichene Holztürchen geschlüpft. Der Kamm glitt wie ein Fisch in Charles' Hand. Es war großartig. Und außerdem hingen drei von Simons goldgelockten Haaren zwischen den Zähnen des Kamms. Vorsichtig zog Charles sie heraus. Dann hielt er die drei Haare zwischen Zeigefinger und Daumen der linken Hand, und mit dem rechten Zeigefinger und dem rechten Daumen strich er die ganze Länge des dünnen Löckchens herunter. Und noch einmal. Und noch einmal. »Simon sagt«, flüsterte er den drei Haaren zu. »Simon sagt. Simon sagt! Was immer Simon sagt, ist wahr!«

Nach etwa einer Minute hatte er das Gefühl, dass der Spruch wirkte. Er fädelte die drei Haare behutsam wieder in den Kamm und war kaum damit fertig, als er Brian hinter sich sagen hörte: »Charles, du musst mir helfen!«

Charles fuhr zusammen. Er beugte sich vor, um den Kamm zu verstecken, gab ihm einen Schubs Richtung Nachtschrank und war überrascht, dass der Kamm tatsächlich zurückschlüpfte. »Was willst du denn?«, wandte er sich ungnädig an Brian.

»Geh mit mir ins Krankenzimmer!«

Es war eine alte Schulregel, dass jemand, der sich krank fühlte, einen andern finden musste, der ihn ins Krankenzimmer brachte. Das war so eingeführt worden, weil die Krankenstation meist mit Gesunden vollgestopft war, die versuchten, ein paar Stunden zu schwänzen. Bei der neuen Regelung hatte man angenommen, dass niemand einen Freund beschwindeln würde. Die Regel bewährte sich nicht allzu sehr. Estelle Green zum Beispiel ließ sich von Karen zweimal wöchentlich ins Krankenzimmer führen. Und soweit Charles sehen konnte, erfreute Brian sich bester Gesundheit.

»Du schaust nicht sehr krank aus«, sagte er. Er wollte zu Simon und kontrollieren, ob der Zauber wirkte.

»Na, und was sagst du dazu?«, fragte Brian. Zu Charles' Überraschung wurde Brian plötzlich bleich. Er glotzte gegen die Wand und begann mit einem Auge zu schielen. »Na?«, fragte Brian, »seh ich nicht ein bisschen hypnotisiert aus?«

»Eher, als hättest du eins auf den Kopf gekriegt«, sagte Charles grob. »Lass dich von Nirupam hinbringen!«

»Der hat sich schon vormittags um mich gekümmert«, antwortete Brian. »Ich will so viele Zeugen wie möglich. Gestern Nacht hab ich dir geholfen. Jetzt hilf du mir!«

»Du hast mir nicht geholfen, letzte Nacht!«, sagte Charles.

»Doch. Als du in den Schlafsaal kamst, wolltest du dich vor meinem Bett schlafen legen. Ich hab dich zu deinem eigenen geschleppt und hineingelegt.«

Charles starrte Brian an. Dieser schmächtige Bursche konnte keinen andern schleppen, geschweige denn aufs Bett hieven. Aber geholfen oder nicht – Brian wusste, dass Charles in der letzten Nacht den Schlafsaal verlassen hatte. Und jetzt hatte er ihn mit Simons Kamm in Händen erwischt. Charles wusste nicht, warum es Brian ins Krankenzimmer zog, aber das war Brians Angelegenheit. »Na schön«, sagte er. »Ich bring dich hin.«

Im Badezimmer hatten sich die Mädchen inzwischen um Nan geschart. »Wo ist Estelle?«, fragte Theresa.

»Draußen. Wache halten!«, antwortete Karen. »Sie wollte hier nicht mitmachen.«

»Wobei mitmachen? Was ist denn überhaupt los?«, fragte Nan angriffslustig.

»Wir möchten, dass du einmal ordentlich hext«, sagte Theresa. »Hier, wo wir dir zuschauen können. Wir haben so was alle noch nicht gesehen. Und wir wissen genau, dass du es kannst. Los, wir verraten dich nicht!«

»Los, Nan«, riefen jetzt auch die andern Mädchen. »Wir sagen es nicht weiter!«

Es war ein Baderaum mit sechs Badewannen, sie standen in einer Reihe. Die Mädchen drängten Nan gegen die Wand zwischen zwei Badewannen. Delia sagte: »So!« Heather sagte: »Hol ihn!«

Und Karen bückte sich und holte unter der linken Badewanne den alten Besen des Schulwarts hervor. Julia und Deborah packten ihn und zwängten ihn so zwischen die beiden Badewannen, dass Nan eingesperrt war. Nan schaute erst den Besen an und dann die Mädchen.

»Du musst uns etwas vorreiten!«, erklärte Theresa.

»Das kann jede Hexe«, sagte Karen.

»Wir können aber auch eine andere Hexenprobe veranstalten«, sagte Theresa freundlich.

»Zum Beispiel ertrinken Hexen nicht«, sagte Delia. »Man kann sie unter Wasser tauchen, das macht ihnen gar nichts!«

Karen lehnte sich vor und steckte den Stöpsel in die rechte Badewanne. Heather drehte den Kaltwasserhahn auf, nur ein kleines bisschen.

»Ihr wisst genau, dass ich keine Hexe bin«, sagte Nan. »Ich kann nicht auf einem Besen reiten. Ihr wollt nur ekelhaft zu mir sein.«

»Ekelhaft?«, fragte Theresa. »Wer ist ekelhaft? Wir haben dich nur ganz höflich ersucht auf dem Besen zu reiten.«

Das Wasser plätscherte unaufhaltsam in die Badewanne.

»Wenn's dir lieber ist, kannst du auch wieder alle Schuhe herhexen«, sagte Delia. »Wir sind nicht so.«

»Aber irgendetwas *musst* du uns vorhexen«, sagte Karen. »Oder möchtest du lieber angezogen ein nettes, eisiges Bad nehmen?«

Nan legte ein Bein über den Besenstiel, um drüberzuklettern und Karen die Augen auszukratzen. Theresa machte einen Hopser und kicherte. »Sie reitet! Sie reitet!«

Mit rotem Gesicht stand Nan über dem Besen und erklärte: »Ich werde nicht reiten. Ich kann das nämlich nicht. Ich weiß genau, ich kann es nicht. Und ihr wisst es auch. Schaut her. Bitte schaut her! Ich setz mich jetzt auf den Besen.« Unvorsichtigerweise setzte sie sich wirklich. Das war schrecklich unbequem und sie sprang gleich wieder auf. Die Mädchen johlten. Nan brüllte: »Wie soll ich denn auf einem Besen reiten können? Ich kann doch nicht einmal an einem Seil hochklettern!«

Das wussten sie natürlich. Sie fielen fast um vor Lachen. Und während sie noch lachten, kam Estelle hereingestürzt und schrie ganz außer sich: »Kommt schnell! Das müsst ihr euch ansehen! Schaut, was Simon Silverson macht!«

Mit lautem Getrampel stürzten die Mädchen auf den Gang zu den Fenstern. Nan hörte sie aufschreien. »Nein, so was! Schaut euch das an!« Und dann trampelten sie alle hinunter.

Und Nan blieb mit dem alten Besen zwischen zwei Badewannen zurück. Sie war wirklich schon sehr nahe daran gewesen, loszuheulen. »Blöde Weiber!«, sagte sie laut. »Glauben sie wirklich, ich könnte auf diesem Ding da reiten? Auf so was?!« Sie setzte sich auf den Besenstiel, um das zu beweisen und stupste den Besen an. »Du bist bloß ein alter Besen!«, sagte sie. Dann bemerkte sie den noch immer laufenden Wasserhahn, beugte sich hinüber und drehte ihn zu.

Das war der Augenblick, den der Besen wählte, sich mit einem plötzlichen Ruck gegen die Decke zu heben.

Nan quietschte auf. Plötzlich hing sie kopfunter über einer Wanne mit kaltem Wasser. Sie umklammerte mit den Füßen, so gut sie konnte, den Besenstiel und fasste mit einer Hand in das karge Reisig am Ende. Der Besen erreichte die Decke. Er ließ keinen Raum zwischen sich und der Decke, so dass Nan sich nicht aufrichten konnte, auch wenn sie die Kraft dazu gehabt hätte.

»Aufhören!«, jammerte sie. »Bitte!«

Der Besen nahm ihr Geschrei nicht zur Kenntnis. Er flog feierlich und mitunter bockend im ganzen Badezimmer herum, und Nan hing immer noch kopfunter an ihm.

Was für ein Glück, dass die andern nicht dabei sind, dachte sie. Das muss ja idiotisch aussehn. Und dann sagte sie zu dem Besen: »Jetzt geh aber hinunter! Stell dir vor, jemand kommt herein!«

Der Besen schien betroffen zu sein. Er machte einen kleinen Ruck und sauste in steilem Flug auf den Fußboden zu. Sobald der Boden nahe genug schien, packte Nan den Stiel mit beiden Händen und versuchte abzusteigen. Das war ein Fehler. Der Besen stieg sofort steil empor und blieb wackelnd oben an der Decke. Es war zu hoch, als dass Nan sich hätte fallen lassen können. Aber langsam wurden ihre Arme müde. Irgendetwas musste geschehen. Endlich gelang es ihr, sich oben auf den Besenstiel hinaufzuwinden, wo sie dann eher auf dem Bauch lag als saß. Unter ihr blitzten die Reihen der Badewannen. Nan schlang die

Füße um den Besenstiel und ruhte sich keuchend ein wenig aus.

Was sollte sie tun? Der Besen schien darauf zu bestehen, dass sie ihn ritt. Es kam ihr plötzlich vor, als sei er traurig. Einmal, vor langer, langer Zeit, war er wohl geritten worden und vermisste jetzt seine Hexe.

»Gut, schon gut!«, sagte Nan zu dem Besen. »Ich kann jetzt wirklich nicht auf dir reiten. Verstehst du? Das ist verboten! Aber ich schlag dir vor, ich reite heute Nacht auf dir. Lässt du mich dann jetzt absteigen?«

Der Besen zitterte ein bisschen, es war, als dächte er über den Vorschlag nach.

»Ich schwöre es dir«, sagte Nan. »Hör zu, ich sag dir was. Du fliegst mich jetzt den Gang hinunter bis zum Schlafraum. Dann sind wir wenigstens ein bisschen geflogen. Und dann kannst du dich oben auf dem Schrank verstecken, ganz hinten. Kein Mensch wird dich dort sehen. Ich verspreche dir, in der Nacht reiten wir. Na?«

Obwohl der Besen nicht reden konnte, gab er doch sein Einverständnis zu erkennen. Er machte eine Wendung und wischte mit solchem Schwung durch die Badezimmertür, dass Nan fast seekrank wurde. Dann sauste er den Gang hinunter. Sie musste die Augen schließen, sonst wäre ihr schwindlig geworden. Die Kurve, die er zum Schlafraum hin vollführte, war haarsträubend. Und dann hielt er so plötzlich an, dass Nan fast heruntergekippt wäre.

»Ich glaube, ich muss ein bisschen mit dir üben!«, keuchte sie.

Der Besen machte einen unzufriedenen Hopser.

»Ich meine, du musst mit mir üben!«, sagte Nan nun sehr schnell. »Lande jetzt endlich. Ich muss weg!«

Der Besen zitterte fragend.

»Jaja, versprochen ist versprochen!«, erklärte Nan.

Da landete der Besen ganz sanft, und Nan konnte absteigen. Sie hatte weiche Knie. Sobald sie abgestiegen war, fiel der Besen leblos zu Boden. »Armer Besen«, sagte Nan. »Ich verstehe, du wirst nur lebendig, wenn einer auf dir reitet. Gut. Aber jetzt hinauf mit dir auf den Schrank!«

Und auf diese Weise versäumte Nan den Augenblick, als Charles' *Simon-sagt*-Hexerei zum ersten Mal wirkte. Auch Charles versäumte ihn. Sie wussten beide nicht, wie Simon entdeckte, dass alles, was er sagte, wahr wurde. Charles ließ Brian mit einem Thermometer im Mund in der Krankenstation und lief zurück in den Hof. Dort fand er eine aufgeregte Gruppe von Mädchen und Jungen um Simon versammelt.

Zuerst dachte er, dass der Glanz um Simons Füße gewöhnlicher Sonnenschein war, der sich in einer Pfütze spiegelte. Aber das war kein Sonnenschein. Es war ein Haufen Goldmünzen. Die Kinder reichten Simon kleine Geldstücke und Steinchen und Blätter. Zu allem, was er nahm, sagte Simon: »Das ist ein Goldstück. Noch ein Goldstück.« Und wenn es ihm langweilig wurde, sagte er: »Das ist eine ganz seltene Münze. Pures Gold! Und die hat ein paar Karat weniger. Und …«

Charles drängte sich in die erste Reihe der gaffenden Schüler. Er war höchst angewidert. Simon brachte es wirklich fertig, alles, aber auch alles zu seinem Vorteil zu benutzen! Die Goldmünzen fielen klirrend auf einen Haufen. Simon musste bereits Millionär sein.

Mit klappernden Schuhen kamen Theresa und ihre Freundinnen herbeigerannt. Theresa, ihren Strickbeutel über den Arm gehängt, drängte sich nach vorne, bis sie neben Charles stand.

»Was machst du denn da, Simon?«, fragte Theresa. Sie trug ihr Strickzeug in einem Beutel über dem Arm. Theresa war so überrascht, dass sie das ungeschriebene Gesetz brach und mit Simon sprach.

Simon lachte. Er war wie betrunken. »Alles, was ich anfasse, wird zu Gold!«, sagte er. Natürlich wurde das sofort wahr. »Wie der König im Märchen! Schau!« Er griff nach Theresas Strickzeug. Theresa riss es ihm vor der Nase weg und gab ihm gleichzeitig einen Stoß. Dabei berührte Simon ihre Hand.

Das Strickzeug fiel zu Boden. Theresa schrie auf. Sie streckte die Hand vor, und dann schrie sie wieder, denn ihre Hand war ihr plötzlich zu schwer geworden und fiel herunter gegen ihre Schürze, eine Hand aus Metall, aus Gold. Eine goldene Hand an einem gewöhnlichen menschlichen Arm.

In der entsetzlichen Stille, die darauf folgte, sagte Nirupam: »Sei vorsichtig mit dem, was du sagst, Simon!«

»Warum?«, fragte Simon.

»Weil alles, was du sagst, wahr wird!«, antwortete Nirupam.

Simon hatte das Ausmaß seiner geheimnisvollen

Kräfte offensichtlich noch nicht ganz begriffen. »Du meinst«, sagte er, es stimmt gar nicht, dass alles, was ich anfasse, zu Gold wird?« Natürlich stimmte es daraufhin nicht mehr.

»Das können wir ja gleich ausprobieren!«, sagte Simon.

Er bückte sich und hob Theresas Strickzeug auf. Es blieb ein gewöhnliches Strickzeug.

»Leg es hin!«, sagte Theresa schwach. »Das sag ich Miss Cadwallader!«

»Du wirst es ihr nicht sagen!«, erklärte Simon, und auch da hatte er natürlich Recht. Er betrachtete das Strickzeug. »Das sind in Wirklichkeit zwei kleine Hundchen!«, sagte er schließlich.

Der Beutel bewegte sich in seiner Hand, und er ließ ihn rasch fallen. Dünnes Gekläff tönte aus dem Beutel, es zappelte, und ein kleiner weißer wolliger Hund rannte den Haufen goldener Münzen herunter, und schon folgte ein zweiter kleiner Hund. Sie rannten den Kindern zwischen den Füßen umher und sausten im Hof herum.

Theresa heulte los. »Das war mein Strickzeug, du Ekel!«

»So?«, sagte Simon und lachte.

Theresa hob mit ihrer nichtgoldenen Hand die goldene Hand hoch und gab Simon damit einen Schlag. Das war unüberlegt, weil sie sich dabei beinahe den Arm gebrochen hätte, aber es war sehr wirkungsvoll. Simon war fast k.o. geschlagen. Er setzte sich taumelnd auf seinen Goldhaufen.

»So«, sagte Theresa. »Das hat hoffentlich ordentlich weh getan!«

»Überhaupt nicht«, erklärte Simon mit strahlendem Lächeln. Er stand auf, natürlich völlig unversehrt.

Theresa wollte ein zweites Mal zuschlagen.

Simon sprang zur Seite. »Du hast ja gar keine goldene Hand!«, sagte er.

Und da war plötzlich nichts, wo die Hand gewesen war. Einfach nichts. Theresas Arm endete in einem runden rosa Stumpf. Theresa starrte hin. »Und wie soll ich jetzt stricken?«, fragte sie.

»Ich meine natürlich«, sagte Simon und wählte seine Worte jetzt sehr vorsichtig, »du hast zwei ganz gewöhnliche Hände.«

Und da hatte sie wieder zwei gewöhnliche Hände.

Theresa brach in ein hohes, unnatürlich klingendes Lachen aus.

»Wer bringt ihn für mich um?!«, rief sie. »Und zwar sofort!«

Keiner rührte sich. Sie waren alle wie erstarrt.

Delia fasste sie am Arm und führte sie sacht beiseite. Es läutete zum Nachmittagsunterricht.

»So ein Spaß!«, sagte Simon. »Von jetzt an bin ich ganz begeistert von der Hexerei!«

Charles ging in seine Klasse und überlegte, wie er diesen Zauber wieder rückgängig machen könnte.

Achtes Kapitel

Simon kam zu spät zum Unterricht. Er hatte seinen Haufen Goldmünzen in Sicherheit gebracht. »Bitte um Entschuldigung«, sagte er. »Es tut mir Leid!« Die Tränen standen ihm in den Augen, so Leid tat es ihm.

»Schon gut, Simon«, sagte Mr Crossley milde, und auch alle anderen fühlten sich veranlasst, Simon mit tiefer Anteilnahme anzusehen.

Gegen Leute wie Simon kommt man eben nicht an, dachte Charles verbittert. Jeder andere wäre durch die Sache mit dem Gold in Schwierigkeiten geraten. Es war wirklich widerlich. Niemand dachte auch nur im Traum daran, Simon der Hexerei zu beschuldigen. Stattdessen hielten sie sich an Nan Pilgrim.

Nan dachte das Gleiche wie Charles, nur über Theresa. Theresa erschien noch später als Simon, sehr bleich und immerzu aufschnupfend. Sie wurde behutsam von Delia hereingeführt, und es wurde ihr fast so viel Sympathie zuteil wie Simon.

»Sie sollte sich hinlegen«, hörte Nan Delia wispern. »Nach allem, was sie durchgemacht hat!«

Und was hab ich alles durchmachen müssen?, dachte Nan. Und ich darf mich nicht hinlegen?

Nan hatte alle Einzelheiten von Estelle erfahren. Estelle hörte sich gern selbst reden und erzählte immer bereitwillig. Auf einmal landeten Briefchen auf Nans Pult. Das erste kam von Dan Smith und lautete: »Hex mir das Gleiche an wie Simon, und ich bin für alle Zeiten dein Freund.«

In den meisten andern Briefen stand Ähnliches. Alle waren voll Respekt. Nur ein einziger Brief klang anders: »Ich wart nach der Stunde hinten im Grashof auf dich. Ich glaube, du brauchst Hilfe, und ich kann dir einen Rat geben.« – Dieser Zettel war nicht unterschrieben. Nan betrachtete ihn forschend. Sie kannte die Schrift, aber sie wusste nicht, wessen Schrift es war.

Ich brauch wirklich Hilfe, dachte sie. Ich bin ja tatsächlich eine Hexe. Nur Hexen können auf Besen reiten. Nan wusste, dass ihr Gefahr drohte. Eigentlich hätte sie sich entsetzlich fürchten müssen. Aber sie fürchtete sich nicht. Sie war einfach glücklich und fühlte sich sehr stark. Das Glücklichsein und das Gefühl der Stärke stiegen in großen Wellen aus ihrem Inneren hoch. Nan erinnerte sich, wie sie plötzlich hatte lachen müssen, als der Besen mit ihr wie ein Klammeräffchen darunterhängend über die Badewannen geflogen war. Und wie sie den Besen plötzlich instinktiv verstanden hatte. Ein haarsträubendes Abenteuer war das gewesen, aber sie hatte es genossen, ja sie hatte es ganz und gar genossen. Es war, als hätte sie endlich bekommen, was ihr so lang gefehlt hatte.

»Simon hat natürlich schon immer behauptet, dass du eine Hexe bist!«, flüsterte Estelle.

Das dämpfte Nans Hochgefühl ein wenig. Es gab noch eine zweite Hexe in der 2Y, daran zweifelte sie nicht im Mindesten. Und diese Hexe hatte aus irgendeinem verrückten Grund gehext, dass alles, was Simon sagte, wahr wurde. Wahrscheinlich war es ein Freund von Simon. Und es war sehr wohl möglich, dass Simon gesagt hatte, Nan sei eine Hexe. Und da alles, was er sagte, wahr wurde, war Nan also eine Hexe.

Der Gedanke gefiel ihr nicht. Sie wollte nicht eine Hexe von Simons Gnaden sein. Sie stammte von Dulcinea Wilkes persönlich ab. Ich hab ein *Recht* darauf, eine Hexe zu sein, dachte sie. Und all das spielte sich ab, während Mr Crossley versuchte, Geografie zu unterrichten. Er war nahe daran, aufzugeben und alle miteinander nachsitzen zu lassen. Aber dann wollte er doch noch einen Versuch machen. Er merkte, dass ein Unruheherd um Simon brodelte und ein kleinerer um Nan. Er beschloss, Simon zu prüfen.

»Die Geografie Finnlands muss man im Zusammenhang mit der letzten Eiszeit sehen. Was passiert in einer Eiszeit, Simon?«

Simon entwand sich seinen Gedanken von Gold und Ruhm. »Es ist eiskalt!«, sagte er. »Alles!« Ein Stoß Kaltluft brach in die Klasse ein. Allen klapperten die Zähne, so kalt war es. »Und es wird immer kälter und kälter«, fügte Simon unklugerweise noch hinzu. Die Kaltluft in der Klasse wurde zu Eisluft. Weiße Atemwölkchen pufften durch die 2Y. Die Fenster bedeckten sich mit Eisblumen. An den Rippen der Heizkörper wuchsen Eiszapfen. Die Pulte waren von weißem Frost überhaucht.

Allgemeines Gebibber und Gestöhne. »Gib doch Acht, was du sagst!«, zischte Nirupam Simon zu.

»Ich meine, es ist ausgesprochen heiß«, erklärte Simon daraufhin hastig.

Bevor Mr Crossley noch Zeit gehabt hatte sich zu wundern, warum er so fror, wurde die Eiszeit von tropischer Hitze abgelöst. Die Eisblumen rutschten schmelzend die Fensterscheiben hinunter. Die Eiszapfen an den Heizkörpern tröpfelten weg. Einen Augenblick lang war die Klasse freundlich warm, aber dann verdampfte all das Schmelzwasser. Dicker Nebeldampf entstand, alle begannen zu schnaufen. Einige wurden feuerrot im Gesicht, andere bleich.

Mr Crossley griff sich an die Stirn und meinte, er bekäme eine Erkältung. Der ganze Raum war vernebelt und plötzlich ganz düster. »Es gibt Theorien, die behaupten, dass jede Eiszeit mit extremer Hitze beginnt!«, sagte er, aber ganz sicher war er nicht.

»Aber jetzt«, fuhr Simon fort, »ist alles und jedes der Jahreszeit entsprechend.« Er wusste nicht, wie er die Temperatur anders hätte regeln können.

Und plötzlich war auch alles in Ordnung. In der Klasse war es wie gewöhnlich nicht warm genug. Mr Crossley fühlte sich besser.

»Red keinen Unsinn, Simon!«, rief er ärgerlich.

Ungläubig merkte Simon, dass er sich in Schwierigkeiten verstrickt hatte. »Aber bitte, es weiß doch wirklich niemand etwas Genaues über die Eiszeit«, sagte er. So. Das hätte er geschafft.

»Hm«, antwortete Mr Crossley grimmig. Und natürlich wusste auch niemand sonst in der 2Y etwas über die Eiszeit. Als er Estelle über die Eiszeit befragte, kam ihm plötzlich der Gedanke, warum er denn das arme Kind nach etwas fragte, was doch gar nicht existierte. Kein Wunder, dass die Kleine ahnungslos guckte. Er wandte sich wieder an Simon. »Soll das ein Witz sein, oder wie? Was hast du dir denn dabei gedacht?«

»Ich? Ich habe mir doch überhaupt nichts gedacht!«, verteidigte sich Simon. Die Folge dieses Ausspruchs war furchtbar.

Charles betrachtete erfreut Simons Gesicht, das immer dümmlicher und leerer auszusehen begann.

Theresa sah, wie Simons Augen glasig wurden, das Kinn fiel ihm herunter. Sie sprang hoch und schrie: »Stopft ihm den Mund, bevor er noch ein Wort sagt!«

»Setz dich, Theresa«, sagte Mr Crossley.

Theresa blieb stehen. »Sie ahnen ja nicht, was er schon angestellt hat!«, kreischte sie. »Schauen Sie ihn doch an! Wenn er in diesem Zustand ein Wort …«

Mr Crossley sah Simon an. Der Junge stellte sich jetzt, als wäre er ein Idiot. Was war bloß heute mit dieser Klasse los? »Guck nicht so, Simon!«, sagte er. »Du bist doch gar nicht so ein Trottel!«

Simon war völlig geistesabwesend. In diesem Zustand nehmen manche Menschen alles, was man ihnen sagt, auf und geben es wie ein Echo wieder. »Gar nicht so ein Trottel«, sagte er verächtlich. Die Leere in seinem Gehirn schien sich mit einer Art von Schläue zu füllen.

Auch gut, dachte Charles. Wahrscheinlich war's sogar besser. Aber Theresa hatte zweifellos Recht mit ihrer Warnung.

»*Reden* Sie nicht mit ihm! Bitte reden Sie nicht mit ihm«, schrie Theresa. »Verstehn Sie nicht, Mr Crossley? Jedes Wort, das er ausspricht, wird …« Sie wirbelte herum und zeigte auf Nan. »Alles ihre Schuld!«

Noch vor kurzem hätte Nan angesichts von Theresas Zeigefinger den Mut verloren. Alle Augen richteten sich auf sie. Aber sie war inzwischen auf einem Besen geritten und die Dinge lagen ein wenig anders. Sie sah Theresa wütend an und sagte: »So ein Blödsinn!«

Mr Crossley musste Nan Recht geben. »Mach dich nicht lächerlich, Theresa«, sagte er. Und dann verdonnerte er Simon und Theresa zum Nachsitzen. Daraufhin fühlte er sich wieder besser.

»Nachsitzen!«, jammerte Theresa fassungslos.

Simon jedoch gab ein Gekicher von sich, das von Schlauheit triefte. »Jetzt glauben Sie, Sie haben mich, stimmt's?«, gluckste er.

»Stimmt!«, antwortete Mr Crossley. »Sagen wir eineinhalb Stunden.«

Simon öffnete den Mund, um etwas zu sagen. Aber da griff Nirupam ein. Er beugte sich vor und flüsterte Simon zu: »Du bist sehr gescheit. Gescheite Leute halten den Mund!«

Simon nickte langsam und sah ungeheuer durchtrieben drein. Und zu Charles' Enttäuschung nahm er Nirupams Vorschlag an.

»Tagebücher heraus!«, sagte Mr Crossley erschöpft. Jetzt wird doch endlich einmal Ruhe sein, dachte er.

Sie öffneten alle ihre Tagebücher. Sie nahmen die

Füllfedern und Kugelschreiber zur Hand. Und in diesem Augenblick begriffen auch diejenigen, die es bisher noch nicht begriffen hatten: Es gab fast nichts, was man wagen durfte niederzuschreiben. Nun war endlich einmal so viel passiert und es gab so viel dazu zu sagen, aber fast nichts davon eignete sich für Miss Cadwalladers neugierige Augen. Sie kauten an den Haltern, kratzten sich die Köpfe, starrten gegen die Decke.

»Nan Pilgrim ist keine Hexe«, schrieb Dan Smith. »Ich hab es eigentlich auch nie wirklich geglaubt. Mr Crossley hat nur einen Witz gemacht. Irgendjemand hat uns allen heute Morgen einen richtigen Streich gespielt, es muss eine Heidenarbeit gewesen sein, alle Schuhe zu stehlen. Und dann hat jemand, ich weiß nicht wer, auch noch meine Laufschuhe weggenommen, was mich wirklich wütend macht.«

»Wieder einmal kein Kommentar heute«, schrieb Nirupam schnell. »Jemand ist dabei, ein Unglück heraufzubeschwören. Nicht dass ich dieser Person die Schuld am heutigen Nachmittag gebe, aber das mit den Schuhen war eine Dummheit.«

Er legte die Füllfeder nieder, schloss sein Tagebuch und setzte sich zum Schlafen zurecht. Er hatte die halbe Nacht damit verbracht, Kuchen aus dem Fußbodenversteck zu schmausen.

»Meine Bettsocken sind hin«, beschwerte sich Theresa in ihrer engelhaften Schrift. »Meine Strickerei ist kaputt. Heute war ein grässlicher Tag. Ich will das alles gar nicht erzählen. Simon Silverson ist völlig verrückt geworden, es muss unbedingt jemand etwas dagegen tun! Teddy Crossley ist roh, dumm und gemein, und Estelle Green weiß immer alles besser, aber sie kann ihr Strickzeug nicht sauber halten. Außerdem wurde ich mit einem Aspirin weggeschickt, während Brian Wentworth sich ins Bett legen durfte. Dabei war ich viel kränker als er. Ich werde nie wieder ein Wort mit Nan Pilgrim reden.«

Den meisten aus der Klasse fiel zuletzt irgendetwas Schreibbares ein, wenn sie auch nicht so beredt waren wie Theresa. Aber drei saßen nur da und starrten die leere Seite an: Simon, Charles und Nan.

Simon war sehr schlau. Was heißt schlau, klug war er. Die wollten ihn ertappen. Das Sicherste und Klügste war, diesem Blatt Papier nicht das Geringste anzuvertrauen. Andererseits durfte natürlich niemand wissen, wie hochgradig schlau er war. Er musste etwas schreiben. So schrieb er nach mehr als einer halben Stunde tiefen Nachdenkens: »Hundchen.« Dann lehnte er sich zurück, höchst zufrieden, dass er sie alle zum Narren gehalten hatte.

Charles saß in der Zwickmühle, weil er für die vielen Dinge, die passiert waren, einfach keinen Code hatte. Er wusste, er musste irgendetwas hinschreiben, aber je mehr er darüber nachdachte, desto schwieriger kam es ihm vor. Am liebsten hätte er einfach geschlafen, wie Nirupam.

Reiß dich zusammen, dachte er. Denk nach! Heute konnte er nicht beginnen mit: »Ich bin aufgestanden«, denn er hatte den Tag beinahe genossen. Er konnte aber auch nicht gut schreiben »Ich bin nicht aufgestanden«, denn das gab wirklich keinen Sinn. Die Schuhe musste er wohl erwähnen, weil das vermutlich alle taten. Und er konnte über Simon schreiben, unter dem Codewort Kartoffeln.

Es war schon kurz vorm Läuten, als Charles endlich so weit war. Hastig kritzelte er in sein Tagebuch: »Unsere Schuhe gingen alle turnen. Habe dabei über haarige Kartoffeln nachgedacht. Habe mit einem scheußlichen Buch turnen müssen.«

Als Mr Crossley die Kinder anwies, die Tagebücher zu schließen, schmierte Charles noch rasch in seines: »Mir wird nie wieder heiß sein.«

Nan schrieb überhaupt nichts. Sie lächelte die leere Seite an. Als es läutete, schrieb sie, nur damit irgendetwas drinstand: »30. Oktober.« Dann klappte sie das Tagebuch zu.

Im selben Augenblick, da Mr Crossley die Klasse verließ, war Nan umringt.

»Hast du meinen Zettel gekriegt?«

»Ich möchte, dass meine Haare genau so sind wie die von Theresa!«

»Ich möchte immer drei Wünsche freihaben, wenn ich Knopf sage!«

»Ich will Muskeln wie Dan Smith!«

»Ich will Eis zum Nachtisch. Das bringst du doch fertig?«

»Die Zeit ist nicht günstig zum Zaubern«, erklärte Nan, die unsicher war, wem oder was sie ihre Hexenkraft verdankte und keine voreiligen Versprechungen machen wollte. Wenn es nun irgendwie mit Simon zusammenhing? Nein, das wollte sie nicht einmal denken. Und als das ein stürmisches Protestgeschrei hervorrief, schrie sie: »Das dauert doch *Stunden*, versteht ihr nicht? Man kann nicht einfach Sprüche murmeln und Tränke brauen. Man muss zu einer bestimmten Stunde bestimmte Kräuter suchen und gewisse Gesänge singen, und das geht nur in der Dämmerung oder bei Vollmond. Vorher braucht man überhaupt nicht anzufangen. Und wenn man das alles gemacht hat, muss es noch immer nicht sofort funktionieren. Die meiste Zeit muss man Kräuter räuchern, nächtelang, sag ich euch, und dabei muss man immerzu rundherum fliegen, um die Kräuter, meine ich. Und außerdem muss man dazu Zauberlieder singen. Dann passiert vielleicht was Hexisches. Begriffen?«

Atemloses Schweigen antwortete ihr.

Ermutigt fuhr Nan fort: »Übrigens, warum soll ich mich für euch strapazieren? Ihr habt schließlich …«

»Wovon redest du?«, fragte Mr Wentworth. »Was ist hier eigentlich los?«

Nan wandte sich um. Mr Wentworth stand mitten in der Klasse und hatte wahrscheinlich jedes Wort gehört. Die anderen schlichen an ihre Plätze. »Das war meine Ansprache für das Schulkonzert«, sagte Nan. »Finden Sie sie gut?«

»Nicht schlecht«, sagte Mr Wentworth. »Aber du musst noch ein bisschen daran feilen. Mathematikhefte heraus, meine Herrschaften!«

Nan ließ sich auf ihren Platz fallen. Sie war ganz schwach vor Erleichterung. Einen schrecklichen Augenblick lang hatte sie gefürchtet, Mr Wentworth würde sie verhaften.

»Simon! Ich hab gesagt, Mathematikhefte heraus!«, sagte Mr Wentworth. »Warum schaust du mich so an? Ist das so abwegig, was ich gesagt habe?«

Simon schien nachzudenken. Nirupam und ein paar andere machten sich sprungbereit, um Simon notfalls den Mund zuzuhalten.

»Mr Wentworth! Wenn er noch ein einziges Wort sagt, geh ich!«, rief Theresa.

Unglücklicherweise erregte sie damit Simons Aufmerksamkeit. »Du!«, sagte er zu ihr. »Du stinkst!«

»Er scheint Recht zu haben«, sagte Mr Wentworth. »Geh hinaus und stell dich auf den Gang, Theresa! Du bekommst einen schwarzen Punkt für schlechtes Betragen. Und Simon auch. Und wir andern werden uns jetzt der Mathematik zuwenden.«

Theresa rannte mit hochrotem Gesicht zur Tür. Sie konnte nichts dafür, aber ein grässlicher Gestank strömte von ihr aus und zog sich durch die ganze Klasse.

»Puh!«, sagte Dan Smith.

Jemand stieß ihn an, und alle blickten nervös zu Mr Wentworth hinüber, ob der auch etwas roch. Aber, wie das bei Pfeifenrauchern oft der Fall ist, roch Mr Wentworth nicht das Geringste. Es dauerte jedoch keine fünf Minuten – er hatte an der Tafel gestanden und Zahlen aufgeschrieben und Formeln erklärt, wobei die 2Y außerstande war, ihm zuzuhören –, nun also, es dauerte keine fünf Minuten, da sagte er: »Estelle, hör auf zu stricken und mach bitte das Fenster auf. Hat vielleicht jemand eine Stinkbombe geworfen?«

Niemand antwortete. Der blitzgescheite Nirupam schob Simon eilig einen Zettel zu, auf dem stand: *»Sag, dass es hier nicht stinkt!«* Simon buchstabierte das Geschriebene. Er überlegte sorgfältig. Sie wollten ihn wohl hereinlegen? Er grinste schlau und entschied sich nichts zu sagen.

Glücklicherweise vertrieb die frische Luft, die durch das offene Fenster hereinkam, den scheußlichen Geruch, wenn sie das Klassenzimmer auch wieder in die Eiszeit stürzte. Aber nicht der stärkste Orkan hätte den Geruch von Theresa selbst wegblasen können. Sie stand draußen auf dem Gang und roch nach Schlamm, Hering und einer ganzen Müllhalde. Und so blieb es noch den ganzen Nachmittag.

Als es dann läutete und Mr Wentworth die Klasse verlassen hatte, stöhnten sie alle erleichtert auf. Wer weiß, was Simon noch zu sagen im Stande war. Sogar Charles hatte die Stunde äußerst anstrengend gefunden. Die Folgen von Simons Verhexung überraschten ihn. Eine solche Wirkung hatte er nicht erwartet.

Delia, Karen und die meisten anderen von Theresas Freundinnen hatten inzwischen beschlossen, Theresas Ehre wiederherzustellen. Sie umringten Simon. »Mach sofort, dass sie aufhört zu stinken!«, sagte Delia. »Das ist überhaupt nicht lustig. Du gehst schon den ganzen Nachmittag auf Theresa los, Simon Silverson!« Simon überlegte. Nirupam sprang so schnell auf, dass er dabei seinen Tisch umwarf und hielt Simon den Mund zu.

Aber es war zu spät. Simon hatte bereits gesagt: »Alle Mädchen hier stinken!«

Die Folge war überwältigend. Und auch der Krach, der jetzt losbrach. Die einzigen Mädchen, die davon verschont wurden, waren die wenigen glücklichen, die, wie Nan, die Klasse schon verlassen hatten. Es musste endlich etwas geschehen, das war ganz klar. Fast alle in der Klasse stanken sie nun, oder sie kriegten keine Luft von dem Gestank, oder beides. Und jetzt öffnete Simon auch noch den Mund, um wieder etwas zu äußern. Nirupam, der gerade den umgestürzten Tisch aufstellen wollte, ließ den Tisch Tisch sein und packte Simon an den Schultern.

»Du kannst den Spruch wieder aufheben!«, sagte er. »Du hättest das sofort tun können, wenn du nur das geringste bisschen Hirn hättest!«

Simon starrte Nirupam an. Der Kerl behauptete, er, Simon, sei blöd? Er? Und schon öffnete Simon den Mund, um etwas zu sagen.

»Halt den Mund!«, schrien sie ihn alle an.

Nirupam schüttelte ihn. »Sag mir jetzt sofort nach: Nichts, was ich heute Nachmittag gesagt habe, ist wahr. Los! Sag schon!«

»Los! Sag schon!«, schrien sie alle.

Simons langsam arbeitendes Gehirn war dem Geschrei nicht gewachsen. Er gab nach. »Nichts, was ich heute Nachmittag gesagt habe, ist wahr«, sagte er gehorsam.

Der Gestank hörte sofort auf. Auch alle seine anderen Äußerungen waren natürlich aufgehoben. Simon selbst war wieder wie immer. Er konnte sich an den Verlauf des Nachmittags so gut wie gar nicht erinnern. Aber er war empört, was für unerhörte Freiheiten Nirupam sich herausnahm. Ärgerlich blickte er auf Nirupams Hände, die noch immer auf seinen Schultern lagen. Was für eine Beleidigung!

»Nimm die Hände weg«, sagte er. »Geh weg!«

Der Zauber wirkte immer noch. Nirupam musste die Hände wegnehmen und einen Schritt zurücktreten. Aber sofort trat er wieder vor und packte Simon erneut an den Schultern. Er starrte Simon in die Augen wie ein mächtiger Hypnotiseur. »Und jetzt sag: Nichts, was ich sage, wird wahr, auch in Zukunft nicht!«

Simon protestierte. Er hatte große Pläne für die Zukunft. »Also schau«, sagte er zu Nirupam. Natürlich schaute dieser. Nirupam blickte Simon so beschwörend an, dass Simon anfing zu blinzeln. Trotzdem wehrte er sich weiter: »Aber da fall ich doch bei jeder Prüfung durch …« Die Stimme versagte ihm.

»Genau!«, sagte Nirupam. »Jetzt *musst* du es sogar sagen: Alles, was ich …«

»Also gut, meinetwegen. Nichts, was ich sage, wird in Zukunft wahr«, sagte Simon ärgerlich.

Nirupam ließ ihn mit einem Seufzer los. Auch alle andern stießen Seufzer der Erleichterung aus. Charles war ein bisschen traurig. Naja, immerhin, eine Zeit lang hat es gewirkt, dachte er.

»Was ist denn los mit dir?«, fragte Nirupam beim Anblick von Charles' betrübtem Gesicht.

»Nichts ist los. Ich – ich muss bloß nachsitzen.«

Dann sagte er, schon wieder etwas vergnügter, zu Simon: »Aber du auch!«

Simon war schockiert. »Was?! Ich hab noch nie nachsitzen müssen, noch niemals, solange ich an dieser Schule bin!«

Sie klärten ihn auf. Es gab erstaunlich viele in der Klasse, die Simon mit größtem Vergnügen in allen Einzelheiten berichteten, wie er plötzlich den Verstand verloren hatte und schließlich von Mr Crossley eineinhalb Stunden Nachsitzen aufgebrummt bekommen hatte. Daraufhin stürmte Simon wütend aus der Klasse.

Charles wollte ihm nachstürzen, aber Nirupam fasste ihn am Arm.

»Setz dich in die letzte Bank«, sagte er. »In der Mitte liegt im Pult ein ganzer Stoß Comics!«

»Danke«, sagte Charles erstaunt. Er war es gar nicht gewohnt, dass jemand freundlich zu ihm war. Vor lauter Überraschung vergaß er beinah, Mr Towers' Buch mitzunehmen.

Dann trollte er sich. Nachsitzen mussten sie in dem alten Laboratorium. Bald darauf sah er Theresa vor sich, die auch zum Nachsitzen musste. Sie schlich verstört dahin. Es war wie eine Trauerprozession, denn alle ihre Freundinnen begleiteten sie.

Charles flüchtete vor der Prozession und nahm die Abkürzung durch den Grashof. So hieß der Platz, der früher einmal ein zweiter Schulhof gewesen war. Jetzt war er mit Gras bewachsen. Es war ein Winkel, in den nur Leute gingen, die andern ausweichen oder allein sein wollten. So war Charles nicht sonderlich erstaunt,

Nan Pilgrim dort zu sehen. Sie bedachte ihn mit einem unfreundlichen Blick und verschwand um die Ecke der Bibliothek.

Bin ich froh, dass nicht Charles mir diesen Zettel geschrieben hat, dachte Nan, als er wortlos vorbeigelaufen war. Von *ihm* will ich keine Hilfe! Sie schlenderte wieder in den kalten Wind hinaus und überlegte, ob sie überhaupt Hilfe brauchte. Sie fühlte sich noch immer voll Mut und Kraft. Sie war so glücklich eine Hexe zu sein. Es war großartig! Es war, als ob perlende Fröhlichkeit durch all ihre Gedanken sprudelte. Das war unmöglich Simons Werk! Aber andererseits wusste Nan nur zu gut, wie schnell eine solche wunderbare innere Sicherheit in nichts zerfließen kann. Besonders wenn jemand wie Theresa sich über einen lustig macht.

Und dann kam noch jemand. Diesmal war es Brian Wentworth. Aber der huschte zu Nans Erleichterung in einiger Entfernung vorbei. Und – der Grashof schien heute ungewöhnlich begehrt zu sein – nun erschien Nirupam Singh. Er kam aus der anderen Richtung und sah sehr mit sich zufrieden aus.

»Ich hab den Spruch von Simon Silverson heruntergekriegt«, sagte er zu Nan. »Ich hab ihn gezwungen zu sagen, dass nichts wahr ist, was er gesagt hat.«

»Sehr gut!«, antwortete Nan. Dann drückte sie sich schnell um die Ecke. Bedeutete das, dass sie jetzt keine Hexe mehr war? Sie stocherte mit der Fußspitze im Laub, das der Wind in einen Winkel getrieben hatte. Sie konnte ihre Zauberkraft ja ausprobieren. Wenn sie diese Blätter in irgendetwas verwandeln könnte …

Aber Nirupam war ihr um die Ecke gefolgt und sagte: »Wart, tu jetzt nichts. Ich hab den Zettel geschrieben und dir Hilfe angeboten.«

Nan geriet ein wenig aus der Fassung. Sie tat, als wäre sie nur an dem welken Laub interessiert. »Ich brauch keine Hilfe«, sagte sie mürrisch.

Nirupam lächelte und lehnte sich gegen die Mauer, als wolle er sich sonnen. Nirupam hatte eine starke Ausstrahlung, Nan spürte das deutlich. Obwohl die Sonne nur bleich heruntersah und der scharfe Wind blies, ging von Nirupam eine Welle von Wärme aus.

»Alle glauben, dass du eine Hexe bist«, sagte er.

»Gut, ich *bin* eine«, sagte Nan, mehr um sich selbst zu beweisen, dass sie eine war.

»Du solltest das nicht zugeben«, sagte Nirupam. »Es ist nämlich nur eine Frage der Zeit, bis jemand zu Miss Cadwallader geht und dich anzeigt.«

»Bist du ganz sicher? Die wollen doch alle, dass ich was für sie hexe!«, sagte Nan.

»Theresa zum Beispiel nicht«, erklärte Nirupam. »Außerdem kannst du's nicht jedem recht machen. Du wirst sehr bald jemanden verärgern. Ich weiß das von meinem Bruder. Der wollte zum Beispiel alle seine Diener zufrieden stellen. Und was ist passiert? Einer hat sich eingebildet, dass mein Bruder den anderen mehr gibt. Und er hat die Polizei geholt. Und dann haben sie meinen Bruder in den Straßen von Delhi verbrannt.«

»Oh – das tut mir Leid. Das hab ich nicht gewusst«, sagte Nan. Sie schaute Nirupam von der Seite an. Nirupam sah unsagbar traurig aus.

»Meine Mutter wurde auch verbrannt«, sagte Nirupam. »Weil sie versucht hatte meinen Bruder zu retten. Deshalb wollte mein Vater unbedingt hierher, in dieses Land. Aber hier ist es genauso. Was ich dir eigentlich sagen wollte, ist Folgendes: Ich habe erfahren, dass es in England einen Hexenrettungs-Dienst gibt. Natürlich arbeitet er im Untergrund. Sie verhelfen angeklagten Hexen zur Flucht, und vielleicht kannst du dich mit einer Zweigstelle in Verbindung setzen, bevor der Inquisitor auftaucht. Ich weiß nicht, wo man da fragen kann, aber Estelle weiß es. Bevor sie dich erwischen, musst du dich an Estelle wenden.«

»Estelle?«, fragte Nan. Estelles sanfte braune Augen fielen ihr ein und die weichen Löckchen und ihr nervenaufreibendes Geschnatter. Und wie sie Theresa alles nachmachte. Nan konnte sich nicht vorstellen, dass Estelle in der Lage war, irgendjemandem zu helfen.

»Estelle ist ganz toll!«, sagte Nirupam. »Ich hab mich schon öfter mit ihr unterhalten.«

»Du meinst, Estelle hat sich mit dir unterhalten!«

Nirupam grinste. »Sie redet wirklich wie ein Wasserfall«, gab er zu. »Aber sie will dir helfen. Sie mag dich. Das hat sie mir gesagt. Sie ist richtig traurig, dass du sie nicht ausstehn kannst!«

Estelle? Das ist doch nicht möglich. Mich mag überhaupt niemand, dachte Nan. Aber nun erinnerte sie sich, wie Estelle nicht mitgemacht hatte, als Nan im Badezimmer bedrängt worden war. »Gut«, sagte Nan. »Ich werde mit ihr reden. Und danke. Aber bist du sicher, dass sie mich erwischen?«

Nirupam nickte. »Ja. Es gibt nämlich noch mindestens zwei weitere Hexen in der Klasse.«

»Zwei? Einen Hexer kann ich mir denken. Der ist nicht zu übersehen. Aber zwei?«, sagte Nan.

»Glaub mir«, sagte Nirupam. »Ich kenn mich mit solchen Leuten aus. Jeder hat seinen eigenen Stil. Das ist genauso wie bei Handschriften. Und ich sag dir, die Person, die die Vögel in die Musikstunde gehext hat, war nicht dieselbe, die diesen Spruch über Simon verhängt hat. Das sind zwei ganz verschiedene Weltanschauungen. Aber beide wissen, dass es sehr unklug von ihnen war, dass sie gehext haben, und sie werden alles auf dich schieben. Einer von ihnen könnte dich anzeigen. Du musst sehr, sehr vorsichtig sein, Nan. Wenn ich irgendwas höre, sage ich es dir. Und dann musst du zu Estelle gehen und sie um Hilfe bitten. Verstehst du?«

»Ja. Und ich bin dir schrecklich dankbar«, sagte Nan. Und sie dachte: Ich hab zwar dem Besen versprochen, dass ich auf ihm reite, aber ich werd es lieber doch nicht mehr tun. Sie hatte plötzlich Angst. Und trotzdem fühlte sie sich glücklich. Sie war voll Vertrauen in die eigene Kraft, auch wenn es dafür jetzt vielleicht gar keinen Grund mehr gab. »Nimm dich in Acht«, sagte sie zu sich selbst. »Mach jetzt keine Dummheiten!«

Neuntes Kapitel

Das alte Laboratorium wurde kaum mehr für etwas anderes benutzt als zum Nachsitzen. Charles schlüpfte in die Bank, die zerkerbt und vollgekritzelt war, und lehnte Mr Towers' scheußliches Buch gegen den Anschlussstutzen eines ausgedienten Gasbrenners. Die anderen Nachsitzer saßen alle vorn. Sie waren zumeist aus der 1X oder 1Z und wussten wahrscheinlich nichts von den Comics.

Simon erschien. Charles warf ihm einen mittelgrausligen Blick zu, um ihn von der letzten Bank abzuhalten. Simon setzte sich in die Mitte der mittleren Bank. Gut so. Dann erschien Mr Wentworth. Nicht gut so. Mr Wentworth trug eine große Tasse mit dampfendem Kaffee, die jeder im Raum mit stummem Neid betrachtete. Natürlich musste heute Mr Wentworth Aufsichtsdienst haben, das konnte ja nicht anders sein, dachte Charles ergrimmt.

Mr Wentworth stellte seine Kaffeetasse vorsichtig auf den Lehrertisch. Er ließ seine Augen über die Schüler schweifen, schien überrascht Simon darunter zu finden, aber gar nicht überrascht, dass Charles hier war. »Braucht jemand Papier zum Abschreiben?«, erkundigte er sich.

Charles brauchte Papier zum Abschreiben. Er ging

nach vorn mit den meisten aus der 1X und bekam ein Blatt aus einem alten Schularbeitsheft, das auf einer Seite schon beschrieben war. Mit Absicht, vermutete Charles. Damit die Nachsitzer deutlich merkten, wie sehr sie ihre Zeit verschwendeten, indem sie sinnlose Zeilen auf Schmierpapier schrieben.

Und an der Art, wie Mr Wentworth das Papier austeilte, merkte Charles, dass dieser ausgesprochen schlecht aufgelegt war.

Ganz schlecht, dachte Charles, während er in seine Bank zurückschlüpfte. Er hatte nicht gleich daran gedacht, aber nun war er sich sicher, dass er für diese Abschreiberei nicht seine eigenen Kräfte verschwenden würde. Wozu kann man hexen? Aber wenn Mr Wentworth so schlechter Laune war, musste er besonders vorsichtig sein.

Die Tür öffnete sich, und Theresa hatte ihren großen Auftritt. Ihr ganzes Gefolge war mitgekommen.

Mr Wentworth betrachtete die Mädchen. »Herein mit euch!«, sagte er. »Setz dich, Delia. Such dir einen Platz, Karen. Heather, Deborah, Julia, Theresa und so weiter, kommt nur, kommt, es ist Platz genug!«

»*Wir* müssen doch gar nicht nachsitzen!«, entrüstete sich Delia.

»Wir haben nur Theresa begleitet«, erklärte Deborah.

»Warum denn das? Hat sie etwa nicht allein hergefunden?«, fragte Mr Wentworth. »Aber wenn ihr schon da seid, könnt ihr auch gleich alle nachsitzen …«

»Aber bitte … wir sind doch bloß …«

»… wenn ihr nicht sofort verschwindet!«, sagte Mr Wentworth.

Theresas Freundinnen verschwanden eiligst. Theresa sah Simon böse an. Der saß auf dem Platz, den sie sich ausgesucht hätte. Sorgfältig wählte sie die Bank hinter ihm. »Das ist alles deine Schuld«, flüsterte sie Simon zu.

»Halt den Mund«, sagte Simon.

Wie schade, dass der *Simon-sagt*-Zauberspruch nicht mehr funktioniert, dachte Charles.

Stille breitete sich aus, jene unruhige Stille von Leuten, die lieber anderswo wären. Mr Wentworth schlug ein Buch auf, griff nach der Kaffeetasse und nahm einen Schluck. Charles wartete, bis der Lehrer sich in sein Buch vertieft hatte, dann holte er seinen Kugelschreiber hervor. Mit Zeigefinger und Daumen fuhr er daran auf und ab, wie er es bei Simons Haarlocken getan hatte. Wieder und wieder. Schreib ab, schreib ab!, dachte er angestrengt. Schreib jetzt 500 Zeilen von diesem Buch ab! Schreib die Zeilen ab! Und endlich schrieb er widerstrebend selber, um dem Kugelschreiber klar zu machen, was er tun sollte, die ersten Zeilen aus dem grässlichen Buch ab:

»Prima! Kolossal!«, rief Watts Jüngster. »Ich darf heute Nachmittag bei der Rugbymannschaft mitspielen!« Dann ließ er den Stift vorsichtig los. Und der Kugelschreiber begann tatsächlich zu kritzeln. Er kritzelte eifrig. Charles stellte das Buch so hin, dass es den schreibenden Stift verdeckte. Dann holte er wohlig seufzend eines der Comic-Hefte hervor und machte es sich bequem.

Fünf Minuten später schlug der Blitz ein.

Der Kugelschreiber rollte weg und fiel auf den Boden. Das Comic-Heft wurde Charles entrissen.

»Steh auf und kommt mit!«, rief Mr Wentworth.

Charles wurde so ruppig hochgezogen, dass seine Brille herunterfiel und mit leisem Klirren auf dem Boden zerschellte. Er hob sie auf und sah das Comic-Heft im Papierkorb verschwinden. »Du wirst keine Comics beim Nachsitzen lesen!«, sagte Mr Wentworth. »Los, komm mit!« Zu den andern Nachsitzern sagte er: »Wenn irgendwer von euch sich auch nur muckst, solange ich nicht zurück bin, wird er bis Weihnachten nachsitzen, verstanden?«

Und dann zerrte er Charles nach draußen.

In einiger Entfernung vom Schulhaus sagte er zu Charles, und es klang so aufgebracht und wild, wie der Junge ihn noch niemals erlebt hatte: »Ich habe dich gewarnt! Ich hab dich zu mir kommen lassen und dich extra gewarnt, schon einmal! Bist du völlig verrückt geworden, Junge? Was soll ich dir denn noch sagen? Musst du erst vor den Inquisitor geschleppt werden, bevor du aufhörst?«

»Ich …«, sagte Charles. »Ich …«

Noch niemals hatte er Mr Wentworth so wütend gesehen. Der sprach weiter, leise, aber mit einem Unterton, der viel unheimlicher war als Schreien: »Dreimal! Dreimal, soviel ich weiß, hast du heute gehext! Und Gott weiß, wie oft du's getan hast, ohne dass ich davon erfahren habe. Willst du dich selber verraten? Hast du überhaupt eine Ahnung, *was* du riskierst? Diese Schuhgeschichte heute früh …«

»Das – das ist mir passiert«, schnaufte Charles. »Ich – ich wollte bloß meine Laufschuhe finden.«

»Blödsinnig! Reinste Zauberkraftverschwendung!«, sagte Mr Wentworth gereizt. »Und dann gehst du hin und schmeißt dem armen Simon Zaubersprüche an den Kopf.«

»Wie können Sie wissen, dass ich es war?«, fragte Charles.

»Ich hab nur in dein Gesicht gesehen, mein Junge. Und was noch schlimmer ist: Du hast zugelassen, dass sie die arme unglückliche Nan Pilgrim dafür verantwortlich machen! Ich nenne das egoistisch und abscheulich. Verachtenswert! Und jetzt das! Lässt einen Kugelschreiber von selber schreiben, wo es jeder sehen kann. Du kannst froh sein, mein Freund, wirklich sehr sehr froh sein, sag ich dir, dass du nicht schon auf der Polizeiwache sitzt und auf den Inquisitor wartest. Verdienen würdest du es.« Wieder schüttelte er Charles. »Was meinst du?«

»Ja, Sir«, sagte Charles.

»Und das wirst du auch«, fuhr Mr Wentworth fort, »wenn du noch ein einziges Mal zauberst! Vergiss, dass du hexen kannst, verstanden? Vergiss es! Versuch so normal wie zu sein wie möglich – wenn du überhaupt weißt, was das ist. Denn eines versprech ich dir: Wenn ich dich noch einmal bei einer Hexerei erwische, dann kannst du was erleben! Klar?«

»Ja«, sagte Charles.

»Und jetzt marsch zurück. Und schreib ordentlich deine Strafe ab.«

Als sie in die Klasse zurückkamen, sagte Mr Wentworth »Setz dich auf deinen Platz, Charles«, und gab ihm noch einen Stups.

Charles tappte durch verschwommene bunte Flecken bis zu seinem Platz ganz hinten. Die krummen, hellen Vierecke mussten das Buch sein und das alte Schreibpapier. Aber sein Kugelschreiber? Der war doch auf den Boden gefallen. Wie sollte er ihn finden, halbblind wie er war? Oder gar etwas schreiben?

»Worauf wartest du?«, schnauzte Mr Wentworth ihn an. »Setz deine Brille auf und fang endlich an!«

Charles kroch in die Bank und setzte sich dabei die Brille auf. Zack – die Welt war wieder klar und deutlich. Der Kugelschreiber lag direkt neben seinem Fuß. Er hob ihn auf. Aber die Brille – die war doch zerbrochen gewesen? Er hatte es doch knacksen gehört! Charles griff nach den Gläsern und tastete die Fassung ab. Die Brille abzunehmen und nachzusehen war sinnlos, denn er würde nichts erkennen können. Die Fassung war unversehrt. Auch die Gläser fühlten sich heil an und ohne jeden Sprung. Vielleicht hatte er sich verhört. Oder vielleicht hatte bloß die Plastikfassung einen Sprung bekommen, was nicht weiter störte. Erleichtert setzte sich Charles in die Bank und nahm den Kugelschreiber in die Hand.

Dann schaute er erstaunt auf das, was der Kugelschreiber selbst geschrieben hatte:

»Ich bin Watts, darf Rugby der Jünger, prima, heute Spaß Nachmittag! Ich Spaß Jüngster bin halb Nachmittag prima Watts …« und so weiter, ganze zwei Seiten lang. So ein Mist! Mr Towers würde das sofort bemerken. Seufzend begann Charles zu schreiben. Vielleicht sollte er wirklich mit der Hexerei aufhören. Es kam irgendwie immer nur Unsinn heraus.

Der Rest des Abends verlief ziemlich ruhig. Charles saß die ganze Zeit da und strich mit dem Daumen über die Brandblase auf seinem Finger hin und her. Er wollte nicht aufhören zu hexen, aber er wusste auch, dass er es nicht noch einmal wagen durfte. Es war eine verwirrende Mischung aus Kummer, Angst und Trotz.

Auch Simon war sehr gedämpft. Brian Wentworth war auch wieder da, er kritzelte fleißig; ein Auge war leicht nach innen gerichtet, aber Simon schien die Lust verloren zu haben, Brian zu schlagen. Und Simons Freunde taten immer das, was Simon tat.

Nan hatte auch beschlossen nicht mehr zu hexen, seit Nirupam mit ihr gesprochen hatte. Aber immer noch war dieses Glücksgefühl in ihrem Innern da. Es war noch da, als sie an diesem Abend in den Schlafsaal kam. Und es verließ sie nicht, trotz der üblichen Sticheleien von Delia, Heather und anderer Mädchen. Die fingen schon wieder an.

»Ein bisschen arg war das schon mit Simon!«

»Wirklich, Nan! Ich weiß, wir haben dich gebeten, uns was vorzuhexen. Aber gleich so was? Man muss doch zuerst nachdenken, bevor man hext!«

»Was er Theresa angetan hat! Und ihr Strickzeug ist auch hin!«

Aber Nan, anstatt die Sache abzuleugnen oder sich dafür zu entschuldigen, wie sie es bisher immer getan hatte, sagte bloß: »Wieso glaubt ihr eigentlich, dass *ich* es war?«

»Weil du eine Hexe bist. Das wissen wir doch alle!«, sagte Heather.

»Sicher«, sagte Nan. »Aber warum glaubt ihr, dass ich die einzige bin? Ich hab euch doch schon gesagt, Hexen braucht Zeit. Ich hab euch erzählt, wie lange es dauert, bis man Kräuter gepflückt hat und um sie herumgeflogen ist und so weiter. Dabei hab ich noch die Fledermausjagd ausgelassen. Fledermäuse lassen sich nicht so leicht fangen, weißt du? Und ihr wart doch mit mir im Badezimmer, ihr wart die ganze letzte Woche ständig mit mir zusammen. Ihr wisst ganz genau, dass ich keine Fledermäuse gefangen und auch keine Kräuter gepflückt habe. Ich hab auch keine Zaubersprüche gemurmelt und keine Hexenlieder gesungen. Stimmt's Ich kann es gar nicht gewesen sein, begreift ihr das nicht?«

Ich glaube, ich hab sie überzeugt, dachte Nan, denn die Mädchen sahen enttäuscht aus. Nan war ungeheuer vergnügt. Sie schien ihnen den Mund gestopft zu haben, ohne ihren Ruf als Hexe zu verlieren.

Nur Karen wagte es, noch einmal den Mund aufzumachen. »Theresa hat stundenlang an den Babyschuhen gestrickt. Jetzt sind sie weg. Das Mindeste, was du tun kannst, ist doch wohl, dass du sie zurückhext!«

»Meinetwegen, wenn Theresa darauf besteht«, sagte Nan leichthin.

»Licht aus!«, sagte die Nachtdienst habende Lehrerin. »Gehört das hier einer von euch? Der Schulwart hat sie im Hundekorb gefunden!« Und sie hielt zwei flaumige, schmutziggraue Dinger hoch. Die Babyschuhe!

Alle sahen Nan an, und sie überlegte, ob es klug von ihr gewesen war, was sie da eben gesagt hatte. Ich werd in Zukunft meinen Mund halten, gelobte sie sich. Und dieser Besen bleibt auf dem Schrank oben. Schluss. Und wenn ich's ihm dreimal versprochen hätte, dass ich auf ihm reite.

Genau um Mitternacht stupste sie jemand an. Sie rollte aus dem Bett und wachte auf. Ein sanftes Wischen war zu hören. Etwas tauchte in dem trüben Dunkel über ihr auf – sie konnte nicht sehen, was es war. Und dann war das Ding plötzlich unter ihr. Nan wurde hellwach und merkte, dass sie einen guten Meter über dem Fußboden schwebte, auf dem Besen, quer über dem Besenstiel hängend, mit dem Kopf auf einer Seite, den Füßen auf der anderen. Der harte, knotige Besenstiel drückte sie in den Bauch. Trotzdem musste sie lachen. Ich bin wirklich eine Hexe! Eine ganz wirkliche Hexe bin ich, dachte sie glücklich. »Lass mich hinunter!«, flüsterte sie dem Besen zu. »Du hast nur so getan, als bräuchtest du eine Reiterin. Weil du sonst nicht fliegen kannst. Und was ist jetzt? Du kannst recht gut allein fliegen! Lass mich sofort hinunter und verschwinde!«

Die Antwort des Besenstiels war, dass er mit Nan bis an die Decke des Schlafsaals flog. Ihr Bett sah von oben ganz klein aus. Wenn sie versuchte, sich dahinein fallen zu lassen, würde sie wahrscheinlich daneben landen.

»Du Strubbelkopf«, sagte sie. »Ich weiß, ich hab es dir versprochen. Aber das war doch noch, bevor …«

Der Besen schwebte in Richtung Fenster. Nan bekam nun doch Angst. Das Fenster war offen. Und sie sah sich bereits übers Land fliegen, kopfunter auf dem Besen hängend, mit nichts weiter an als ihrem Pyjama. Sie gab nach.

»Gut, gut. Ich werde auf dir reiten. Aber erst lass mich runter. Ich kann doch nicht im Pyjama herumfliegen. Ich hol mir nur ein Laken!«

Der Besen wirbelte herum und sauste im Sturzflug auf Nans Bett los. Sie landete auf der Matratze. Aber der Besen schien ihr nicht ganz zu trauen. Er schwebte über ihr, während sie das rosafarbene Anstaltslaken von ihrem Bett abzog. Kaum hatte sie sich darin eingewickelt, war er wie der Blitz wieder da – rutschte unter ihr durch, und wieder hing sie kopfunter am Besenstiel und schwebte gegen die Decke.

»Bitte flieg vorsichtig!«, flüsterte sie.

Der Besen wackelte ungeduldig, während Nan versuchte sich halbwegs bequem zurechtzusetzen. Lang durfte es nicht dauern, denn das Sausen und ihr Gewisper mit dem Besen hatten die andern Mädchen schon unruhig gemacht. Ein paar wälzten sich wie im Aufwachen und murmelten vor sich hin. Nan versuchte sich bequem hinzusetzen, doch sie kippte zur Seite und verwickelte sich in das Laken. Schließlich ließ sie sich einfach nach vorn fallen und lag nun, in das Laken verwickelt, auf dem Bauch, die Beine um den Besenstiel geschlungen, und versuchte es sich wenigstens in dieser Lage möglichst bequem zu machen. Aber bevor sie das geschafft hatte, fuhr der Besen mit ihr durchs Fenster hinaus und flog davon. Die Nacht war pechschwarz. Es war kalt, und es nieselte. Nan verzog das Gesicht und versuchte sich an die Höhe zu gewöhnen. Der Besen flog mit ruckartigen Hopsern, und das war nicht sehr angenehm, wenn man auf dem Bauch lag.

Nan begann vor sich hin zu reden, um sich abzulenken. »Nun, da haben wir es!«, sagte sie. »Jetzt werden alle meine romantischen Träume wahr. Aber wie! Ich habe immer davon geträumt in einer warmen Sommernacht auf einem Besen herumzufliegen, wenn der Vollmond scheint und die Nachtigallen sich die Kehle aus dem Leibe singen. Und jetzt – das!« Der Besen unter ihr zappelte ganz leicht. Es war ganz eindeutig eine Art Achselzucken.

»Jaja, das hier ist vermutlich das Bestmögliche, zu dieser Jahreszeit«, sagte Nan beschwichtigend. »Aber besonders großartig fühle ich mich nicht. Außerdem werde ich langsam nass. Dulcinea Wilkes ist sicher aufrecht auf ihrem Besen *gesessen*, wahrscheinlich sogar im Damensitz, und ihr langes Haar flatterte hinter ihr her. Und weil sie in London lebte, hatte sie sicher ein elegantes Seidenkleid an, mit einer Menge Spitzenunterröcke, die darunter hervorblitzten. Weißt du eigentlich, dass ich von Dulcinea Wilkes abstamme?«

Der Besen antwortete mit einem Zappeln. Das war vermutlich seine Art zu nicken. Aber vielleicht lachte er sie auch einfach aus.

Mit der Zeit entdeckte sie, dass sie trotz der Dunkelheit etwas sehen konnte. Sie schaute hinunter und wurde bleich.

Der Besenstiel fühlte sich für diese Höhe viel zu dünn und instabil an, als dass Nan sich sicher gefühlt hätte! Die Schule lag schon ein gutes Stück entfernt. Sie flogen direkt über den Sportplatz hinweg, und ein Stückchen weiter war schon die Stadt. Die Häuser lagen alle dunkel zwischen den orangefarbenen Lichterketten der Straßenbeleuchtung. Und trotz des diesigen, nassen Wetters konnte Nan bis zu dem tiefschwarzen Hügel sehen, wo die Larwood-Wälder begannen. Wenn man erst einmal daran gewöhnt war, dann war es ein sehr angenehmes Gefühl, so dahinzufliegen. Sie umklammerte das Besenstielende mit beiden Händen und versuchte es Richtung Stadt zu halten. Aber der Besen hatte anderes im Sinn. Er wollte die Stadt umfliegen.

»Ich will aber über die Häuser fliegen!«, sagte Nan.

Der Besen ruckte, sie wäre fast abgestürzt. Nein, sollte das wohl heißen.

»Wahrscheinlich könnte uns jemand aus der Stadt sehen, wenn er grad zum Himmel schaut!«, sagte Nan. »Du hast wieder einmal Recht, Besen.« Und dann fiel ihr ein, dass ihre Träume von nächtlichen Besenritten bei Vollmond ein ausgemachter romantischer Unsinn waren. Keine vernünftige Hexe würde bei Vollmond fliegen, wo doch jeder Inquisitor sie sehen konnte!

So fegten sie über die Felder dahin, überquerten die Hauptstraße und gerieten in einen Regenguss. Zuerst, in der Nähe der Stadt, klatschten Nan nur einzelne Tropfen ins Gesicht, die aus dem orangefarbenen Nebel der Straßenlaternen kamen. Dann, als sie den Larwood-Wälder erreichten, gab es um sie nur noch kalte, schwarze Nässe.

Die Nässe, die aus der Landschaft aufstieg, brachte den herbstlichen Geruch von nassem Laub und Pilzen. Aber auch der dunkelste Wald bei Nacht ist nicht gänzlich schwarz. Nan konnte die fahlen Flecken heller Bäume erkennen. An ihren Zweigen hing noch gelbes Laub. Und sie sah den Wald vom Regen dampfen. Und plötzlich sah sie Rauch aufsteigen. Sie roch das Feuer. Ein nasses Feuer, das stark qualmte. Plötzlich war Nan ganz ruhig. »Das ist bestimmt kein Scheiterhaufen«, sagte sie. »Es ist schließlich nach Mitternacht. Aber ist es denn schon Halloween?«

Aber der Besen schien plötzlich ganz verstört. Er bremste in der Luft mit einem wilden Satz. Einen Augenblick lang richtete er das vordere Ende des Stieles nach unten, als wollte er landen. Nan hatte Mühe, sich an ihm festzuhalten. Und auf einmal merkte sie, dass er rückwärts flog. Und er wackelte aufgeregt mit seinem buschigen Ende. Er zappelte so sehr, dass Nans Füße hin- und hergeschleudert wurden.

»Hör auf damit, ich werde seekrank!«, rief sie.

Ihr fiel ein, dass Besen manchmal mit ihren Hexen zusammen verbrannt wurden. Vielleicht wusste es der Besen auch. So war sie nicht überrascht, als sie merkte, dass der Besen vor dem Feuer flüchtete. Er wollte anscheinend zur Schule zurück. Und zwar auf direktem Wege, als hätte er niemals etwas anderes im Sinne gehabt.

»Mir machst du nichts vor«, sagte Nan. »Aber du kannst gern zurückfliegen, wenn du magst. Ich bin schon ganz nass!«

Der Besen flog weiter geradeaus, er flog hoch über die Felder und über die Hauptstraße, bis unter ihnen die hellen, ebenen Flächen der Sportplätze auftauchten. Nan freute sich auf den Augenblick, wo sie in ihrem warmen Bett liegen konnte. Da fiel dem Besen plötzlich etwas Neues ein. Er ließ sich ungefähr fünfzehn Meter senkrecht fallen – ein scheußliches Gefühl! – und raste noch schneller. Sie flitzten über die Felder. Nan wäre von dem Flugwind fast heruntergeweht worden. »Nicht so schnell!«, schrie sie und klammerte sich verzweifelt am Besenstiel fest. »Ras doch nicht so!« Aber der Besen beachtete sie überhaupt nicht. Er sauste weiter.

»Also wirklich«, keuchte Nan. »Du bist das dickköpfigste Stück, das ich jemals erlebt habe! Halt, haaalt!!«

Der Regen schlug Nan ins Gesicht, aber sie konnte trotzdem ein Stück weiter vorn etwas fliegen sehen. Es war etwas Dunkles; für einen Besen war es zu groß, und es schwebte sanft und breit über die Felder. Der Besen raste darauf zu. Nan sah jetzt, dass das Ding flach war, und dass jemand darauf saß.

Es kam immer näher, wurde immer größer und deutlicher. Nan glaubte einen kleinen Teppich zu erkennen, auf dem ein Mann saß. Sie zerrte und riss am Besenstiel, aber der Besen ließ sich absolut nicht aufhalten. Er raste auf das fliegende Ding zu. Es war tatsächlich ein Mann, der auf einem kleinen Teppich saß! Der Besen sauste um ihn herum und wackelte so heftig mit dem Schwanzbüschel, dass Nan sich in die Zunge biss. Der Besen rieb sich zärtlich an dem Teppich, er stupste ihn und wedelte, dass Nan hin und her schwankte. Der Teppich schien ebenso erfreut, den Besen zu treffen. Er schaukelte und wellte sich so, dass auch der Mann auf dem Teppich durchgebeutelt wurde. Nan machte sich so klein wie möglich und drückte sich eng an den Besen. Sie hoffte, der Hexer auf dem Teppich, wer immer es war, würde sie in ihrem Leintuchbündel nicht erkennen.

Aber der Mann auf dem Teppich war höchst ärgerlich über das Theater, das der Besen und der Teppich aufführten. »Kannst du dein Ding immer noch nicht im Zaum halten?«, schimpfte er.

Nan machte sich vor Schreck noch kleiner. Sie war froh, dass die wunde Zunge ihr das Sprechen schwer machte. Denn sie hatte die Stimme erkannt. Es war Mr Wentworth.

»Ich hab dir doch gesagt, Brian, du darfst nicht besen reiten während des Schuljahres! Hab ich dir nicht gesagt, du darfst nur in den Ferien reiten?«, rief er.

Als Nan nicht antwortete, fügte er hinzu: »Ich weiß schon, ich weiß schon! Aber dieser verflixte Teppich besteht darauf, dass ich jede Nacht mit ihm fliege. Sonst täte ich es ja auch nicht.«

Das wird ja immer ärger, dachte Nan. Mr Wentworth hielt sie für Brian. So musste Brian also – mit Mühe brachte sie es fertig, den Besen von dem Teppich weg zu steuern – Brian war also … Sie schlug dem Besen die Fersen gegen den Stiel und zwang ihn so in Richtung Schule. Er flog tatsächlich weiter. Erst als sie ein gutes Stück entfernt waren, wagte sie es, sich umzudrehen und »Tut mir Leid!« zu flüstern. Sie hoffte, Mr Wentworth würde sie weiter für Brian halten.

Mr Wentworth rief ihr etwas nach, aber Nan versuchte nicht einmal zu verstehen, was er rief. Sie wollte es gar nicht wissen. Außerdem musste sie sich darauf konzentrieren, den Besen auf dem richtigen Kurs zu halten. Der war wirklich sehr widerwillig. Er flog widerstrebend, fast traurig und langsam. So, wie Charles Morgan immer dahinschleicht, dachte Nan. Aber zumindest bewegte sich der Besen. Nan war sehr zufrieden, dass sie ihn wenigstens bestimmen konnte, wenn es wirklich notwendig war.

Das rosa Laken triefte vor Nässe. Es musste ein ziemliches Gewicht haben. Fast hätte sie Mitleid mit dem Besen gehabt, dass er so schleppen musste, aber da fielen ihr seine Untaten vom Nachmittag ein. Sie hieb ihm wieder die Fersen in den Stiel, und der Besen sauste noch schneller durch die dunkle Nacht. Bei der Schule angelangt schleppte er sich die Wand hinauf bis vor das offene Schlafsaalfenster. Und dann waren sie drinnen. Gott sei Dank.

Da hörte sie jemanden flüstern: »Ich hab dein Bett mit einem trockenen Laken frisch bezogen!«

Nan wäre vor Schreck fast in Ohnmacht gefallen. Sie hockte eine Weile auf dem Besen, bis sie endlich die Kraft fand abzusteigen. Eine undeutliche Gestalt im Pyjama kam auf sie zu und beugte ein wenig den Kopf, wohl damit Nan die Locken erkennen konnte. »Estelle?«, flüsterte sie.

»Pst!«, machte Estelle. »Komm jetzt, wir müssen das nasse Laken verstecken. Gehn wir in die Wäschekammer! Dort können wir auch reden!«

»Und was ist mit dem Besen?«, flüsterte Nan.

»Schick ihn weg!«

Gute Idee, dachte Nan. Hoffentlich gehorcht der Besen. Sie hob ihn auf und trug ihn ans Fenster. »Flieg in den Geräteschuppen«, flüsterte sie, so streng sie konnte. Und dann gab sie ihm einen Schubs. Zu ihrer Überraschung gehorchte der Besen – jedenfalls flog er in die Regennacht hinaus.

Estelle zerrte das nasse Laken zur Tür. Nan schlich ihr auf Zehenspitzen hinterher, um ihr zu helfen. Miteinander schleppten sie es auf den Gang hinaus und in die Wäschekammer. Estelle schloss die Tür und machte Licht.

»Alles in Ordnung, wir dürfen nur nicht zu laut reden«, sagte sie. »Leider ist Theresa munter geworden, gerade als ich dein Bett machte. Ich musste ihr sagen, dass dir schlecht war. Und dass du auf der Toilette bist, weil dir immer noch schlecht sei. Bitte merk dir das, falls sie morgen fragt.«

»Danke«, sagte Nan. »Das war nett. Hab ich dich geweckt, als ich losgeflogen bin?«

»Macht doch nichts. Ich bin das gewohnt«, sagte Estelle. Sie öffnete den großen Wäscheschrank. »Wenn wir das nasse Laken ganz nach hinten legen, findet es niemand so schnell.«

Leicht war es nicht, das nasse Ding zu verstecken. Sie mussten ganze Stöße trockener rosa Laken herausnehmen, dann das nasse ordentlich zusammenlegen und ganz hinten verstauen und dann alle Lakenstapel vorn wieder aufstapeln.

»Wieso hast du gesagt, dass du es gewohnt bist?«, fragte Nan.

»Ich bin Hexen gewohnt. Vom Hexen-Rettungsdienst«, erklärte Estelle. »Meine Mama war Mitglied, und ich hab ihr immer geholfen. Es hat mich umgehauen, als ich merkte, dass du auch besen reitest. Und heute hab ich natürlich gewusst, dass es draußen nass ist und dass du ganz eingeweicht zurückkommen wirst. Und dass man dich umziehen muss. Mama hat mir beigebracht, dass man auch an solche Kleinigkeiten denken muss. Wir waren das gewohnt, dass die Hexen auf Besen ankommen. Zu jeder Tages- und Nachtzeit sind sie angeflogen gekommen, die armen Geschöpfe. Die meisten sind natürlich bei trübem Wetter geflüchtet und waren so nass wie du.«

»Warum hat deine Mama dich ausgerechnet in unsere Schule geschickt?«, fragte Nan. »Du warst ihr doch bestimmt eine große Hilfe. Hat sie dich nicht gebraucht?«

Estelles Gesicht verdunkelte sich. »Sie hat mich nicht weggeschickt. Das waren die Inquisitoren. Es gab eine große Hexenjagd, und da haben sie alle unsere Büros aufgestöbert. Dabei haben sie meine Mama erwischt. Sie ist jetzt eingesperrt, weil sie den Hexen geholfen hat. Aber das darfst du keiner Menschenseele erzählen«, sagte Estelle, und ihre sanften braunen Augen sahen Nan ernst an. »Bitte, verrat es niemandem. Du bist der einzige Mensch, dem ich es je gesagt habe.«

Zehntes Kapitel

Am nächsten Morgen war Brian Wentworth nicht aus dem Bett zu kriegen. Simon schmiss ein Kissen nach ihm, aber Brian rührte und regte sich nicht.

»Aufwachen, Brian!«, rief Simon. »Aufwachen! Steh auf oder ich schmeiß dich aus dem Bett!« Und als Brian sich nicht bewegte, ging Simon auf das Bett zu.

»Lass ihn doch schlafen«, sagte Charles. »Ihm war gestern schlecht.«

»Wie du meinst, Charles«, sagte Simon. »Dein Wort ist mir Befehl.« Und er riss Brian die Decke weg.

Brian lag gar nicht im Bett. Es hatte nur so ausgesehen. Drei Kissen waren kunstvoll so gelegt, dass sie unter der Decke wie ein Körper ausgesehen hatten. Sofort kamen alle angerannt. Ronald West bückte sich und schaute unter das Bett – als ob Brian dort läge – aber er brachte nur ein Stück Papier herauf.

»Schau her!«, sagte Ronald. »Das muss hinuntergefallen sein, als du die Decke weggezogen hast, Simon!«

Simon schnappte sich den Zettel. Mit blauem Kugelschreiber war in Großbuchstaben darauf geschrieben:

HA HA. ICH HABE BRIAN WENTWORTH IN MEINER GEWALT. GEZEICHNET: DIE HEXE.

»Nur keine Panik!«, sagte Simon. »Hol jemand den Aufsicht führenden Lehrer!«

Charles rannte zu Mr Crossley. Der kam sofort und fragte jeden Einzelnen, wann er Brian zum letzten Mal gesehen habe. Die meisten hatten Brian am Vortag gesehen, und da war er sehr bleich gewesen und hatte geschielt. Und alle konnten beschwören, dass Brian am Abend ins Bett gegangen war.

Auf Zehenspitzen lief Charles die Treppe hinunter. Ihm war ganz schlecht. Brian war tatsächlich aus der Schule weggelaufen. Und er hatte den Rat befolgt, den Charles ihm in der Nacht vorher gegeben hatte: Er hatte seine Spur verwischt.

Aber wie war er auf den Gedanken verfallen, die Schuld auf die Hexe zu schieben? Vielleicht wegen der Schuh-Hexerei, oder vielleicht weil er Charles erwischt hatte, als er, über ein paar Haaren aus Simons Kamm gebeugt, geheimnisvoll gemurmelt hatte. Ja, Brian hatte ihn durchschaut, ganz sicher, und das hatte ihn auf die Idee gebracht, die Schuld auf die Hexe bzw. den Hexer zu schieben.

Als Charles sich zwischen den Jungen auf dem Gang hindurchdrängte, hörte er Worte wie »Hexe« und »Nan Pilgrim«. Das war gut, dass sie Nan verdächtigten und nicht ihn. Aber wie lange konnte das dauern?

Charles warf im Hinunterlaufen einen Blick auf seinen verbrannten Finger. Die durchsichtige Blase war dicker denn je. Verbrennen tut weh.

Charles rannte den ganzen Weg. Auch er konnte

sich erinnern, dass Brian während des Nachsitzens die ganze Zeit gekritzelt und gekritzelt hatte, sicher viele Seiten lang! Und wenn da nur ein einziges Wort über Charles Morgan stand … Er musste dafür sorgen, dass niemand anderer dieses Geschreibsel las! Charles raste durch die Gänge und stürzte atemlos in das Klassenzimmer.

Brians Bankfach war offen. Und darüber gebeugt stand Nirupam. Er schien überhaupt nicht überrascht, Charles zu sehen.

»Brian war unglaublich fleißig!«, sagte Nirupam. »Schau dir das an!«

In dem offenen Bankfach hatte Nirupam sechs Schulhefte aufgereiht, alle aufgeschlagen, und jedes zeigte eine Doppelseite voll von engem, eiligem blauen Gekritzel.

»Hilfe, Hilfe, Hilfe, Hilfe«, las Charles im ersten Heft. »Die Hexe oder der Hexer hat ein böses Auge auf mich gerichtet! HILFE! Ich werde weggezogen, ich weiß nicht, wohin. HILFE. Ich bin in der Gewalt dieses Hexenwesens. Ungeheure Taten muss ich vollbringen. HILFE. Die Welt wird grau. Der Zauber wirkt. Hilfe …« Und so immer weiter, die ganzen zwei Seiten lang.

»Das geht ja kilometerlang so«, sagte Charles.

»Ich weiß«, sagte Nirupam und öffnete Brians Französischheft. »Das da ist ganz voll geschrieben.«

»Erwähnt er irgendwelche Namen?«, fragte Charles.

»Ich hab noch keinen gesehen«, sagte Nirupam.

Aber Charles wollte sich selbst vergewissern. Er

nahm ein Heft nach dem andern und las es von vorn bis hinten durch.

»Hilfe. Wilde Zauberei und scheußlicher Gestank füllen meine Ohren. HILFE. Ich FÜHLE, WIE ICH VERGEHE. Der Hexenwille ist stark. Ich muss gehorchen. Graues Summen und grauenvolle Worte. HILFE.«

So ging es weiter, über alle sechs Hefte. Viele Worte waren in Großbuchstaben geschrieben. Charles war deshalb ganz sicher, dass Brian den Zettel auf seinem Bett selbst geschrieben hatte.

Schließlich hatten Charles und Nirupam alle Hefte genau durchgelesen. Es stand immer dasselbe drin. Zu Charles' Erleichterung nannte Brian nirgendwo einen Namen. Aber es gab ja noch Brians Tagebuch, das ganz unten im Haufen lag. Wenn es nicht anders ging, wollte er Nirupam das Buch mit Hexenkraft entreißen. Oder war es besser, einfach die Seiten weiß zu zaubern? Aber – würde er es überhaupt wagen zu zaubern?

Charles zögerte.

Und da hörten sie Mr Crossleys Stimme auf dem Gang. Eilig schoben Nirupam und Charles die Hefte und das Tagebuch in Brians Bankfach zurück und klappten es zu. Dann sausten sie auf ihre eigenen Plätze, holten ihre Hefte hervor und taten, als wären sie fleißig.

»Ihr zwei solltet frühstücken gehen!«, sagte Mr Crossley, als er hereinkam. »Los, verschwindet!«

Also mussten sie beide gehen, ohne einen Blick in Brians Tagebuch geworfen zu haben.

Im Gang vor dem Speisesaal rannte Mr Wentworth fast in sie hinein und sah dabei noch viel sorgenvoller drein als gewöhnlich. Im Speisesaal ging das Gerücht um, die Polizei sei schon da.

»Wartet nur«, sagte Simon bedeutsam, »der Inquisitor kommt auch noch. Spätestens bis zum Abendessen. Ihr werdet sehen, dass ich Recht habe!«

Nirupam glitt auf den Platz neben Nan. »Brian hat etwas von einer Hexe geschrieben«, murmelte er. »Sie hat ihn entführt!«

Das fehlte ihr noch. Karen und Delia hatten sie schon mehrmals gefragt, was sie denn mit Brian angestellt hätte. Und Theresa hatte in die Luft hinein gesagt, ohne Nan dabei anzusehen: »Manche Leute können eben andere nicht in Ruhe lassen!«

»Er hat aber keinen Namen genannt«, murmelte Nirupam ohne Nan anzublicken.

Brian braucht keine Namen zu nennen, dachte Nan verzweifelt. Das tun schon die anderen für ihn. Und, als ob das nicht schon genug wäre, Estelle wusste, dass sie heute Nacht mit dem Besen ausgeflogen war. Sie blickte sich nach Estelle um, aber die schien ihr auszuweichen. Sie hatte sich an einen anderen Tisch gesetzt. Das ließ den letzten Zipfel von Nans Glücksgefühl, eine Hexe zu sein, verschwinden. Zum ersten Mal in ihrem Leben hatte Nan keine Lust zu frühstücken. Und Charles ging es nicht viel besser.

Nach dem Frühstück tauchte ein weiteres Gerücht auf: Die Polizei hatte Suchhunde angefordert.

Kurz danach erschien Miss Hodge und fand die

ganze Schule in heller Aufregung. Es dauerte eine Weile, bis sie begriff, was geschehen war. Miss Hodge war ganz entzückt. Brian Wentworth war verschwunden! Das ist zwar, dachte sie hastig, sehr traurig, aber jetzt hab ich wenigstens einen Grund, Mr Wentworth aufzusuchen. Gestern war sie schon ganz mutlos gewesen. Nachdem Mr Wentworth ihre großartige Entschuldigung wegen Charles Morgan so ungerührt vom Tisch gewischt hatte, war ihr überhaupt nichts mehr eingefallen, wie sie sich ihm annähern könnte. Aber das war geradezu ideal für ihre Heiratspläne! Jetzt kann ich zu Mr Wentworth gehen und mitfühlend seinen Kummer teilen!, frohlockte sie. Die einzige Schwierigkeit war, dass Mr Wentworth genauso wenig zu finden war wie Mr Crossley. Vermutlich befanden sich beide in Miss Cadwalladers Zimmer, mitsamt der Polizei.

Als sie alle in die Halle gingen, sahen sie im Hof ein Polizeiauto stehen. Einige stämmige Wolfshunde sprangen eben heraus, ihre rosafarbenen Zungen hingen, nach Taten lechzend, über die großen weißen Fangzähne.

»Es macht nichts, wenn die Hunde nichts finden«, hörte man Simon sagen. »Dann wird eben der Inquisitor einfach jeden Einzelnen in der Klasse mit seinem Hexendetektor überprüfen. So finden sie die Hexe bestimmt.«

Zu Nans Erleichterung erschien jetzt Estelle. Sie drängte sich zwischen den anderen durch und stellte sich neben Nan.

»Du glaubst doch nicht, dass ich letzte Nacht weg

war – wegen Brian meine ich«, flüsterte Nan. »Ich schwör dir, es war nicht deswegen!«

»Weiß ich doch!«, flüsterte Estelle zurück.

»Aber alle glauben es! Was soll ich denn machen?«, flüsterte Nan.

»Wart bis zur zweiten Stunde. Dann sag ich's dir!«

Auch Charles flüsterte, und zwar mit Nirupam. »Was ist ein Hexendetektor? Funktioniert so was überhaupt?«

»Ein – na, so ein Gerät in einer schwarzen Box«, sagte Nirupam. »Damit erwischen sie jedes Mal eine Hexe.«

Wenn das Gerücht stimmt, dachte Charles, dann bin ich heute dran. Er hasste Brian. Ein Egoist war das. Zugegeben, er, Charles, war auch nicht immer ganz uneigennützig, aber Brian war einfach ein Egoist. Jetzt blieb Charles wohl nichts mehr übrig, als sich gleichfalls aus dem Staub zu machen. Was aber leider kaum mehr möglich war wegen der Suchhunde.

Als er mit Nirupam in die Klasse kam, hatten sie Brians Pult schon weggetragen. Charles starrte auf den leeren Platz. Fingerabdrücke!, dachte er. Nirupam wurde fahl.

»Sie lassen die Hunde dran riechen!«, sagte Dan Smith. »Sie setzen sie auf seine Fährte!«

Die nächste Stunde verging qualvoll langsam. Nan zitterten die Hände so sehr, dass sie kaum die Feder halten konnte. Dank ihres nächtlichen Ausflugs wusste sie genau, warum Brian keine Fährte hinterlassen hatte, die Hunde aufspüren konnten.

Dieser verlogene Besen! Er musste Brian weggeflogen haben, bevor er dann an ihrem Bett erschien und sie wach stupste. Anders konnte es nicht gewesen sein. Sie hätte die Polizei hinführen können, genau an den Ort, wo Brian sich nun befand. Das war kein Scheiterhaufen gewesen, dessen Rauch ihr letzte Nacht in die Nase gestiegen war, sondern Brians Lagerfeuer.

Der Besen hatte sie direkt zu der Stelle hingeführt und dann begriffen, dass er einen Fehler gemacht hatte. Deshalb war er so aufgeregt gewesen und hatte rückwärts fliegen wollen.

Nan war so wütend auf Brian, weil er sie verraten hatte, dass sie sich wirklich wünschte, sie könnte seinen Aufenthalt verraten. Aber wenn sie das tat, bewies sie, dass sie eine Hexe war, und sie zog auch noch Mr Wentworth mit hinein. Brian war doch wirklich ekelhaft! Nan konnte nur hoffen, dass Estelle einen Ausweg fand, bevor jemand sie anklagte und sie dann Brian und Mr Wentworth anzuklagen begann.

Kurz vor dem Ende der Stunde mussten die Hunde doch eine Spur aufgenommen haben. Auf dem Weg in ihre Garderobenräume war jedenfalls kein einziger Polizist oder Hund draußen zu sehen. Estelle fasste Nan sacht am Arm.

»Wir müssen in die Stadt!«, flüsterte Estelle und schob nasse Zweige zur Seite. »Wir müssen zum Alten Pförtnerhaus.«

»Warum denn?«, fragte Nan und zwängte sich hinter Estelle durch das Gebüsch.

»Weil«, flüsterte Estelle über die Schulter zurück, »weil dort jemand sitzt, der – also: Dort ist nämlich ein Büro des Hexen-Rettungsdienstes.«

Sie hatten das Gebüsch durchquert und traten auf den Rasen neben der großen Lorbeerhecke.

»Aber wenn uns jemand in der Stadt sieht, bringt er uns sofort zurück zu Miss Cadwallader!«, sagte Nan. Sie trugen beide Schuluniform und waren somit weithin als Larwood-Schülerinnen zu erkennen.

»Hoffentlich kannst du uns ein bisschen umhexen!«, flüsterte Estelle. »Ich meine natürlich unsere Kleider!«

Nan wurde sich klar, dass die einzige Hexerei, die sie bisher vollbracht hatte, der Flug auf dem Besen gewesen war. Wie man jemandem andere Kleider anhext, davon hatte sie keine Ahnung. Aber die Sache war wirklich dringend. Nan streckte versuchsweise beide Hände aus, fuchtelte damit in der Luft – sie kam sich dabei schrecklich blöd vor – und sprach den ersten Spruch, der ihr in den Sinn kam:

»Eeene, meeene miiine, morm –
weg mit unsrer Uniform.
Bitte schnell ein andres Kleid,
denn es ist jetzt höchste Zeit.«

Ein kleiner Wirbelsturm erhob sich, eine Art marineblauer Schneeflocken tanzten und schwebten um die beiden Mädchen herum, senkten sich, wurden zu dunkelgrauen und schwarzen Aschenflocken, die sich um

Nan und Estelle hängten wie Gewänder. Es hatte nur wenige Sekunden gedauert. Und da standen sie dann beide im Hexendress, mit langen schwarzen Schleppen, spitzen schwarzen Hüten und was so dazugehört.

Estelle schlug die Hände vor den Mund, sonst wäre sie vor Lachen losgeplatzt. »Aber Nan! Bist du wahnsinnig?«

»Bitte, was willst du denn lieber anziehen?«, fragte Nan und musste auch lachen.

Estelles Augen begannen zu leuchten. »Einen Reitanzug!«, flüsterte sie. »Mit roter Jacke, bitte!«

Nan streckte wieder die Hände aus und fuchtelte los. Jetzt, da sie wusste, wie man so etwas machte, war es ganz einfach.

»Agga tagge ragga Raben,
Kleider her zum Gernehaben!«

Der Wirbelsturm begann erneut zu wirbeln. Um Estelle wirbelte es anfangs schwarz. Das verdünnte sich dann viel versprechend in sanftes Braun und Rot. Um Nan herum taumelten rosa Flocken und Fetzchen. Als der Sturm aufhörte, fand sich Estelle in entzückenden Reithosen, roter Jacke und einem Reithütchen. Ihre Beine steckten in glänzenden Reitstiefelchen.

»Wie schaust denn du aus!«, kicherte sie und zeigte mit ihrer Reitgerte auf Nan.

Nan blickte an sich herunter. Was waren denn das für Kleider, die sie offenbar am liebsten wollte? Ach je – sie sah aus, wie sie sich Dulcinea Wilkes' Gewand immer vorgestellt hatte.

Nan steckte in einem rosa Ballkleid. Aus schimmernder Seide. Es hatte blaue Schleifchen vorne und Spitzen an den Ärmeln. Kein Wunder, dass Estelle kicherte. Vielleicht hatte sie Recht. Rosa passte gewiss zu der zarten Hexe Dulcinea, aber die rundliche Nan sah darin nur komisch aus. Nan überlegte fieberhaft, in welches Kleid sie sich hexen sollte, und streckte bereits die Hände aus, um sich ein passenderes Gewand herzufuchteln – aber da hörten sie jenseits des Buschwerks Karen Grigg schreien: »Estelle! Estelle! Wo bist du?«

Estelle und Nan rannten los. Estelles Reitanzug war fast ideal, um rasch durchs Gebüsch zu kriechen. Aber Nans Ballkleid! Sie keuchte und schnaufte hinter Estelle her, und das nasse Laub überschüttete sie mit Wassertropfen. Die Spitzenärmel blieben überall hängen. Der weite Rock wickelte sich um ihre Beine und verfing sich dauernd im Gesträuch. Am Rand des Gebüsches blieb das Kleid an einem Zweig hängen und riss mit einem so lauten Ritsch entzwei, dass Estelle sich erschrocken umdrehte.

»Warte!«, keuchte Nan. Sie nestelte den rosa Rock los und riss die untere Hälfte ab, dann wand sie das abgerissene Stoffstück wie einen Schal um ihre nassen Schultern. »So geht's besser!«

Dann konnte sie einigermaßen mit Estelle Schritt halten. Sie rannten die Auffahrt entlang und durch das schmiedeeiserne Tor, und draußen waren sie!

Nan wollte stehen bleiben und das rosa Kleid umhexen, aber da stand ein Mann mit einem Besen. Ein Straßenkehrer. Ausgerechnet dort musste er jetzt die Straße kehren! Er hielt inne und starrte die beiden Gestalten an, die an ihm vorbeirannten. Weiter vorn sahen sie zwei Damen mit Einkaufstaschen, die machten noch größere Augen als der Straßenkehrer. Nan und Estelle verlangsamten den Schritt, um nicht so aufzufallen.

Nan senkte verlegen den Kopf, als sie an den Damen vorübergingen. Das Ballkleid hing ihr in seidenen Fetzchen vom Leib bis zu den blassblauen Strümpfen hinunter. Ihre Füße steckten in rosa Ballettschuhen.

»Treffen wir uns bei meiner Ballettlehrerin? Natürlich erst nach deiner Reitstunde!«, sagte sie laut und verzweifelt zu Estelle. Die spielte tapfer mit. »Ja, sicher!«, sagte sie.

Sie ließen die Damen hinter sich, aber sie begegneten immer wieder Leuten auf der Straße. Und je näher sie zur Stadt kamen, desto mehr Leute wurden es. Endlich sahen sie die ersten Läden. Und schließlich gelangten sie an das rote Ziegelschlösschen, das »Das Alte Pförtnerhaus« genannt wurde.

Estelle führte Nan die Stufen hinauf zum Eingangstor mit dem Spitzbogen. Sie zog an der Klingelschnur.

Es verging geraume Zeit, und sie dachten schon, es würde niemand öffnen. Dann aber ging das Tor auf, ganz langsam und quietschend. Und eine uralte Frau stand vor ihnen, auf einen Stock gestützt, und sah sie erstaunt an.

Estelle schien entsetzlich nervös, sie brachte nur stotternd ihr Anliegen vor: »Hilfe – Rettung – im – Na – Namen von – D – D – Dulcinea!«

»Oh du meine Güte!«, sagte die alte Frau. »Ihr armen Liebchen, es tut mir so Leid – dieses Büro ist schon seit ein paar Jahren aufgelöst. Der Inquisitor war da. Mich hätten sie auch fast eingesperrt, aber ich war glücklicherweise zu alt – so ließen sie mich in Ruhe. Aber sie kommen mich einmal in der Woche kontrollieren. Ich kann euch nicht helfen. Ich wage es einfach nicht!«

Die beiden Mädchen standen da und blickten die alte Dame verzweifelt an.

Sie überlegte und sagte dann: »Wenn es ein wirklicher Notfall ist, kann ich euch einen Zauberspruch mit auf den Weg geben. Mehr weiß ich auch nicht. Wollt ihr?«

Sie nickten.

»Dann wartet bitte einen Moment, ich muss ihn erst aufschreiben«, sagte die alte Dame. Sie ließ das Tor offen und humpelte auf ein Tischchen in der dunklen Vorhalle zu. Dort öffnete sie eine Lade und suchte raschelnd ein Stück Papier hervor.

Dann suchte sie eine ganze Weile nach einem Stift. Endlich schaute sie wieder zu den Mädchen herüber. »Ihr wisst, meine Guten, dass ihr ein wenig auffallend gekleidet seid? Ihr solltet euch ein bisschen zurechtmachen wie – wie etwa jemand von der Heilsarmee! Oder so was Ähnliches. Könnt ihr Sammelbüchsen auftreiben?«

»Ja, ich!«, sagte Nan. Sie war heiser vor Angst. Sie musste sich räuspern. Hier an der belebten Straße wagte sie nicht einen Spruch zu sagen. Und sie fuchtelte nur mit einer Hand.

Etwas Schweres bog plötzlich ihren Arm nieder. Eine große Sammelbüchse hing daran! Und eine zweite hatte sich an Estelles Arm gehängt. Beide Büchsen waren so groß wie Dreiliter-Farbdosen und hatten ein rotes Kreuz draufgemalt. Die Sammelbüchsen schepperten, weil die Mädchen so zitterten.

»Sieht schon besser aus!«, sagte die alte Dame und begann zu schreiben. Sie schrieb sehr, sehr langsam.

Vorübergehende starrten die beiden Mädchen auf der Treppe neugierig an, aber die meisten lächelten ihnen zu, sobald sie die Sammelbüchsen erblickten. Und Nan und Estelle mussten eine ganze Weile dort stehen. Denn die alte Dame schrieb nicht nur sehr langsam, sondern sie unterbrach sich auch immer wieder beim Schreiben und rief den Mädchen etwas zu.

»Kennt eine von euch die Portway-Eichen?«, wollte sie wissen. Beide schüttelten den Kopf. »Schade. Dort müsst ihr nämlich hin. Dort müsst ihr ihn sagen, den Spruch«, sagte die alte Dame. »Es ist eine runde Baumgruppe, ein Baumkreis. Kurz vor dem Wald. Ich werde euch einen Plan aufzeichnen.« Und sie zeichnete, unendlich langsam und umständlich. Dann wieder rief sie: »Ich weiß überhaupt nicht, warum sie Portway-Eichen heißen. Es sind nämlich lauter Birken.« Ein wenig später sagte sie: »So, jetzt schreib ich euch das Wort auf, und zwar so, wie man es ausspricht.«

Die Mädchen standen da und warteten. Vielleicht arbeitet die alte Dame in Wahrheit mit dem Inquisitor zusammen und will uns bloß aufhalten, dachte Nan. Aber da faltete die Frau das Papier endlich sorgfältig zusammen und schlurfte zur Tür. »So meine Guten, das hätten wir. Ich wollte, ich könnte mehr für euch tun.«

Nan griff nach dem Blatt Papier. »Danke!«, sagte Estelle. »Und was kann der Spruch, bitte?«

»Ich weiß nicht genau«, sagte die alte Dame. »Der Spruch ist für Notfälle gedacht und hat sich in meiner Familie von Generation zu Generation vererbt, aber er ist noch niemals verwendet worden. Es heißt, dass er sehr stark sei.«

Wie viele alte Leute sprach die alte Dame sehr laut. Nan und Estelle sahen sich nervös um, aber niemand schien es gehört zu haben. Sie bedankten sich herzlich und höflich. Als das Tor sich wieder schloss, gingen sie traurig und voll düsterer Gedanken mit ihren Sammelbüchsen die Stufen hinunter.

»Ich fürchte, wir müssen den Spruch benutzen«, sagte Estelle. »Zurück können wir nicht mehr.«

Elftes Kapitel

Charles rannte um den Sportplatz zum Geräteschuppen und hoffte, jeder, der ihn vielleicht sah, würde glauben, er mache einen Dauerlauf. Aus diesem Grund hatte er die kurzen himmelblauen Turnhosen angezogen, bevor er losgerannt war. Wenn er genug Zeit hatte, konnte er die Turnhosen ja in Jeans verwandeln.

Jetzt musste er dringend den alten Besen in die Hand bekommen, mit dem die andern gestern Nan Pilgrim gehänselt hatten. Wenn er den Besen fand, bevor irgendjemand merkte, dass er weggelaufen war, konnte er auf ihm durch die Luft flüchten, und kein Hund der Welt würde seine Fährte aufspüren.

Charles erreichte den Schuppen, schlüpfte durch die Tür hinein – und im selben Augenblick kam Nirupam von der anderen Seite geschlichen, gleichfalls in himmelblauen kurzen Hosen. Die beiden Jungen starrten einander an. Alle möglichen Ausreden schwirrten durch Charles' Hirn, von der Erklärung, dass er gerade Turnen schwänze, bis zu der Beschuldigung, Nirupam hätte Brian entführt. Aber er sagte nur: »*Ich* will den Besen!«

»Nur wenn ein zweiter da ist!«, sagte Nirupam. Er war ganz gelb im Gesicht vor Angst.

Aber der Besen war gar nicht da. Blumentöpfe gab

es, Eimer, vier Rechen, zwei Spaten, eine Harke und ein ausgedienter Mop steckten in einem Kübel.

»Verflixt!«, murmelte Charles. »Was sollen wir denn jetzt tun?«

»Wir nehmen was anderes«, sagte Nirupam. »Oder wir müssen zu Fuß laufen.« Er packte den Spaten, der ihm am nächsten stand, setzte sich rittlings drauf und sagte: »Los, flieg! Hexhex, husch!« Dabei beugte und streckte er anspornend seine langen Beine.

Das war eine gute Idee. Wahrscheinlich konnte jede Hexe oder jeder Hexer zum Fliegen bringen, was immer er wollte. »Ich glaub, eine Harke fliegt besser«, meinte Charles und griff selber rasch nach dem Mop. Der Mop war so lange nicht gebraucht worden, dass er im Kübel festsaß. Charles musste einen Fuß auf den Kübel stellen und fest am Stiel reißen, und als er ihn endlich loskriegte, blieb ein Großteil des Wedels im Kübel stecken. Charles hielt einen Stecken mit einer struppigen, schmutziggrauen Quaste in der Hand. »Jetzt flieg schon! Los!«, sagte er zu dem Mop. »Hexhexhex, husch!«

Nirupam warf den Spaten fort und schnappte sich die Harke. Denn der Spaten hatte anscheinend den Befehl nicht verstanden und sich nicht gerührt. Auch der Mop machte keinerlei Anstalten zu fliegen. Verzweifelt hopsten die zwei Jungen, Harke und Mop zwischen die Beine geklemmt, im Schuppen herum.

»Los! Hexhexhex! Los, hexhexhex! Flieg, flieg, flieg, flieg!«, schrien sie. Endlich gehorchte der Mop. Er hob sich drei Fuß hoch in die Luft und schwebte langsam zur Decke. Nirupam war ganz verzweifelt, da stieg auch die Harke auf, als wollte sie nicht alleine zurückbleiben. Buckelnd und hoppelnd flog sie dem Mop nach, sie überholte ihn sogar.

»Ich fliege!«, jubelte Nirupam und die Harke hüpfte mit ihm in Kängurusprüngen zum Küchengarten.

Es war den Schülern verboten, die Küchengärten zu betreten, aber es war der beste Weg, sich aus der Schule fortzuschleichen. Und nun flog Charles Nirupam nach, der durch das Gartentor torkelte und über dem Kiesweg dahinhoppelte. Die Harke versuchte Kängurusprünge und kippte immer wieder, so dass ihre metallenen Zinken auf dem Kiesweg schepperten und klirrten. Nirupam musste die Füße hochziehen, um auf dem Weg keine Fährte zu hinterlassen, die die Hunde erschnuppern konnten. Als sie endlich an die Gartenmauer kamen, wollten die beiden Geräte nicht weiter. Der Mop torkelte in der Luft herum und die Harke schepperte auf dem Kies.

»Wir kriegen sie nicht hoch genug«, sagte Charles. »Wir kommen nie über die Mauer. Was jetzt?«

Vielleicht hätte es wirklich das Ende ihrer Flucht bedeutet, wäre nicht der Hund des Schulwarts im Küchengarten herumgestreunt. Der Hund hatte ihre Spur aufgenommen und kam bellend den Kiesweg heruntergerast. Harke und Mop reagierten darauf wie aufgeschreckte Katzen. Sie stiegen sofort hoch und flüchteten über die Mauer. Charles und Nirupam hingen irgendwie festgeklammert an den Stielen, und dann landeten sie jenseits der Mauer auf den Feldern. Sie hoppelten und torkelten zur Hauptstraße, der Mop ein wenig eleganter, auf den Wellen der Luft reitend, die Harke schepperte und kratzte über Erde und Steine. Aber sie hielten nicht an, bis sie drei Felder zwischen sich und den Hund gebracht hatten.

»Die müssen diesen Hund genauso hassen wie wir!«, keuchte Nirupam. »Warst du das mit dem *Simon-sagt*-Spruch?«

»Ja«, sagte Charles. »Und hast du die Vögel in die Musikstunde gehext?«

»Nein«, sagte Nirupam zu Charles' Überraschung. »Ich hab nur einmal was gehext, aber was anderes. Ganz geheim. Ich muss verschwinden, wenn Inquisitoren mit Hexendetektoren kommen. Damit kriegen sie dich immer!«

»Was hast du denn gehext?«, fragte Charles.

»In der Nacht, in der alle Schuhe in die Halle marschiert sind, haben wir ein Fest gefeiert. Und Dan Smith wollte, dass ich die Fußbodenbretter hochstemme und die Esssachen heraushole, die dort versteckt waren. Er sagt immer, es gehört sich einfach nicht, dass ich so groß und dabei so schwach bin! Und ich hab ihn förmlich gehasst«, erklärte Nirupam grimmig. »Aber stell dir vor, ich heb die Bretter auf, und was finde ich dort? Laufschuhe mit Spikes! Unter den Esssachen! Und da hab ich die Laufschuhe in Schokoladentorte verwandelt. Ich weiß doch, wie gefräßig Dan ist. Ich hab genau gewusst, er wird die Torte ganz allein aufessen. Und er hat. Keinen Brösel hat er einem andern gelassen! Du hast vielleicht bemerkt, *wie* schlecht es ihm am nächsten Tag ging!«

»Das waren *meine* Laufschuhe«, sagte Charles düster. »Einen Magen muss der Kerl haben! Aus Eisen!«

»Die Spikes hab ich in Kirschen verwandelt«, sagte Nirupam. »Aus den Kreppsohlen hab ich die Creme gemacht. Das Ganze war dann so was wie eine Schwarzwälder Kirschtorte.«

Die beiden Jungen waren nun an der stark befahrenen Hauptstraße angelangt und sahen über der Hecke die Dächer der vorübersausenden Autos. »Wir müssen warten, bis wir rüberkönnen«, sagte Charles und schrie dem Mop ein »Haaaalt!« zu.

»Halt!«, schrie auch Nirupam.

Aber Harke und Mop taten, als hätten sie nichts gehört. Und da Charles und Nirupam es nicht wagten, die Füße auf die Erde zu stellen, weil die Hundenasen sonst womöglich ihre Fährte aufgespürt hätten, wussten sie nicht, was sie tun sollten. Sie wurden hilflos über die Hecke gezerrt, gerade hoch genug, dass sie die dahinflitzenden hupenden Autos unter sich nicht berührten. Glücklicherweise führte die Straße hier durch eine kleine Senke. Nirupam hielt seine langen Beine hoch, und auch Charles bemühte sich, dass seine nicht den Boden berührten. Hupen schrillten. Gesichter blickten sie aus den Autofenstern an, erschrockene Gesichter, erstaunte Gesichter und belustigte.

Sie mussten ja wirklich komisch aussehen, in ihren himmelblauen Turnhöschen, Charles auf dem alten Mop, dessen dreckiger, struppiger Fransenrest hinter ihm wackelte, und Nirupam, der mit kummervollem Gesicht in Bocksprüngen auf der alten Harke dahinhüpfte.

Sie hörten noch immer das Getute und Gehupe, als sie schon die Hecke auf der anderen Straßenseite überflogen hatten.

»Hilfe!«, schnaufte Nirupam. »Wir müssen im Wald untertauchen, schnell! Bevor irgendwer die Polizei holt!«

Die Larwood-Wälder waren nicht sehr weit entfernt, und zum Glück schien sich die Panik, in die die beiden Jungen geraten waren, dem Mop und der Harke mitzuteilen. Sie sausten los.

Als Nirupam und Charles die ersten Bäume erreichten, war das Hupkonzert von der Straße noch immer zu hören. Die Harke schubste Nirupam in die Heidelbeeren und stürzte sich freudig auf einen alten, schäbigen Besen, der gleich daneben an den Brombeerranken lehnte. Kaum hatte der Mop gemerkt, was da vor sich ging, als er Charles in einem Brennnesselbusch absetzte und verliebt auf den Besen zutänzelte.

Charles und Nirupam klaubten sich zusammen, sie knurrten beide etwas, was man besser hier nicht wiedergibt. Als sie sich umsahen, entdeckten sie jenseits der wie verrückt herumhopsenden Gartengeräte ein Lagerfeuer. Und hinter dem Feuer, im Brombeergebüsch versteckt, stand ein kleines orangefarbenes Zelt. Und neben dem Zelt stand Brian Wentworth und warf ihnen finstere Blicke zu.

»Ich hab gehofft, sie hätten wenigstens einen von euch eingesperrt!«, sagte Brian. »Verschwindet! Oder wollt ihr sie auf meine Spur hetzen?«

»Du bist ja verrückt«, sagte Charles zornig. »Warum sollten wir! He – horcht einmal!«

Irgendwo weiter oben, wo der Wald dichter war, bellte aufgeregt ein Hund, aber das Gebell brach gleich wieder ab. Charles spitzte die Ohren – und da hörte er ein rhythmisches, schleifendes Geraschel, so wie wenn schwere Stiefel durchs Unterholz brechen. »Die Polizei!«, flüsterte er.

»Ihr blöden Affen! Ihr habt sie direkt hergeführt!«, zischte Brian wütend. Er griff nach dem Besen, der zwischen Mop und Harke stand, und mit einem Sprung saß er auf dem Besenstiel und rauschte über die Brombeeren davon.

»Er war das mit den Vögeln in der Musikstunde«, erklärte Nirupam und schnappte sich die Harke. Charles griff nach dem Mop, und beide setzten Brian nach, in fliegender Hast, taumelnd und hopsend, über Brombeerbüsche und durch die Zweige niedriger Bäume. Charles duckte sich so gut er konnte, damit sich die Zweige nicht in seinem Haar verfingen. Nirupam hatte Recht. Die Vögel waren doch just in dem Augenblick erschienen, als Brian das Solo hätte singen müssen. Außerdem – ein Papagei, der »Kuckuck!« schreit – das war typisch Brian!

Sie holten den Besen ein, nicht, weil sie ihn einholen wollten, sondern weil Mop und Harke entschlossen schienen, in der Gesellschaft des Besens zu bleiben. Sie hatten Jahre miteinander im Geräteschuppen verbracht. Da ist nichts zu machen, dachte Charles verärgert. Die wollen beisammenbleiben!

Brian an der Spitze, die beiden andern dicht dahinter, flogen sie zwischen den Stämmen dahin.

Plötzlich wandte Brian sich um.

»Lasst mich in Ruh! Verschwindet! Ihr habt mir meine schöne Flucht verpatzt, und mein Zelt bin ich auch los! Verschwindet endlich!«

»Wir können nichts dafür«, sagte Charles. »Der Mop und die Harke sind schuld!«

»Uns sucht die Polizei ja nicht. Dich sucht sie!«, sagte Nirupam. »Wie hast du dir das eigentlich vorgestellt? Einfach verschwinden? Ist dir nicht eingefallen, dass sie dich suchen werden?«

»Konnte ich denn ahnen, dass zwei Blödiane wie die Wilden durch den Wald krachen und die Polizei auf mich hetzen?«, knurrte Brian. »Warum seid ihr nicht in der Schule geblieben?«

»Wenn du mit uns nichts zu tun haben willst, hättest du nicht diesen Blödsinn von der Hexe, die dich gekidnappt hat, hinterlassen sollen!«, sagte Charles. »Deswegen kommt heute ein Inquisitor!«

»Du hast doch gesagt, ich soll meine Spuren gut verwischen!«, sagte Brian.

Charles öffnete den Mund, aber er brachte vor Entrüstung kein Wort hervor.

Sie waren dem Waldrand nun schon ganz nahe. Sie konnten grüne Felder durch das helle Laub der Haselbüsche erkennen.

Als sie sich ihren Weg durchs Gesträuch bahnten, keuchte Nirupam: »Sei lieber froh, dass Freunde bei dir sind, Brian!«

Brian lachte hysterisch. »Freunde! Ich brauch keine solchen Freunde! Und wenn ihr mir was zahlt dafür! Die ganze 2Y nimmt euch zwei doch nicht ernst!«

Brian hätte wohl noch weiter geschimpft, da hörten sie Geschnauf und Geknurr von Hunden. Und eine Stimme schrie etwas von einem Zelt. Es war klar, dass die Polizei Brians Lagerstelle entdeckt hatte. Brian und sein Besen brausten los auf das nächste Feld hinaus. Charles und Nirupam wurden durch die Haselbüsche gezerrt, denn Mop und Harke wollten beim Besen bleiben. Zerschunden und zerkratzt und atemlos wurden sie auf das Feld hinausgewirbelt. Es lag auf jener Seite des Waldes, von der aus man die Stadt sah. Brian flog jetzt sehr niedrig und schnell hügelabwärts, und Mop und Harke folgten ihm. Brian erreichte eine kleine Gruppe von Bäumen und verschwand darunter. Charles und Nirupam sausten ihm nach.

Im nächsten Augenblick rauschten sie durch Birkenzweige. Mop und Harke stoppten ganz plötzlich.

Charles glitt von seinem Mop und fand sich auf einem windigen, von Geraschel erfüllten Platz, der von weiß schimmernden Baumstrünken umgeben war. Und da stand Estelle Green. Er starrte sie an. Sie hatte einen Reitanzug an, aber nirgends war ein Pferd. Und dann sah er Nan Pilgrim in einem zerfetzten rosafarbenen Ballkleid, und der Besen umhopste sie schmeichelnd.

Und Brian stand vor ihnen, außer sich vor Wut. »Schaut euch das an!«, sagte er zornig zu Charles und Nirupam. »Jetzt sind die auch noch da! Warum könnt ihr einen Menschen nicht in Frieden davonlaufen lassen!«

»Sagt ihm, er soll den Mund halten!«, ließ Estelle

sich hören. Sie sprach mit großer Würde. »Wir sind eben dabei, einen Zauberspruch auszusprechen, der uns alle retten wird!«

»Die Bäume hier heißen die Portway-Eichen«, erklärte Nan. Sie biss sich auf die Zunge, um nicht laut aufzulachen. Noch niemals hatte sie etwas so Komisches gesehen wie Nirupam auf seiner Harke. Und Charles Morgan mit seinem Uralt-Mop. Der sah aus, als wäre er aus einem Altersasyl für ausgediente Gartengeräte ausgerückt. Aber Nan und Estelle schauten sicher genauso albern aus, und die Jungen hatten sie auch nicht ausgelacht.

Brian brummelte noch immer zornig vor sich hin. Nirupam ließ die Harke los, die sofort begeistert auf den Besen lostänzelte, und legte seine schmale braune Hand fest auf Brians Mund und sagte: »Los, zaubert!«

»Und etwas rasch, bitte!«, sagte Charles.

Nan und Estelle neigten sich über ein Fetzchen Papier. Die alte Dame hatte nur ein Wort darauf geschrieben, aber das dreimal. Und darunter hatte sie in krakeligen Großbuchstaben aufgeschrieben, wie man es aussprach: Krest-oh-man-tschii. Und darunter stand: »Begebt euch zu den Portway-Eichen und sprecht das Wort dreimal.« Und darunter war sehr unsicher und ungenau so etwas wie eine Landkarte gezeichnet.

Estelle und Nan sprachen gemeinsam dreimal das Zauberwort: »Chrestomanci, Chrestomanci, Chrestomanci.«

»Ist das alles?«, fragte Nirupam und nahm die Hand von Brians Mund.

»Da hat euch wer einen Bären aufgebunden«, sagte Brian. »Das ist doch kein Zauberspruch!«

Aber da kam ein plötzlicher Windstoß. Die Äste der Bäume begannen zu wogen und zu ächzen. Die Luft war voller Blätterrauschen. Die welken, orangefarbenen Blätter hoben sich vom Boden und wirbelten durch die Luft, das Gewirbel hüllte die Kinder ein. Aber dort, wo sie standen, war es still wie im Zentrum eines gewaltigen Wirbelsturms. Und dann hielten die Blätter im Wirbeln inne und standen in der Luft, nichts war mehr zu sehen als Blätter, Blätter, Blätter. Und kein Laut war zu hören. Endlich aber, ganz allmählich, raschelte es wieder, und die welken Blätter sanken zu Boden. Und plötzlich stand da ein Mann.

Er sah ein wenig erstaunt drein. Das Erste, was er tat, war, dass er die Hände hob und sich das Haar zurechtstrich. Das war aber völlig unnötig, denn der Wirbelwind hatte ihm nicht das kleinste Härchen zerzaust. Das Haar war glatt und glänzte schwarz wie Teer. Als er es sich zurechtgestrichen hatte, zupfte er an seinen gestärkten Hemdkrausen herum und glättete seine ohnedies glatt und ordentlich hängende Krawatte. Eine blassgraue Krawatte. Dann zog er seine taubenblaue Weste zurecht und schnipste ein paar unsichtbare Stäubchen von seinem taubengrauen Frack. Und während er an sich herumzupfte, blickte er mit wachsendem Erstaunen von einem der fünf Kinder zum anderen. Seine Augenbrauen hoben sich ruckweise immer höher.

Die Kinder wussten vor Verlegenheit nicht, wohin sie schauen sollten. Nirupam versuchte sich hinter

Charles zu verstecken. Er fühlte sich völlig fehl am Platz mit seinen kurzen blauen Hosen. Charles wieder versuchte hinter Brian zu verschwinden. Brian versuchte heimlich die Dreckspuren von seinen Jeans abzuwischen. Dann schaute der seltsame Mann Nan an. Er hatte schwarze leuchtende Augen. Nan schämte sich für ihr zerrissenes, rosa Ballkleid, lieber hätte sie überhaupt nichts angehabt. Dann blickte der Mann auf Estelle, als sei ihm Nans Anblick unangenehm. Auch Nan blickte Estelle an. Die hatte ihre Reiterkappe zurechtgeschoben und schmachtete den Fremden an, in ungläubiger, hingebungsvoller Bewunderung.

Das hat uns noch gefehlt, dachte Nan. Es war offensichtlich genau der Typ Mann, in den sich Estelle auf den ersten Blick verliebte. Sie hatten also nur einen sehr seltsamen, übereleganten Fremden herbeigerufen und waren deshalb um keinen Hauch sicherer. Und obendrein konnte man von einer verliebten Estelle jetzt keine Hilfe mehr erwarten.

»Du liebe Zeit!«, murmelte er. Aber das galt nicht Estelle und nicht Nan. Er hatte den Mop, die Harke und den Besen entdeckt, die eine Art Volkstanz aufführten.

»Ich glaube, ihr solltet jetzt verschwinden«, sagte er zu ihnen. Husch – waren sie alle drei weg. Nur ein ganz feines Pfeifen war noch in der Luft.

Der seltsame Mann wandte sich nun an Nan. »Was machen wir denn eigentlich alle hier?«, fragte er ein wenig wehmütig. »Und wo sind wir überhaupt?«

Zwölftes Kapitel

Weiter unten bellte aufgeregt ein Hund. Das Gebell kam näher. Die Kinder standen erschrocken herum, nur der Fremde war ruhig geblieben.

»Ich glaube, wir sollten gehen«, sagte Nirupam höflich zu ihm. »Das war ein Polizeihund. Zuerst haben sie nur Brian gesucht, aber ich glaube, jetzt suchen sie uns alle!«

»Und was, glaubst du, werden sie tun, wenn sie euch finden?«, fragte der Fremde.

»Sie bringen uns auf den Scheiterhaufen«, erklärte Charles und rieb mit dem Daumen viele Male über die Brandblase am Finger.

»Wir sind nämlich alle Hexen und Hexer, wissen Sie«, sagte Nan. »Alle außer Estelle.«

»Deshalb werden wir mit Ihrer freundlichen Erlaubnis schleunigst von hier verschwinden«, sagte Nirupam.

»Was für eine einfältige Idee«, sagte der Fremde. »Es wäre doch viel besser, die Polizei und die Hunde würden die Bäume da und uns alle miteinander einfach nicht sehen! Meint ihr nicht auch?«

Sie sahen ihn ungläubig an, in Brians Augen stand offener Hohn. »Schon von dem Feld dort drüben aus kann man uns hier nicht sehen, uns nicht und die

Bäume nicht. Wenn dir das Wort eines Zauberers nicht genügt, dann geh und schau selber. Du wirst nicht mehr sehen als die Polizei!«

Selbstverständlich wagte niemand, die Baumgruppe zu verlassen. Sie warteten alle, und kalte Schauder kribbelten ihnen übers Rückgrat, während die Stimmen der Polizisten langsam näher kamen. Schließlich klangen sie ganz nahe.

»Nichts«, hörten sie einen der Polizisten sagen. »Zurück! Durchkämmt die Wälder! Führt die Hunde bis ans Zelt zurück und setzt sie von dort nochmals auf die Spur!«

Daraufhin entfernten sich die Stimmen. Alle atmeten ein wenig auf, und Nan hatte plötzlich das Gefühl, dieser Fremde würde ihnen wirklich helfen können. Aber ihre Hoffnung schwand, als er sagte: »Kann mir einer von euch sagen, wo wir eigentlich sind?«

»Am Rand der Wälder von Larwood«, sagte Nan. »Herfordshire.«

»In England, auf den Britischen Inseln, auf der Welt, im Sonnensystem, im Milchstraßensystem, im Universum«, sagte Brian, wieder einmal voller Hohn.

»Aha«, antwortete der Fremde. »Aber in welchem Universum, bitte?« Brian starrte ihn an. »Ich meine«, sagte der Fremde geduldig, »wisst ihr zufällig, in welcher Welt, Galaxis und so weiter? Bekanntlich gibt es unendlich viele Welten, und solange ich nicht weiß, auf welcher wir uns befinden, kann ich euch kaum helfen!«

Charles wurde es unheimlich. Außerirdische Wesen fielen ihm ein, Monster mit Käferaugen. Er betrachtete den Fremden, aber der sah eigentlich recht menschlich aus. »Sie kommen aber doch nicht von irgendeiner anderen Welt?«, fragte er.

»Doch, doch!«, sagte der Fremde. »Aus einer andern. Das heißt – eigentlich – nun ja. Das ist schwer zu erklären. Es ist zwar eine andere Welt, aber die Leute sind wie ihr, und genaugenommen ist sie gar keine andere Welt, und doch … Es gibt Myriaden solcher Welten, die neben der euren existieren. Also darum will ich ja wissen, auf *welcher* Welt …«

Die Kinder verstanden nicht, was er meinte. Soweit sie wussten, war die Welt, auf der sie lebten, eben *die* Welt. Ihre Welt. Nur Estelle wusste mehr. Und sie sagte schüchtern: »Es gibt *eine* andere Welt. Die Welt, wohin die Leute vom Hexen-Rettungsdienst die verfolgten Hexen schicken. In der anderen Welt sind sie in Sicherheit.«

»Schau, schau!«, sagte der Fremde und sah Estelle an. Sie wurde rot. »Erzähl mir was von dieser Welt«, sagte der Fremde.

Estelle bewegte verneinend den Kopf. »Mehr weiß ich davon nicht«, flüsterte sie.

»Dann versuchen wir's anders«, sagte der fremde Mann. »Ihr erzählt mir, wie ihr es geschafft habt, mich herzuzitieren.«

»Heißen Sie vielleicht Chrestomanci?«, unterbrach ihn Estelle, ehrfürchtig flüsternd.

»Ja«, sagte der Mann. »Hast du mich gerufen?«

Estelle nickte.

»Was für ein Zauberspruch«, sagte Brian spöttisch.

Brian war offenbar wild entschlossen, sich herauszuhalten. Er stand da, grinste überlegen und hörte zu, während die anderen erzählten, was alles vorgefallen war, bis sie Chrestomanci hatten zu Hilfe rufen können. Aber keiner berichtete wirklich alles. Brian blickte sie, während sie erzählten, so geringschätzig, ja verächtlich an, dass das Erzählte ihnen selber wie ein ganzer Sack voller Lügen vorkam. Nan zum Beispiel erwähnte nicht, dass sie bei ihrem Ritt auf dem Besen Mr Wentworth auf seinem fliegenden Teppich getroffen hatte. Das ist doch wirklich sehr anständig von mir, dachte sie, wenn man bedenkt, wie ungehörig sich Brian die ganze Zeit benimmt! Sie erwähnte auch nicht, wie sie am Lehrertisch das Mittagessen beschrieben hatte, obwohl Charles davon sprach. Und Charles wiederum schwieg sich über die *Simon-sagt*-Geschichte aus. Nirupam erwähnte die Sache zwar, vergaß jedoch dabei zu berichten, dass Dan Smith Charles' Laufschuhe aufgegessen hatte. Und als sie alle mit ihren Berichten fertig waren, wandte Chrestomanci sich an Brian.

»Jetzt bist du dran!«, sagte er höflich.

Diese Höflichkeit hatte es in sich. Sie war magisch. Sie hatten alle gedacht, Brian würde den Mund nicht aufmachen.

Aber er tat es. Zuerst gab er zu, die Vögel in die Musikstunde gehext zu haben. Sodann behauptete er, Charles hätte ihm in der Nacht den Rat gegeben, auszureißen und seine Spuren zu verwischen, indem er die Hexe beschuldigte, ihn gekidnappt zu haben. Und während Charles noch fassungslos vor Wut über diese unverschämte Lüge herumstotterte, erklärte Brian, kühl bis ins Herz, er hätte am Morgen nach dieser Nacht entdeckt, dass Charles ein Hexer sei. Und da hätte er ihn gebeten, ihn in die Krankenabteilung zu führen. Damit man dort die ganz frischen Auswirkungen von Charles' bösem Blick sehen konnte. Und endlich gab er zu, er hätte die anonyme Anschuldigung geschrieben und Mr Crossley zugesteckt, und damit hätte eigentlich alles angefangen. Zuletzt wandte er sich an Nan und sagte: »Und du hast dir meinen Besen genommen!«

»Das ist nicht dein Besen. Er gehört der Schule!«, sagte Nan.

Und fast im selben Augenblick rief Charles zornig: »Das ist nicht wahr, Herr Chrestomanci! Ich hab ihm nicht gesagt, er soll der Hexe die Schuld geben!«

Chrestomanci schaute in die Luft und schien nichts zu hören. »Eine unmögliche Situation«, sagte er. »Wir werden jetzt die alte Dame aufsuchen. Die vom Hexenrettungsdienst.« Das schien ihnen allen ein ausgezeichneter Gedanke zu sein. Denn die alte Dame konnte sie gewiss retten – wenn sie nur wollte.

Sie stimmten begeistert zu. Dann sagte Nirupam: »Aber die Polizei …«

»Natürlich werden wir unsichtbar hingehen«, erklärte Chrestomanci. Er schien noch immer mit seinen Gedanken ganz woanders zu sein. Er machte einen Schritt zwischen die Baumstämme und im gleichen Augenblick verschwand er. Und mit ihm waren plötzlich alle verschwunden. Nur der Kreis der herbstgelben Birken war noch zu sehen.

»Kommt jetzt, bitte«, sagte Chrestomancis Stimme.

Sie folgten ihm, in einem unglaublichen Durcheinander. Nan zum Beispiel, die glaubte, sie hätte jetzt, da sie unsichtbar war, keinen Körper mehr, rannte direkt in einen Baumstamm hinein. Sie war aber noch immer vorhanden, ganz zweifellos, und sie kam sich selbst schrecklich dumm vor. »Entschuldigung!«, sagte sie zu dem Baum.

Den anderen gelang es, ohne Zwischenfälle unter den niedrigen Birkenzweigen durchzuschlüpfen, und schließlich standen sie alle auf dem freien Feld. Unten an der Hecke bei der Straße parkten zwei Polizeiautos. Einige Leute aus den Autos beugten sich über die Hecke und redeten aufgeregt auf zwei Polizisten ein. Aus ihren lebhaften Gesten konnten die Kinder erkennen, was sie sagten: Die Leute beschrieben, wie zwei Hexen auf einem Mop und einer Harke vor ihrer Nase über die Straße geritten waren.

Das erschreckte die Kinder. In wilder Hast wollten sie zur anderen Seite fliehen, zur Stadt. Aber sie konnten nicht erkennen, wo die anderen waren. Weil sie niemanden vor sich sahen, glaubten sie auf die anderen warten zu müssen. Aber sobald einer von ihnen ein Stück weiter vorn ein Wort sagte, stürzten alle dieser Stimme nach. Sie konnten aber natürlich nicht sehen, wo derjenige sich befand, dem sie gerade nachrannten. Und bald wusste keiner mehr, wo die anderen waren und wie sie jemals in die Stadt kommen sollten.

»Seid so gut und nehmt euch jetzt alle an die Hand«, hörte man Chrestomancis Stimme. »Ich hab keine Ahnung, wo dieses Alte Pförtnerhaus liegt.«

Erleichtert tappte jeder nach den Händen der anderen. Nan erwischte Brians Hand und die von Charles Morgan. Sie hätte nie gedacht, sie würde einmal darüber froh sein, Charles' und Brians Hand zu halten. Estelle war es gelungen, Chrestomancis Hand zu erwischen. Als die Kinder in einer Reihe den Pfad zur Stadt hinuntergingen, hörte Nan, wie Estelle weiter vorne mit heller Stimme auf Chrestomancis Fragen antwortete.

Denn sobald sie außer Hörweite der Polizisten und Autofahrer waren, begann Chrestomanci sie auszufragen. Er wollte wissen, wer Premierminister war und welches die bedeutendsten Länder dieser Welt waren. Und wie viele Weltkriege es gegeben hatte. Und dann fragte er sie über Geschichte aus. Bald antworteten sie ihm eifrig und wurden ein wenig selbstbewusster. Denn es war wirklich erstaunlich, was dieser Zauberer alles nicht zu wissen schien. Von Hitler zum Beispiel hatte er zwar gehört, aber er fragte Brian trotzdem nach ihm, um seine Erinnerungen aufzufrischen. Dagegen hatte er keinen Hauch einer Ahnung, wer Gandhi oder Einstein waren, er kannte nicht einmal Walt Disney. Auch von Dulcinea Wilkes hatte er niemals gehört.

Nan klärte ihn über Dulcinea auf und hörte sich mit großem Stolz sagen, dass sie von ihr abstamme.

Warum erzähle ich ihm das?, dachte sie plötzlich erschrocken. Ich weiß doch gar nicht, ob ich ihm wirklich vertrauen darf! Aber sobald Nan das gedacht hatte, wusste sie, warum sie es trotzdem erzählt hatte. Es war einfach die Art, wie Chrestomanci fragte. Nan erinnerte sich, wie ihre Tante sie einst vor langer Zeit wegen eines Hautausschlages zu einem berühmten Spezialisten gebracht hatte. Dieser Spezialist hatte auch einen sehr eleganten, gut sitzenden Anzug getragen, wenn auch lange nicht so elegant wie der von Chrestomanci, und er hatte Nan damals auf die gleiche Weise Fragen gestellt, um ihre Symptome herauszufinden.

Der Gedanke an jenen Spezialisten machte Nan Hoffnung. Vielleicht war Chrestomanci, obwohl er so unfassbar war, auch eine Art Spezialist, der ihre Probleme lösen konnte. Ja, das war schon denkbar. Ganz sicher war er ein sehr starker und erfahrener Hexer. Vielleicht konnte er die alte Frau dazu bringen, dass diese sie alle an einen sicheren Ort führte.

Als sie in die Stadt kamen und der Straßenverkehr zunahm, hörte Chrestomanci auf Fragen zu stellen. Aber Nan begriff, dass er weiterhin nach Symptomen suchte. Er ließ sie alle anhalten, um einen Lastwagen zu betrachten, der vor dem Supermarkt parkte. Es war ein ganz normaler Lastwagen mit Reklameaufschriften, aber Chrestomanci murmelte: »Du lieber Himmel!«, als hätte er noch nie einen Lastwagen gesehen. Dann zog er sie alle zum Schaufenster des Supermarktes.

Danach führte er die Kinder vor eine Reihe parkender Autos auf und ab. Das war beängstigend. Die Autofenster, die glänzenden Motorhauben, die Schaufensterscheiben des Supermarktes, alles spiegelte undeutlich sechs Gestalten wider. Jederzeit konnten einkaufende Passanten das bemerken und sie entdecken!

Endlich ließ Chrestomanci sich von Estelle die Straße hinauf zu einem schäbigen alten Textilgeschäft führen, in dem fast nie jemand einkaufte.

»Seit wann habt ihr Währung im Dezimalsystem?«, fragte er. Sie sagten es ihm. Im Schaufenster des Textilgeschäftes sah man verschwommen aber doch eindeutig seine große, schlanke Gestalt, die sich vorbeugte, um die ausgestellten Waren zu betrachten, Socken im Doppelpack und ein schäbiges blaues Nylonnachthemd.

»Aus welchem Material sind diese Strümpfe?«, fragte Chrestomanci.

»Aus Nylon natürlich«, antwortete Charles schnippisch. Er überlegte, ob er nicht besser Nans Hand loslassen und wegrennen sollte.

Estelle, die sich ähnlich unbehaglich fühlte, zupfte Chrestomanci am Ärmel und zog die ganze Schar eilig zum Tor des Alten Pförtnerhauses. Sie lief die Stufen hinauf und riss an der Glocke, bevor Chrestomanci noch mehr Fragen stellen konnte.

»Es war doch nicht notwendig, die alte Dame so aufzuschrecken«, bemerkte Chrestomanci. Während er das sagte, verschwand das spitzbogige Tor vor ihrer Nase und sie standen alle in einem altmodischen Wohnzimmer. Überall gab es kleine Tischchen mit gestickten Spitzendeckchen. Die alte Dame griff gerade nach ihrem Stock und bemühte sich, aus ihrem Lehnsessel aufzustehen. Sie murmelte dabei etwas von einem »ungewöhnlichen Besucheransturm heute …«

Chrestomanci machte sich eilig sichtbar, und da stand er, sehr groß und elegant. Er passte perfekt in dieses altmodische Zimmer. Estelle, Nan, Charles, Nirupam und Brian waren nun auch wieder sichtbar, aber sie passten überhaupt nicht hierher. Die alte Dame sank in ihren Sessel zurück und betrachtete ihre Besucher mit großen Augen.

»Verzeihen Sie, dass wir Sie so einfach überfallen«, sagte Chrestomanci.

»Sie machen mich glücklich«, sagte die alte Dame. »Es ist eine zauberhafte Überraschung. Schon seit Jahren ist bei mir niemand auf solche Weise erschienen! Verzeihen Sie mir, wenn ich sitzen bleibe. Meine Knie tun mir weh, in den letzten Tagen, Arthritis, wissen Sie. Darf ich Ihnen eine Tasse Tee anbieten?«

»Wir wollen Ihnen nicht lästig fallen, Gnädigste«, sagte Chrestomanci. »Wir sind gekommen, weil mir gesagt wurde, dass Sie einen Weg hinüber – Sie verstehen –, dass Sie einen solchen Weg kennen.«

»Ja, ich habe da gewisse Möglichkeiten«, antwortete die alte Dame. »Ihr könnt sie gern in Anspruch nehmen, aber das kostet uns Stunden. Es gibt im Keller – wissen Sie – so was wie einen Eingang – wir haben sieben Tonnen Kohle davorgeschüttet. Wegen der Inquisitoren.«

»Ich gebe Ihnen mein Wort«, versprach Chrestomanci, »dass wir Sie nicht bitten werden, für uns Kohlen zu schaufeln.« Nein, dachte Charles mit einem grimmigen Blick auf Chrestomancis blütenweiße Manschetten. Das ist vermutlich unser Job. »Aber ich möchte wirklich wissen«, fuhr er fort, »welche Art von Welt sich hinter diesem Kohlenhaufen befindet.«

»Ich habe sie noch nie gesehen«, sagte die alte Dame bedauernd. »Aber soviel ich weiß, ist es eine Welt, die der unsrigen bis aufs Haar gleicht. Nur dass es dort kaum Hexerei gibt.«

»Vielen Dank«, sagte Chrestomanci. »Jetzt wüsste ich nur noch gern etwas mehr über Dulcinea Wilkes. Hat es vor ihrer Zeit hier viel Hexerei gegeben?«

»Sie reden von der Erzhexe? Heiliger Himmel, jawohl, es hat eine Menge Hexerei gegeben«, sagte die alte Dame. »Überall gab's Hexen und Hexer, lange bevor Dulcinea Wilkes geboren wurde. Ich glaube, es war Oliver Cromwell, der die ersten Gesetze gegen Hexen und Hexerei erließ. Aber vielleicht war's auch schon früher. Irgendjemand hat mir einmal erzählt, Elizabeth die Erste sei möglicherweise eine Hexe gewesen. Sie habe den Sturm verursacht, der die spanische Armada zum Sinken brachte.«

Chrestomanci nickte nachdenklich. Er sammelt schon wieder Symptome, dachte Nan. Sie seufzte. Vielleicht ist es am besten, ich melde mich freiwillig zum Kohlenschaufeln?

Chrestomanci seufzte gleichfalls ein wenig.

»Schade«, sagte er. »Ich hatte gehofft, die Erzhexe wäre der Schlüssel für die heutigen Hexenprobleme. Vielleicht war es Oliver Cromwell …«

»Ich habe leider nicht Geschichte studiert«, sagte die alte Dame. »Aber Sie werden auch sonst kaum jemanden finden, der mehr über diese Dinge weiß als ich. Hexengeschichte ist etwas Ungesetzliches. Alle diesbezüglichen Bücher und Unterlagen sind vor langer Zeit verbrannt worden.«

Charles, nicht weniger ungeduldig als Nan, mischte sich nun ein: »Mr Wentworth weiß eine Menge von der Hexengeschichte, aber …«

»Wenn Sie unbedingt was drüber wissen wollen, können Sie ihn herbeschwören!«, unterbrach ihn Nan. »Mr Wentworth ist auch ein Hexer. Es macht ihm bestimmt nichts aus, wenn Sie ihn herzitieren.« Nan bemerkte plötzlich den Blick, mit dem Brian sie anstarrte. Dieser Blick konnte es mit Charles' bösem Blick aufnehmen. Und auch Charles starrte sie wütend an. »Jawohl!«, sagte Nan. »Mr Wentworth *ist* ein Hexer. Du weißt das genauso gut wie ich, Brian. Ich hab ihn doch letzte Nacht getroffen, wie er grad auf seinem Kaminteppich geflogen ist. Ich bin auf dem Besen geritten – und er hat mich für dich gehalten.«

Das erklärte alles, dachte Charles. Deshalb also war Mr Wentworth vorletzte Nacht verschwunden. Er ist geflogen! Charles erinnerte sich an das weit geöffnete Fenster und den leeren Platz vor dem Kamin, wo der abgewetzte Teppich gelegen hatte. Und es erklärte auch die seltsame Geschichte mit der Brille beim Nachsitzen. Er war ganz sicher gewesen, die Gläser wären zerbrochen. Nun, sie *waren* zerbrochen gewesen, und Mr Wentworth hatte sie wieder heil gehext.

»Halt den Mund!«, schrie Brian Nan wütend an. Er deutete auf Chrestomanci. »Wie kannst du wissen, dass wir ihm vertrauen können? Wir wissen ja so gut wie nichts über ihn. Es kann genauso gut der Teufel sein, den ihr heraufbeschworen habt.«

»Oh, jetzt übertreibst du aber«, sagte Chrestomanci.

Die alte Dame war ganz schockiert. »Was für eine unhöfliche Bemerkung«, sagte sie zu Brian. »Hat dir noch nie jemand beigebracht, dass der Teufel, in welcher Gestalt auch immer er auftaucht, *niemals* als perfekter Gentleman erscheint? Und das ist unser verehrter Besucher ganz gewiss, habe ich Recht, Mister … Mister …«

»Chrestomanci, Madam«, antwortete der Zauberer. »Ich würde übrigens gern wissen, wie Sie dazu kamen, Estelle und Nan meinen Namen zu sagen.«

Die alte Frau lachte. »Oh, das war also dieser Zauberspruch! Ich hatte keine Ahnung! Der Spruch wurde in meiner Familie seit der Zeit meiner Ururgroßmutter weitergegeben, unter der Bedingung, dass man ihn nur in äußersten Notfällen verwenden darf. Und diese beiden Mädchen waren so verzweifelt. – Aber Sie können doch unmöglich schon so alt sein!«

Chrestomanci lachte. »Nein, das nicht. Brian wird enttäuscht sein, denn der Herbeihol-Spruch muss wohl für meinen Vorgänger bestimmt gewesen sein. Aber jetzt brechen wir besser auf. Wir müssen zurück zu eurer Schule und uns mit Mr Wentworth beraten«, sagte er.

Sie starrten ihn alle an, sogar die alte Dame sah ein wenig erstaunt drein. Dann dämmerte ihnen, dass Chrestomanci nicht die Absicht hatte, sie in den Kohlenkeller zu bringen und ihnen zur Flucht zu verhelfen. Proteste wurden laut. Brian, Charles und Nan schrien: »Ach, bitte nein!« Und die alte Dame sagte: »Ist das nicht ein großes Risiko?«

»Es kommt doch ein Inquisitor!«, rief Nirupam entsetzt. Und Estelle meinte: »Können wir nicht hier bleiben, und Sie gehen zu Mr Wentworth?«

Chrestomanci blickte von einem Kind zum anderen. Er schien höchst erstaunt und gar nicht mehr vage oder unsicher. Plötzlich war es sehr still im Zimmer, unheimlich still, düster und unfreundlich.

»Was sagt ihr da?«, fragte er so sanft, dass sie alle erschauderten. »Hab ich euch richtig verstanden? Meint ihr das wirklich? Da stellt ihr fünf die Schule auf den Kopf, ihr seid daran schuld, dass ein Haufen Lehrer und Polizisten allerhand Schwierigkeiten und Plagen haben, ihr zitiert mich mir nichts, dir nichts einfach her – und ich sag es euch: von weit her und von einer äußerst wichtigen Angelegenheit weg –, und jetzt wollt ihr einfach alles stehen und liegen lassen und davonrennen. Ich soll alles allein ausbaden. So habt ihr euch das vorgestellt, wie?«

»Ich hab Sie nicht herzitiert!«, sagte Brian.

»Wir können doch nichts dafür!«, sagte Charles. »Ich hab's mir ja nicht ausgesucht. Mich hat ja niemand gefragt, ob ich ein Hexer sein will.«

Chrestomanci sah ihn mit kühlem Erstaunen an.

»Ach so«, sagte er. »Und jetzt glaubst du, deine Schwierigkeiten geben dir das Recht, die alte Dame auch in Schwierigkeiten zu bringen? Mit Inquisitoren noch dazu? So stellst du dir das vor?«

Niemand wagte ein Wort zu sagen.

»Ich glaube, wir sollten jetzt gehen«, sagte Chrestomanci. »Fasst euch bitte wieder an den Händen, damit wir uns nicht verlieren.« Wortlos fassten sie einander alle an den Händen. Chrestomanci packte Brians Hand. Dann beugte er sich über die faltige, blau geäderte Hand der alten Dame und küsste sie mit vollendeter Höflichkeit. Die alte Dame war entzückt. Sie blinzelte Nan zu, über Chrestomancis gebeugten Kopf hinweg, aber Nan brachte es nicht fertig, zurückzulächeln.

»Du gehst voraus, Estelle, und führst uns«, sagte Chrestomanci, er richtete sich auf und nahm Estelles Hand. Sie waren nun alle wieder unsichtbar. Und im gleichen Augenblick standen sie draußen auf der Straße.

Estelle machte sich auf den Weg zur Larwood-Schule. Wenn es doch nicht gerade Estelle wäre, die vorn ging, dachte Charles, jeder andere von uns würde einfach türmen. Irgendwo anders hin, bloß nicht zur Schule! Das wäre nicht schwer, denn Chrestomanci weiß ja nicht, wo die Schule ist!

Aber Estelle führte sie direkt zum Schulhaus, und alle anderen trabten hinterher, viel zu niedergeschlagen, um sich aufzulehnen. Nur Brian schimpfte. Immer, wenn niemand in Hörweite war, beschwerte er sich brummelnd: »Das ist unfair! Das ist einfach unfair! Warum habt ihr Mädchen diesen Kerl rufen müssen?!«

Als sie durch das große Schultor gingen, und die Auffahrt hinauf, hörte Brian auf zu murren. Estelle führte sie zum Haupttor, das nur Eltern oder hochrangige Besucher wie Lord Mulke benutzen durften. Auf dem Kiesplatz davor standen zwei Polizeiwagen geparkt. Es saß aber niemand drin, und es war auch niemand zu sehen.

Hier versuchte Brian auszureißen. Chrestomanci war wie der Blitz hinter ihm. Man konnte es zwar nicht sehen, aber deutlich hören. Schritte knirschten, Kies spritzte und Estelle tappte nach Nans und Nirupams Händen. Dann wurde Chrestomanci plötzlich direkt neben einem der Polizeiautos sichtbar, der rechte Arm wurde ein wenig geschüttelt, weil der unsichtbare Brian sich unter dem Griff wand.

»Ich rate euch dringend dicht bei mir zu bleiben!«, sagte Chrestomanci, als wäre nichts geschehen. »Ihr seid nur unsichtbar, wenn ihr nicht mehr als ein paar Schritte von mir entfernt seid.«

»Ich kann mich selber unsichtbar machen«, sagte Brians Stimme unter Chrestomancis taubengrauem Ellbogen hervor. »Ich bin nämlich auch ein Hexer!«

»Schon möglich«, gab Chrestomanci zu. »Aber ich bin kein Hexer, ich bin ein Zauberer. Und von anderen Unterschieden abgesehen, ein Zauberer ist zehnmal so stark wie ein Hexer. Wer ist der Letzte? Charles. Sei so gut, Charles, lauf die Stufen hinauf und läute!«

Charles ging langsam hin und läutete. Was hätte er sonst tun sollen?

Die Tür wurde augenblicklich geöffnet, und in der Tür erschien die Schulsekretärin. Und da stand Chrestomanci, scheinbar allein, weil als Einziger sichtbar. Sein taubengrauer Anzug zeigte kein Fältchen, kein Härchen stand von seinem Kopf ab, und er lächelte die Sekretärin gewinnend an. Es war kaum zu glauben, dass er mit der einen Hand Brian festhielt, während seine andere in Estelles Hand lag. Und dass noch weitere drei Leute sich dicht an ihn drängten. Er verneigte sich leicht.

»Zau Bara mein Name«, sagte er. »Ich glaube, Sie haben mich schon erwartet. Ich bin der Inquisitor.«

Dreizehntes Kapitel

Die Schulsekretärin erzitterte. Aufgeregt sprudelte sie einen ganzen Schwall von Begrüßungen hervor. Das war ganz gut so, denn sonst hätte sie vielleicht um Chrestomanci erschrockene Atemzüge gehört. »Treten Sie bitte ein, Herr Inquisitor!«, sagte die Sekretärin. Sie schien entzückt. »Miss Cadwallader erwartet Sie bereits. Und es tut mir wahnsinnig Leid – ich meine, ich muss mich sehr entschuldigen –, es scheint, als hätte man uns nicht Ihren Namen genannt. Wir erwarteten einen Mr Littleton.«

»Ganz recht«, sagte Chrestomanci mit seinem freundlichsten Lächeln. »Littleton ist der Regionalinspektor. Aber die oberste Stelle hat entschieden, dass die Angelegenheit zu schwerwiegend ist, um sie einem Regionalbeamten anzuvertrauen. Ich bin der Divisional-Inquisitor.«

»Oh!«, sagte die Sekretärin nur. Sie führte Chrestomanci durch die Halle. Chrestomanci ging hinter ihr her, langsam und gewichtig. Er ließ sich Zeit, damit es den anderen möglich war, sich dicht an ihn zu halten. Auf Zehen schlichen die unsichtbaren Kinder neben ihm her. Dann riss die Sekretärin weit die Tür zu Miss Cadwalladers Zimmer auf. »Mr Zau Bara, Miss Cadwallader. Der Herr ist der Divisional-Inquisitor.«

Chrestomanci trat ein und ließ sich dazu noch mehr Zeit als vorher. Er zerrte Brian und schob Estelle über die Schwelle. Nan und Nirupam drängten nach, und Charles konnte sich gerade noch an den Türpfosten drücken, als die Sekretärin, ehrfurchtsvoll rückwärts durch die Tür buckelte. Er wollte natürlich auf keinen Fall zurückbleiben und sichtbar werden.

Miss Cadwallader stürzte mit ungewohnter Hast auf den Besucher zu und schüttelte ihm die Hand. Die Kinder hörten, wie Brian ein Stück zur Seite taumelte, als Chrestomanci seine Hand losließ.

»Guten Morgen, Herr Inquisitor«, sagte Miss Cadwallader.

»Morgen, Morgen«, sagte Chrestomanci. Er fiel wieder in seinen unbestimmten, vagen Zustand. Abwesend blickte er sich im Zimmer um, während er Miss Cadwalladers Hand schüttelte. »Hübsch haben Sie es hier, Miss – äh – Cudwollander.«

Miss Cadwallader hatte es wirklich hübsch, beinahe luxuriös. Ihr Teppich ähnelte einer Wiese, die man scharlachrot gefärbt hat. In den Sesseln versank man wie in purpurnen Wolken. Marmorstatuettchen standen auf dem Kaminsims, und mindestens hundert Bilder in vergoldeten Rahmen hingen an den Wänden. Sie hatte eine Hausbar mit eingebautem Eisschrank, eine Espressomaschine stand darauf, und ihre Stereo-Anlage brauchte fast eine ganze Wand für sich. Vielleicht musste das so sein, damit sie Regierungsangestellten und Eltern zeigen konnte, dass die Larwood Schule wirklich eine erstklassige Schule war.

»Das Zimmer steht Ihnen zur Verfügung«, flötete Miss Cadwallader. »Ich nehme an, Sie wollen einige Kinder aus der 2Y verhören.«

»Alle Kinder aus der 2Y«, sagte Chrestomanci nachdrücklich. »Und möglicherweise auch alle Lehrer dieser Klasse«, fuhr er fort. Miss Cadwallader sah bei diesen Worten bestürzt aus. »Vielleicht muss ich überhaupt alle Schüler und Lehrer der Schule befragen. Ich bleibe also hier, solange das nötig ist. Es kann Wochen dauern, ehe ich der Sache auf den Grund komme.«

Miss Cadwallader wurde bleich. »Ist es wirklich so arg? Es handelt sich eigentlich nur um einen Jungen, der in der Nacht verschwunden ist. Sein Vater ist Lehrer an unserer Schule Das ist auch der Grund, warum wir uns solche Sorgen machen. Man hat ihnen sicher mitgeteilt, dass der Junge ausführliche Aufzeichnungen gemacht und eine Hexe beschuldigt hat ihn zu entführen. Mittlerweile aber hat uns die Polizei angerufen. Sie haben im Wald einen Lagerplatz entdeckt, und die Hunde haben Brians Spur gewittert. Glauben Sie nicht, dass die Sache sich ganz einfach und rasch aufklären lässt?«

Chrestomanci blickte ernst und schüttelte langsam den Kopf. »Ich bin über die Tatsachen informiert, Miss – äh – Kidwelly. Aber der Junge ist noch nicht aufgetaucht, oder? Man kann in einem solchen Fall nicht vorsichtig genug vorgehen. Ich bin mir sicher, jemand in der Klasse weiß mehr von der Sache, als Sie denken!«

Die Kinder hatten Miss Cadwalladers Worten mit wachsender Erleichterung gelauscht. Die Direktorin wusste offenbar noch nicht, dass außer Brian noch vier weitere Schüler verschwunden waren, sonst hätte sie es jetzt erwähnt. Aber die Erleichterung der Kinder wich schlagartig bei Miss Cadwalladers nächsten Worten: »Am besten, Sie verhören Theresa Mullett. Fragen Sie sie geradeheraus, sie wird Ihnen alles sagen, Herr Inquisitor, und Sie werden dann meiner Meinung sein, dass die Angelegenheit sofort aufgeklärt ist. Theresa ist eins von den braven Mädchen. Sie kam in der Pause zu mir, um mir mitzuteilen, dass die Hexe fast sicher eine ihrer Mitschülerinnen ist. Dulcinea Pilgrim heißt sie. Dulcinea gehört nicht zu den braven, Herr Inquisitor. Tut mir Leid, das sagen zu müssen. Ich kann Dulcineas Tagebuch holen lassen, wenn Sie es wünschen, und Sie können selber nachlesen.«

»Ich werde sämtliche Tagebücher der Klasse lesen«, sagte Chrestomanci. »Alles der Reihe nach. Aber ist das alles, was Sie gegen dieses Mädchen zu sagen haben, Miss – äh – Collander? Ich kann doch ein Mädchen nicht auf ein Gerücht hin und wegen ein paar Scherzen als Hexe beschuldigen! Das ist unprofessionell. Gibt es keine anderen Verdächtigen? Wie steht's zum Beispiel mit den Lehrern?«

»Die Lehrer stehen außerhalb jeden Verdachts, Herr Inquisitor«, sagte Miss Cadwallader fest, obwohl ihre Stimme dabei leicht gickste. »Die 2Y als Klasse ist jedoch verdächtig. Das ist leider eine traurige Tatsache. An unserer Schule werden eine Anzahl Kinder unterrichtet, die als Waisen zu uns kommen. Als Hexen-Waisen, meine ich. Ihre Eltern sind verbrannt worden. Mindestens ein Elternteil. Und in der 2Y sind überdurchschnittlich viele solcher Kinder. An Ihrer Stelle würde ich mein besonderes Augenmerk auf Nirupam Singh richten, dessen Bruder verbrannt wurde, dann auf Estelle Green, deren Mutter im Gefängnis sitzt, weil sie Hexen zur Flucht verholfen hat. Und schließlich ist da ein Junge namens Charles Morgan, der ebenso unangenehm ist wie das Pilgrim-Mädchen.«

»Du meine Güte! Was für eine verzwickte Geschichte!«, sagte Chrestomanci. »Ich fange wohl am besten gleich an.«

»Ich überlasse Ihnen gern mein Zimmer für diesen Zweck«, sagte Miss Cadwallader großmütig. Sie schien sich von ihrem Zittern erholt zu haben.

»Nein, nein, ich will Ihnen keine Umstände machen«, erklärte Chrestomanci ebenso großmütig. »Das Zimmer Ihres Stellvertreters wäre mir auch recht.«

Die Erleichterung hinter Miss Cadwalladers steifer Würde war fast mit Händen zu greifen. »Gewiss, Herr Inquisitor, was für eine glänzende Idee! Ich werde Sie sogleich persönlich zu Mr Wentworth führen.«

Und Miss Cadwallader fegte aus dem Zimmer, so erleichtert, dass ihre Würde einen leichten Knacks erlitt. Chrestomanci packte zur Sicherheit Brian fester und folgte ihr. Den anderen blieb nichts anderes übrig, als auf Zehenspitzen hinterherzurennen. Keiner von ihnen hatte Lust, Mr Wentworth zu sehen. Ja, nach dem, was Miss Cadwallader eben gesagt hatte, wären sie am liebsten davongerannt. An einer Flucht hinderte sie nur der Umstand, dass sie sofort sichtbar würden, wenn sie sich mehr als ein paar Schritte von Chrestomanci entfernten. Dann würde Miss Cadwallader und jeder andere im Haus sie so sehen wie sie waren, im Reitanzug, im rosa Ballkleid und in den himmelblauen Turnhosen. Nein, da blieben sie lieber da und eilten an Chrestomancis Seite auf Zehenspitzen durch die langen Gänge des Schulhauses.

Miss Cadwallader klopfte an Mr Wentworths Tür.

»Herein!«, sagte Mr Wentworths Stimme. Miss Cadwallader öffnete die Tür, und wieder trat Chrestomanci langsam und gewichtig ein, um den Kindern Zeit zu geben, gleichfalls durch die Tür zu schlüpfen.

»Mr Wentworth«, sagte Miss Cadwallader, »ich möchte Ihnen Mr Zau Bara vorstellen, den Divisional-Inquisitor.« Mr Wentworth blickte von seinen Stundenplänen auf. Als er Chrestomanci erblickte, wurde er bleich und erhob sich langsam. »Ich lasse Sie jetzt mit Mr Wentworth allein, Herr Inquisitor«, sagte Miss Cadwallader. »Darf ich Sie dann beide zu einem Sherry vor dem Abendessen in mein Zimmer bitten?« Und dann ging sie.

»Guten Tag«, sagte Chrestomanci höflich.

»G-guten Tag«, antwortete Mr Wentworth. Die Hände zitterten ihm. Er schluckte. »Ich – ich – es scheint mir entgangen zu sein, dass es Divisional-Inquisitoren gibt. Neuer Dienstposten, wie?«

»Oh, gibt's hier so was nicht?«, fragte Chrestomanci. »Da hab ich mich blamiert. Aber es klingt so großartig.«

Und dann nickte Chrestomanci, und alle wurden plötzlich wieder sichtbar. Nan, Charles und Nirupam versuchten sich einer hinter dem anderen zu verstecken. Brian versuchte seinen Arm freizukriegen, und Estelle hing verklärt an Chrestomancis Hand. Mr Wentworth zog sich ans Fenster zurück, starrte von Chrestomanci zu Brian und war entsetzt.

»Was ist passiert, Brian?«, fragte er.

»Nichts«, antwortete Brian. »Er ist kein Inquisitor. Ein Zauberer ist er oder so was. Ich kann nichts dafür, dass er da ist.«

»Was will er von uns?«, sagte Mr Wentworth heftig. »Ich hab nichts mehr, was ich ihm geben könnte!«

»Mein sehr lieber Mr Wentworth«, sagte Chrestomanci, »bitte, beruhigen Sie sich doch! Ich will nichts von Ihnen, nur, dass Sie mir helfen!«

Mr Wentworth drückte sich ans Fenster. »Ich weiß nicht, was Sie meinen!«

»Natürlich wissen Sie es!«, sagte Chrestomanci freundlich. »Ich werde es Ihnen trotzdem erklären. Ich bin Chrestomanci. Der Name ist zugleich mein Dienstgrad. Meine Aufgabe ist es, die Macht der Zauberei und der Hexerei zu kontrollieren. Die Welt, in der ich daheim bin, ist in gewisser Weise besser dran als Ihre, denn bei uns zu Hause ist das Zaubern und Hexen nicht verboten. Heute Vormittag zum Beispiel hatte ich den Vorsitz in einem Walpurgis-Komitee. Wir steckten gerade mitten in den Vorbereitungen für die Halloween-Feiern. Und da wurde ich plötzlich von Ihren Schülern hierher gerufen ...«

»Oh, haben Sie deshalb einen so schönen Anzug an?«, fragte Estelle voll Bewunderung.

Alle stöhnten auf bei dieser peinlichen Frage, nur Chrestomanci schien sie für völlig normal zu halten.

»Nun, ehrlich gesagt ist das nicht der Grund«, antwortete er liebenswürdig. »Ich bin gern gut angezogen, denn es passiert mir immer wieder, dass ich ganz plötzlich irgendwohin gerufen werde. So wie ihr mich gerufen habt. Und ich muss gestehen, es hat mich trotzdem schon ein paar Mal im Schlafrock erwischt.« Er sah Mr Wentworth an in der Erwartung, dass er sich schon ein wenig beruhigt habe. »Und es gibt da – wie sagt man? – echte Schwierigkeiten. Ihre Welt – also ich muss schon sagen – stimmt gewissermaßen hinten und vorne nicht. Ohne Ihre Hilfe, Mr Wentworth, kann ich aber leider nicht viel tun.«

Mr Wentworth hatte sich jedoch überhaupt noch nicht beruhigt. »Wie können Sie es wagen?«, rief er. »Ein solcher Vorschlag ist pure Erpressung! Von mir kriegen Sie keine Hilfe!«

»Wie unvernünftig, mein Lieber«, sagte Chrestomanci. »Diese Kinder sind unmittelbar in Gefahr. In derselben Gefahr, in der auch Sie sind, Mr Wentworth. Und Ihre ganze Welt, die Welt, in der Sie leben, ist sogar in noch größerer Gefahr. Ich flehe Sie an, vergessen Sie jetzt, dass man Sie jahrelang eingeschüchtert hat – Sie und Brian –, und hören Sie wenigstens zu, wenn ich Ihnen ein paar Fragen stelle.«

Aber Mr Wentworth schien außer Stande, vernünftig zu sein. Nan betrachtete ihn voller Sorge. Sie hatte ihn immer für einen starken, selbstsicheren Mann gehalten, jetzt war sie richtig enttäuscht. Charles ging es genauso. Er dachte daran, wie ihn Mr Wentworth beim Nachsitzen in den Raum zurückgeschoben hatte. Damals hatte er gedacht, die Hand auf seiner Schulter würde vor Ärger beben, aber jetzt wurde ihm klar, dass sie damals vor Angst gezittert hatte.

»Sie wollen mich hereinlegen!«, sagte Mr Wentworth zu Chrestomanci. »Sie wollen ein Geständnis von mir. Und Sie wollen mich mit Brian erpressen. Sie *sind* ein Inquisitor!«

In diesem Augenblick klopfte es an der Tür und Miss Hodge spazierte fröhlich herein. Sie kam gerade von einer Englischstunde aus der 2Y – der letzten bis nächsten Dienstag, Gott sei Dank! Ihr war natürlich aufgefallen, dass außer Brian noch vier andere Schüler fehlten. Zuerst hatte sie angenommen, die Kinder würden gerade vom Inquisitor verhört. Gerade diese Kinder waren ja schließlich die Hauptverdächtigen. Aber dann hatte jemand im Lehrerzimmer die Bemerkung gemacht, der Inquisitor wäre noch immer nicht eingetroffen. Miss Hodge witterte sofort eine neue Chance, zu Mr Wentworth zu gehen und ihn wegen Brian zu trösten. Sie wartete keine Antwort ab, sondern trat sofort nach dem Klopfen ein, damit Mr Wentworth ihr nicht wieder irgendwie entfliehen konnte.

Aber das ganze Zimmer war einen Augenblick lang

voller Leute! Und der arme Mr Wentworth war sehr aufgeregt und schrie einen Mann an, der wie ein Inquisitor aussah. Dieser Fremde warf einen kurzen Blick auf Miss Hodge, dann machte er eine Bewegung mit der Hand, eine ganz kleine Bewegung nur, und da waren plötzlich nur noch er und Mr Wentworth im Zimmer. Und Miss Hodge natürlich. Aber Miss Hodge ließ sich nicht täuschen. Sie hatte genug gesehen! Sie dachte kurz nach, dann sagte sie, was sie zu sagen geplant hatte: »Mr Wentworth! Stellen Sie sich vor, in der 2Y sind noch vier weitere Schüler verschwunden.« Aber die vier waren eben noch hier in diesem Zimmer gewesen, das hatte sie ganz deutlich gesehen. Und Brian war auch dabei gewesen. Damit war eines klar: Mr Wentworth war zwar sehr aufgeregt, aber nicht wegen Brians Verschwinden. Das hieß: Entweder sie musste sich etwas Neues ausdenken, um ihn für sich zu gewinnen, oder – nun ja, oder sie nützte ihren Vorteil!

Der Mann, der sich als Inquisitor ausgab, schob ihr höflich einen Stuhl hin. Ein eleganter, wohl erzogener, aalglatter Schuft war das.

Miss Hodge übersah den Stuhl. »Ich scheine da in eine Hexenversammlung hineinzuplatzen«, bemerkte sie spitz.

Der Fremde hob erstaunt-missbilligend die Augenbrauen. Wirklich, ein sehr eleganter Schurke.

Mr Wentworth sagte mit gepresster Stimme: »Miss Hodge – das ist der Divisional-Inquisitor!«

Miss Hodge lachte triumphierend. »Aber Mr

Wentworth! Wir wissen beide sehr gut, dass es keinen Divisional-Inquisitor gibt! Will dieser Mann Sie beleidigen? Dann geh ich sofort zu Miss Cadwallader. Sie hat, glaub ich, ein Recht zu erfahren, dass Ihr Arbeitszimmer voller Hexen ist.«

Chrestomanci seufzte. Er schlenderte zu Mr Wentworths Schreibtisch hinüber und blätterte zerstreut in ein paar Stundenplänen. Mr Wentworths Blicke folgten Chrestomanci, aber er sagte nur müde: »Es gibt überhaupt keinen Grund, zu Miss Cadwallader zu laufen, Miss Hodge! Sie weiß seit Jahren, dass ich ein Hexer bin. Und seit Jahren behält sie einen Großteil meines Gehaltes dafür ein, dass sie diese Tatsache nicht verbreitet.«

»Oh – ich habe nicht gewusst, dass Sie –«, begann Miss Hodge. Sie hatte bis jetzt tatsächlich nicht geahnt, dass Mr Wentworth auch ein Hexer war. Das war natürlich großartig für sie! Miss Hodge lächelte noch überlegener als zuvor. »In diesem Fall, Mr Wentworth, kann ich Ihnen ein wunderbares Angebot machen: Sie heiraten mich und wir kämpfen gemeinsam gegen Miss Cadwallader!«

»Ich soll Sie heiraten?«, fragte Mr Wentworth entsetzt. »Oh, nein! Das geht nicht. Ich kann nicht!«

Brians Stimme sagte aus dem Nichts heraus: »Ich will Miss Hodge nicht als Mutter haben!«

Chrestomanci blickte von den Stundenplänen auf und zuckte die Achseln. Brian erschien auf der anderen Seite des Zimmers. Er sah genauso erschrocken drein wie sein Vater.

Wieder lächelte Miss Hodge. »Also hab ich doch richtig gesehen!«

»Meine verehrte Miss Hodge«, sagte Mr Wentworth so ruhig wie möglich. »Es tut mir Leid, wenn ich Sie enttäuschen muss, aber ich kann überhaupt niemanden heiraten. Meine Frau lebt nämlich noch. Sie wurde als Hexe verhaftet, aber es gelang ihr durch einen Hintergarten zu fliehen und den Hexen-Rettungsdienst zu erreichen. Sie verstehen also ...«

»Nun, dann könnten Sie ja so tun als wäre sie verbrannt worden«, erklärte Miss Hodge kalt. Sie fühlte sich betrogen, und das machte sie wütend. Mit festen Schritten marschierte sie zu Mr Wentworths Schreibtisch und griff nach dem Telefonhörer. »Entweder Sie heiraten mich oder ich ruf die Polizei! Und zwar sofort!«

»Ich bitte Sie –«, begann Mr Wentworth.

»Ich meine das ernst!«, sagte Miss Hodge. Sie versuchte den Hörer hochzuheben, aber der klemmte. Ärgerlich rüttelte sie am Telefon, das ein schrilles Klingeln von sich gab, aber der Hörer bewegte sich keinen Millimeter. Da wandte sich Miss Hodge an Chrestomanci, der sie interessiert beobachtete. »Sie haben das Telefon verhext«, sagte sie.

»Eines möchte ich gern wissen«, sagte Chrestomanci nachdenklich. »Warum waren Sie kein bisschen erschrocken oder entsetzt, als Sie sich plötzlich in einem Zimmer voller Hexen befanden?«

»Warum sollte ich?«, antwortete Miss Hodge. »Mir tun Hexen Leid. Aber würden Sie mich jetzt bitte die

Polizei anrufen lassen wegen Mr Wentworth? Er hat uns seit Jahren belogen und betrogen!«

»Aber ich bitte Sie, meine Verehrte«, entgegnete Chrestomanci. »Das haben Sie doch auch getan! Wenn jemand sich so benimmt wie Sie, dann muss er oder sie selbst eine Hexe oder ein Hexer sein!«

Miss Hodge starrte ihn an. »Ich hab nie in meinem Leben einen Zauberspruch benützt«, erklärte sie.

»Eine kleine Untertreibung«, erwiderte Chrestomanci. »Sie haben sehr wohl einen kleinen Zauberspruch verwendet, um ganz sicherzugehen, dass keiner merkt, dass Sie eine Hexe sind!«

Warum ist mir das nicht früher aufgefallen!, dachte Charles, während er Miss Hodges Gesicht betrachtete, das sich mehr und mehr mit Angst füllte. Charles war zutiefst erschüttert. Seine zweite Hexe damals – das war vielleicht Brians Mutter gewesen!

Wieder rüttelte Miss Hodge am Telefon. Der Hörer klebte immer noch fest. »Na schön«, sagte sie. »Ich hab keine Angst vor Ihnen! Sie können meinetwegen alle Telefone in der Schule kaputtmachen, aber Sie werden mich damit nicht hindern, jedem, der mir über den Weg läuft, zu erzählen, was ich weiß. Über Sie und über Mr Wentworth und über Brian und über die anderen vier. Und genau das werde ich tun, wenn Mr Wentworth nicht augenblicklich einwilligt mich zu heiraten! Ich werde gleich bei Mr Crossley anfangen.« Und sie wandte sich um und ging zur Tür. Das war keine bloße Drohung, das war allen klar.

Chrestomanci seufzte wieder, und er fuhr mit einem Finger sehr sorgfältig über den Stundenplan bis zu dem Feld, auf dem »Miss Hodge, 2Y« stand. Und gleich darauf war Miss Hodge verschwunden. Das Telefon klingelte leise, und weg war sie. Im gleichen Augenblick waren Nan, Estelle, Nirupam und Charles wieder sichtbar. Miss Hodge war wirklich weg. Sie stand nicht einfach unsichtbar auf ihrem Platz. Die Kinder spürten ganz deutlich, dass sie nicht mehr im Zimmer war. Ein leichter Windstoß, der die Stundenplanblätter auf Mr Wentworths Schreibtisch bewegte, schien das zu bekräftigen.

»Miss Hodge ist eine Hexe! Wow«, rief Nirupam aus. »Und wo ist sie jetzt?«

Chrestomanci sah auf dem Stundenplan nach. »Sie befindet sich – äh – am nächsten Dienstag! Das gibt uns Zeit, diese verzwickte Sache hier in Ordnung zu bringen. Wenn wir nicht außerordentliches Pech haben.« Er blickte Mr Wentworth an. »Vielleicht sind Sie nun bereit uns zu helfen, Sir?«, fragte er.

Aber Mr Wentworth sank auf den Sessel hinter seinem Schreibtisch und vergrub das Gesicht in den Händen.

»Du hast mir nie erzählt, dass Mum geflohen ist«, beschwerte sich Brian. »Und du hast mir auch nie gesagt, dass Miss Cadwallader dich erpresst!«

»Und du hast mir nicht erzählt, dass du ausrücken und im Wald kampieren willst«, entgegnete Mr Wentworth müde. »Du lieber Himmel! Wo soll ich bis nächsten Dienstag einen Ersatz für Miss Hodge hernehmen? Ich brauch dringend jemanden, der heute Nachmittag ihre Stunden übernimmt!«

Chrestomanci setzte sich auf den Stuhl, den er für Miss Hodge bereitgerückt hatte. »Es wundert mich immer wieder«, sagte er kopfschüttelnd, »wie die Leute sich über die unwichtigsten Sachen den Kopf zerbrechen. Mein Lieber, begreifen Sie doch endlich, dass Sie selbst, Ihr Sohn und vier Ihrer Schüler höchstwahrscheinlich auf dem Scheiterhaufen landen werden, wenn wir nichts tun! Und Sie sitzen da und zerbrechen sich den Kopf wegen des Stundenplans!«

Mr Wentworth wandte Chrestomanci sein gequältes Gesicht zu.

»Wie macht sie das?«, fragte er. »Wie hält sie das durch? Wie kann Miss Hodge Lehrer an dieser Schule sein, ohne jemals ihre Hexenkraft zu benützen? Ich tu das ständig. Wie könnte ich sonst bemerken, was hinter meinem Rücken vorgeht?«

»Ja, das ist eines der ganz großen Geheimnisse unserer Zeit«, stimmte Chrestomanci zu. »Aber jetzt hören Sie mir bitte zu: Ich glaube, Sie sind sich im Klaren, dass es noch mindestens eine Welt außer der Ihren gibt. Es scheint bei Ihnen üblich zu sein, Hexenflüchtlinge dorthin in Sicherheit zu bringen. Ihre Frau befindet sich vermutlich dort. Worüber Sie sich vielleicht nicht klar sind, ist, dass es außer diesen beiden auch noch eine ungeheure Anzahl anderer Welten gibt. Ich selbst komme aus einer dieser anderen Welten.«

Zur allgemeinen Erleichterung hörte Mr Wentworth nun wenigstens aufmerksam zu.

»Alternative Welten, nicht wahr?«, sagte er. »Ja, es gibt eine Menge Spekulationen darüber. »Was-wäre-wenn-Welten, Vielleicht-Welten und so weiter. Sie meinen, dass es solche Welten wirklich gibt?«

»So wirklich wie Sie und mich«, antwortete Chrestomanci.

Nirupam interessierte das brennend. Er saß neben Chrestomanci auf dem Boden und sagte: »Diese Welten sind durch große Ereignisse in der Geschichte entstanden, glaube ich, und zwar dann, wenn es zwei verschiedene Möglichkeiten gab, wie es hätte weitergehen können. Am leichtesten kann man das bei Schlachten verstehen. Es können unmöglich beide Seiten eine Schlacht gewinnen, und deshalb schafft jeder Krieg zwei verschiedene mögliche Welten, in der jeweils eine Seite gewinnt. Bei der Schlacht von Waterloo zum Beispiel: In unserer Welt hat Napoleon diese Schlacht verloren, aber damals hat sich eine andere Welt abgespalten, in der er gewonnen hat.«

»Ganz genau«, sagte Chrestomanci. »Und in dieser Welt, in der Napoleon gewonnen hat, sprechen zum Beispiel alle französisch. Der einzige Ort in jener Welt, an dem sie englisch reden, ist seltsamerweise Indien. Dort sind sie sehr »britisch« und essen nach ihrem Curryeintopf immer den typisch englischen Sirupkuchen.«

»Oh, herrlich!«, sagte Nirupam.

»Jeder nach seinem Geschmack«, sagte Chrestomanci achselzuckend. »Jedenfalls machte es einen großen Unterschied, wer zum Beispiel die Schlacht von

Waterloo gewonnen hat. Die beiden Welten, die daraus entstanden sind, sind sehr verschieden. Und das ist immer so. Eine Änderung, die überraschend klein sein kann, verursacht, dass die neu entstandene Welt sich von der alten grundlegend unterscheidet. Aber die Welt, in der wir uns jetzt befinden, ist eine Ausnahme.«

Er blickte Mr Wentworth an. »Und hier ist der Punkt, an dem ich Ihre Hilfe brauche, Sir. In dieser Welt hier läuft etwas schrecklich falsch. Die Tatsache, dass Hexen und Hexer hier so häufig vorkommen und trotzdem verboten sind, hätte viel größere Veränderungen nach sich ziehen sollen, als das offensichtlich der Fall ist. In meiner Welt sind Hexen und Hexer genauso häufig, aber vollkommen legal. Estelle, vielleicht kannst du uns etwas von der Welt erzählen, in die die Leute vom Hexen-Rettungsdienst verfolgte Hexen schicken?«

Estelle strahlte vor Freude. Sie saß mit überkreuzten Beinen auf dem Fußboden und schaute bewundernd zu Chrestomanci auf. »Die alte Dame sagte, sie sei genauso wie unsere Welt, nur fast ohne Hexerei«, erklärte sie.

»Und das genau ist das Problem«, sagte Chrestomanci. »Ich kenne jene Welt recht gut, denn ich hab einen jungen Schützling, der in jene Welt gehört. Und seit ich hier bin, habe ich festgestellt, dass die historischen Ereignisse, aber auch Autos, Reklameschilder, die Waren in den Geschäften, Geld – alles, was ich vergleichen kann – hier ganz genauso sind wie in der Welt meines Schützlings. Aber das ist ganz falsch. Es kann nicht zwei Welten geben, die äußerlich ganz gleich sind!«

Mr Wentworth hörte jetzt sehr aufmerksam zu. Seine Stirn furchte sich, so intensiv dachte er nach. »Und was, glauben Sie, können wir tun?«, fragte er.

Er hat also wirklich die ganze Zeit nach Symptomen gesucht, dachte Nan.

Chrestomanci blickte von einem zum anderen, bevor er antwortete: »Nehmt es mir nicht übel, aber ich bin der Meinung, dass es eure Welt überhaupt nicht geben sollte!«

Sie starrten ihn an.

»Das meine ich wirklich!«, sagte Chrestomanci. »Ich habe oft darüber nachgedacht, warum es in der Welt meines Schützlings so wenig Hexenkraft gibt. Jetzt verstehe ich, dass diese Kraft hier in dieser Welt ist. Irgendetwas – ich weiß nicht, was es war – ist schuld daran, dass diese Welt hier sich von jener anderen getrennt hat und alle Hexenkraft mit sich genommen hat. Aber es war keine klare und saubere Trennung, sondern eine, bei der eure Welt irgendwie mit der ersten Welt verbunden geblieben ist. Deshalb sind die beiden Welten einander so ähnlich, nahezu identisch. Ich glaube, es hat da eine Art Unfall gegeben. Eine Welt, in der man Hexen verbrennt, darf es nicht geben! Wie ich schon sagte, eine solche Welt darf nicht existieren! Und deshalb, wie ich Ihnen schon die ganze Zeit zu erklären versuche, deswegen brauche ich Ihre Hilfe, Mr Wentworth. Ich brauche dringend eine kurze Geschichte der Hexerei, damit ich erkennen kann, was für eine Art Unfall da passiert ist. Wie ist das mit Elizabeth der Ersten, war sie eine Hexe?«

Mr Wentworth wiegte den Kopf. »Schwer zu sagen. Aber zu ihrer Regierungszeit scheint Hexerei kein Problem gewesen zu sein. Damals waren die Hexen meist einfach weise alte Frauen in den Dörfern. Nein, die moderne Hexerei hat erst nach Elizabeths Tod begonnen. Es scheint da eine Art Hexenboom gegeben zu haben, um 1606 ungefähr, oder kurz vorher. 1606 war das Jahr, in dem in England die erste Hexe auf einem Scheiterhaufen verbrannt wurde. Die ersten Gesetze gegen Hexerei wurden 1612 erlassen. Oliver Cromwell hat sie verschärft und erweitert. Bis 1760 gab es 34 verschiedene Paragrafen gegen Hexerei. 1760 war das Jahr, in dem Dulcinea Wilkes …«

Chrestomanci hob die Hand. »Danke. Über die Erzhexe bin ich informiert. Aber Sie haben mir gesagt, was ich wissen muss. Der heutige Stand der Hexerei begann kurz nach 1600, und zwar sehr plötzlich. Das heißt der Unfall, nach dem wir suchen, muss ungefähr in dieser Zeit passiert sein. Haben Sie eine Idee, was es sein könnte?«

Mr Wentworth schüttelte den Kopf. »Keine Ahnung. Leider nicht. Aber – angenommen, Sie kommen drauf, was es war, was könnten Sie dann tun?«

»Es gibt zwei Möglichkeiten«, antwortete Chrestomanci. »Entweder trennen wir diese Welt hier völlig von jener anderen. Das scheint mir aber nicht ratsam, denn in diesem Falle würdet ihr alle auf dem Scheiterhaufen enden.«

Alle erschauderten, und Charles Daumen rieb wieder mal über der Brandblase hin und her.

»Oder«, fuhr Chrestomanci fort, »wir können diese Welt hier in die andere überführen, wo sie auch hingehört. Und das ist sicher die bessere Lösung.«

»Und was geschieht dann mit uns?«, erkundigte sich Charles.

»Es wird sich nicht viel verändern. Ihr werdet einfach mit dem Menschen in der anderen Welt, der ihr in Wirklichkeit seid, verschmelzen«, antwortete Chrestomanci.

Sie dachten alle schweigend darüber nach.

»Ist das wirklich möglich?«, fragte Mr Wentworth hoffnungsvoll.

»Es ist möglich«, antwortete Chrestomanci, »wenn wir herausfinden, wie diese Aufsplitterung zu Stande gekommen ist. Wir werden einen sehr starken Zauber brauchen. Aber jetzt ist Halloweenzeit und es gibt daher eine Menge zusätzlicher Zauberkraft, die frei in dieser Welt herumschwirrt. Die können wir mitbenutzen. Ja, ich bin sicher, dass es möglich ist. Aber es wird nicht leicht werden.«

Mr Wentworth schien um Jahre jünger geworden zu sein. »Dann tun wir es doch!«, sagte er. Er erhob sich und ließ seine Augen missbilligend über Estelles Reitanzug gleiten, über die himmelblauen Turnhosen und Brians dreckige Jeans und blieb ungläubig an Nans zerrissenem rosa Ballkleid hängen. Er war wieder ganz Lehrer, als er sagte: »Wie seht ihr denn aus? So könnt ihr doch nicht in die Klasse!«

»Brian noch nicht, den brauche ich noch«, sagte Chrestomanci eilig.

»Ihr werdet jede Menge Zeit haben, über passende Schulkleidung nachzudenken, wenn ihr heute nachsitzen müsst«, fuhr Mr Wentworth fort. Nan, Estelle, Charles und Nirupam krabbelten eiligst auf die Füße. Sie trugen ganz plötzlich wieder ihre Schuluniform.

Sie sahen sich nach Brian um, entdeckten ihn aber nirgends.

»Ich bin schon wieder unsichtbar!«, sagte Brian grantig.

Chrestomanci lächelte. »Nicht schlecht, Mr Wentworth!«, sagte er. »Gut gehext!« Den Lehrer schien das Lob zu freuen, und als er dann seine vier Schäfchen fortführte, sah er zurück und lächelte Chrestomanci freundlich zu.

»Warum darf Brian unsichtbar sein und wir nicht?«, beschwerte sich Estelle, als sie davongezogen wurde.

»Chrestomanci braucht einen Grund hier zu bleiben«, flüsterte Nirupam ihr zu. »Wenn Brian auftaucht, kann Chrestomanci nicht mehr lange den Inquisitor spielen. Aber wir brauchen ihn doch. Allein schaffen wir's nicht.«

Vierzehntes Kapitel

Mr Wentworth öffnete die Tür, schubste die vier Ausreißer in die Klasse und sagte zu Mr Crossley: »Ich brauchte die vier. Wir haben mein Zimmer für den Inquisitor vorbereitet.«

Mr Crossley nahm dies schweigend zur Kenntnis. Für die 2Y hingegen war das eine fürchterliche Enttäuschung, das war ihren Gesichtern eindeutig anzusehen. Sie hatten erwartet, die vier wären inzwischen verhaftet worden. Aber sie nahmen zumindest die Gelegenheit wahr zu sticheln.

»Mr Towers hat euch gesucht«, flüsterte Simon schadenfroh Charles und Nirupam zu. Und Theresa sagte zu Estelle: »Miss Phillips will dich sprechen!« Aber Nan kam heil davon, denn Miss Phillips dachte niemals freiwillig an Nan.

Die vier waren so spät gekommen, dass nicht mehr viel Zeit bis zum Läuten blieb, und dann gab es Mittagessen.

Als sie sich an den Tisch setzten, stieß Nirupam Charles in die Rippen: Chrestomanci saß neben Miss Cadwallader am Direktorstisch. Er sah hochmütig und unnahbar aus. Alle drehten sich nach ihm um und es wurde geflüstert, er sei der Divisional-Inquisitor.

»Ich kann mir nicht vorstellen, dass er mir was antun kann«, bemerkte Dan. »Seht euch nur seinen verschlafenen Blick an! Der will uns doch nur zum Narren halten.«

»Er sieht kraftlos und nichts sagend aus«, erklärte Simon. »Ich werde mich von ihm nicht einschüchtern lassen!«

Charles reckte gleichfalls den Hals. Er war überzeugt, dass Chrestomancis schläfrig-gelangweilter Blick ein Täuschungsmanöver war, genau wie Dan sagte. Auch Mr Wentworth saß am Direktorstisch. Wo ist Brian?, dachte Charles. Und wie kommt er wohl zu seinem Mittagessen?

Theresa sagte: »Ich finde, er sieht einfach umwerfend aus!«

Zur allgemeinen Überraschung sprang Estelle auf, sie lehnte sich quer über den Tisch und funkelte Theresa wütend an. »Theresa Mullet!«, sagte sie. »Wage es ja nicht, dich in den Inquisitor zu verlieben! Er gehört mir! Ich hab ihn zuerst getroffen, und *ich* liebe ihn! Lass ihn in Ruhe, ich warne dich!«

Es war völlig still nach ihren Worten. Nicht einmal die Aufsichtsschüler sagten etwas dazu. Keiner hatte Estelle jemals so wütend gesehen. Theresa war so überrascht, dass sie nicht einmal kicherte.

In diesem Augenblick wurde Charles klar, wie Brian zu seinem Mittagessen kam. Ein unsichtbarer Körper drängte sich zwischen ihn und Nirupam, unsichtbare Ellbogen stießen sie beiseite, als sich der Kerl zwischen sie quetschte. »Ihr müsst mir was von euren Tellern abgeben«, flüsterte Brians Stimme in das allgemeine Schweigen hinein. »Hoffentlich gibt es nicht wieder Eintopf!«

Glücklicherweise unterbrach Simon gerade in diesem Augenblick die Stille. Er sagte lauernd: »Und was habt ihr so lange vorbereitet für den Herrn Schwachkopf Inquisitor?«

Alle blickten erwartungsvoll auf Nan. Sie haben Mr Wentworths Ausrede keinen Augenblick lang geglaubt, dachte sie. Keiner von ihnen! Und einige schienen sogar etwas zu vermuten, was der Wahrheit ziemlich nahe kam. Und jetzt? Was jetzt? Sie musste die anderen unbedingt von diesem Verdacht ablenken, sie beeindrucken! »Nun, wir mussten eine Menge elektrischer Leitungen im Zimmer verlegen«, erfand sie hastig. »Er braucht ein grelles Licht, das den Leuten direkt ins Gesicht leuchtet.«

»Oder vielleicht für Elektroschocks?«, fragte Dan mit glitzernden Augen.

»Ja, einige Drähte waren wohl auch dafür«, gab Nan zu. »Es waren auch eine Menge blanker Drähte darunter, und eine Art Helm, der mit Elektroden gespickt war. Charles hat das installiert. Er kennt sich gut aus mit Elektrik.«

»Was noch?«, fragte Dan gespannt. Er war so hingerissen, dass ihm gar nicht auffiel, dass er freiwillig mit einem Mädchen sprach.

»Wir haben alle Wände mit schwarzen Tüchern verhängt«, improvisierte Nan weiter. »Die haben Estelle und ich aufgehängt.«

Nun kam das Mittagessen. Es war Kartoffelauflauf.

Ein Glück für Brian, der nicht wagte, eine Gabel zu benutzen. Aber weniger Glück für Charles und Nirupam. Beide knurrten ärgerlich, als von jedem ihrer Teller ein großes Stück Auflauf verschwand. Brian hatte sich von jedem eine Hand voll geschnappt. Noch viel ärgerlicher wurden sie, als die köstlichen Kartoffelstückchen zwischen ihnen auf den Boden regneten.

»Pass doch auf!«, zischte Nirupam.

»Kannst du deinen Mund nicht finden?«, flüsterte Charles wütend.

»Den Mund schon, aber ich weiß nicht, wo meine Hände sind«, erklärte Brian. »Versuch du's doch mal, Schlauberger!«

Während sie flüsterten, wurde Nan von Dan nach allerlei Einzelheiten ausgefragt, und sie musste immer mehr Folterwerkzeuge für Mr Wentworths Zimmer erfinden. »Ja, es gibt dort so kleine Dinger mit Schrauben drin«, berichtete sie. »Ich glaube, du hast Recht, es müssen Daumenschrauben sein. Obwohl einige von ihnen so groß sind, dass auch ein Arm hineinpasst, oder ein Bein. Ich glaub nicht, dass er bei Daumen aufhört.«

Nirupam stieß seinen Ellenbogen zwischen Brians unsichtbare Rippen. »Hör gut zu!«, flüsterte er. »Das muss alles im Zimmer sein, wenn Dan drankommt!«

»Ich bin doch nicht blöd«, erwiderte Brian mit vollem Mund.

»Ja, und natürlich mussten wir noch viele andere seltsame Sachen aufhängen. Handschellen zum Beispiel, die verschiedensten Modelle …« Nan redete und redete, jetzt war sie in Fahrt und ihre Fantasie war grenzenlos. Charles bezweifelte, ob in dem kleinen Raum überhaupt so viele Dinge Platz hatten, oder ob sich Brian auch nur die Hälfte davon merken konnte.

Glücklicherweise unterbrach Estelle, die ihre Augen nicht von Chrestomanci ließ, Nans Redefluss: »Schaut doch! Miss Cadwallader isst wieder bloß mit der Gabel, aber *er* traut sich, auch das Messer zu nehmen. Ist er nicht prima?!«

Nirupam ergriff die Gelegenheit, Nan zum Schweigen zu bringen. Er warf ihr einen drohenden Blick zu und sagte laut: »Ist euch eigentlich klar, dass der Inquisitor nach dem Essen jeden von uns sehr genau verhören wird?«

Nirupam hatte damit nur Nan warnen wollen, aber er erntete allgemein betroffenes Schweigen. Erstaunlich viele Schüler ließen ihren Sirupkuchen stehen, den es zum Nachtisch gab. Nirupam ergriff auch diese Gelegenheit und schnappte sich vier oder fünf Kuchenstücken, die er mit Brian teilte.

Gleich nach dem Mittagessen kam Mr Wentworth und befahl der 2Y sich in alphabetischer Reihenfolge aufzustellen. Sie taten es in bedrücktem, angstvollem Schweigen. Alle, sogar die Großen, sahen der 2Y mit wachsender Spannung nach, als diese den Speisesaal verließ. Sie gingen den langen Gang entlang und die Treppen hinauf zu Mr Wentworths Arbeitszimmer. Dort stellten sie sich in einer langen Reihe auf, halb auf dem Gang, halb noch auf den Stufen. Mr Wentworth ging ins Zimmer, um Chrestomanci mitzuteilen, dass die Klasse versammelt sei. Die ganz vorn standen konnten erkennen, dass die Wellglasscheiben der Tür von innen pechschwarz waren.

Chrestomanci wollte sie in umgekehrter alphabetischer Reihenfolge sehen. Also mussten sie wieder alle hin und her und rundherum gehen, so dass nun Heather Young und Ronald West ganz vorn standen, an Stelle von Geoffrey Baines und Deborah Clifton. Die Kinder bewegten sich ungewohnt leise und ohne das übliche Drängeln und Stoßen. Sogar Charles fühlte sich unbehaglich, obwohl er ganz sicher war, dass die umständliche Anstellerei nur dazu diente, Chrestomanci Zeit zu geben, um all die Dinge, die Nan erfunden hatte, herbeizuschaffen. Trotzdem rieb Charles' Daumen heftig über die Brandblase. Heather und Ronald sahen ganz krank aus vor Angst. Dan Smith, der, weil ja Brian fehlte, als Dritter an der Reihe war, fragte Nirupam flüsternd: »Was wird er da drinnen mit uns machen?«

Nirupam wusste nicht mehr als Dan, er hatte nicht einmal gewusst, dass Chrestomanci tatsächlich alle in der Klasse verhören wollte, aber er versuchte geheimnisvoll dreinzublicken und murmelte: »Man wird sehen!«, und Dan wurde weiß.

Die Verhöre bei Chrestomanci dauerten unterschiedlich lange. Heather blieb fast eine Ewigkeit weg und kam so verschreckt heraus, wie sie hineingegangen war. Ronald war nur eine Minute drinnen und kehrte ganz erleichtert zurück. Im Vorbeigehen flüsterte er Simon zu: »Kein Problem das Ganze!«

»Hab ich doch gewusst!«, schwindelte Simon leichthin.

»Ruhe!«, brüllte Mr Wentworth. »Der Nächste – Daniel Smith!«

Dan blieb nicht lange drin, aber als er herauskam, sah er nicht aus, als wäre da kein Problem. Sein Gesicht war nicht mehr weiß, sondern käsig gelb.

Nirupam blieb länger bei Chrestomanci, als Nan oder Charles erwartet hatten. Als er herauskam, guckte er missmutig.

Dann war Simon an der Reihe. Er blieb ewig drinnen. Die Schulglocke schrillte für die Nachmittagsstunden und auf den Gängen setzte das übliche Getrappel und Gehaste ein. Dann wurde es still im Schulhaus, es war eine lange, ungemütliche Stille, die den am Gang wartenden Kindern das Gefühl gab, Ausgestoßene zu sein. Als Simon endlich herauskam, hatte sein Gesicht einen undurchschaubaren Ausdruck und er sprach kein einziges Wort. Auch zu seinen Freunden nicht, die wissen wollten, was los gewesen war. Wie ein Schlafwandler ging er zur Wand, lehnte sich dagegen und starrte ins Leere.

Das munterte die anderen nicht gerade auf. Nan grübelte, was Chrestomanci da drin mit den Leuten anstellte. Dann war sie an der Reihe.

Die drei Mädchen, die zwischen ihr und Simon dran gewesen waren, hatten ebenso verschreckt drein geschaut wie Heather. Nun hatte Nan auch Angst, so lähmende Angst, dass sie kaum die Beine ins Zimmer bewegen konnte. Aber irgendwie gelangte sie dann doch in den verdunkelten Raum.

Und da stand sie nun und sah sich mit großen Augen um. Chrestomanci war, während sie sich draußen aufgestellt hatten, sehr tüchtig gewesen. Mr Wentworths Zimmer war mit schwarzen Vorhängen verhängt. Ein schwarzer Teppich, den Nan zu erfinden vergessen hatte, bedeckte den Parkettboden. An den schwarzen Wänden hingen, schimmernd und glitzernd, Handschellen und Fallschlingen, Ketten, verschiedene Geißeln und eine neunschwänzige Katze. In der Ecke stand eine hohe Kanne mit einem Schild drauf: BENZIN, DIV. INQ., NUR FÜR FOLTERUNGEN!

Chrestomanci selbst saß nur undeutlich sichtbar hinter einer ungeheuer gleißenden Lampe. Die Lampe erinnerte Nan auf unangenehme Weise an das grelle Licht über einem Operationstisch. Ihr Licht fiel auf Mr Wentworths Schreibtisch, der gleichfalls schwarz verhängt war. Dort waren wie Schmuckstücke in einem Juwelierladen funkelnde Daumenschrauben ausgestellt und andere unangenehme Instrumente. Auch der elektrodengespickte Helm war da und ein Knäuel blanker Drähte, die blaue Funken sprühten. Im Hintergrund lag ein Stapel dicker, schwarzer Bücher.

»Hat Brian irgendetwas vergessen?«, fragte Chrestomanci. »Fällt dir was auf?«

Nan musste lachen. »Vom Teppich hab ich nichts erzählt, und vom Benzin auch nicht.«

»Der Teppich war Brians Idee. Und mir kam die Ecke da hinten ein wenig kahl vor«, erklärte Chrestomanci.

»Und was ist das?«, fragte Nan, und zeigte auf die schwarzen Bücher.

»Stundenpläne«, antwortete Chrestomanci. »Ach so, ich weiß schon, was du meinst. Das sind Gesetzesbücher und Sammlungen von Hexenverordnungen, außerdem Folterhandbücher und der Leitfaden zur Entlarvung von Hexen und Hexern. Kein Inquisitor kommt ohne die aus.«

An seiner Stimme erkannte Nan, dass Chrestomanci lachte. »Ich klage Sie an, dass Sie sich amüsiert haben, während die anderen draußen zitterten«, sagte Nan.

»Ich bekenne mich schuldig«, sagte Chrestomanci und kam hinter dem Tisch hervor ins Licht. Er schob das Funken sprühende Drahtding beiseite – es schien ihm keinerlei elektrischen Schlag zu geben – und setzte sich auf den schwarzen Tisch. Sein Gesicht war nun in gleicher Höhe wie Nans. Sie musste ihm direkt in die Augen schauen.

»Ich klage dich gleichfalls an, dich zu amüsieren«, sagte Chrestomanci.

»Ja«, sagte sie trotzig. »Das erste Mal, dass mir in dieser Schule was Spaß macht!«

Chrestomanci sah sie neugierig an. »Macht es dir vielleicht auch Spaß, dass du eine Hexe bist?«

Sie nickte heftig.

»Und macht es dir auch Spaß, Sachen zu erfinden

und zu beschreiben? Daumenschrauben und dergleichen?« Nan nickte. »Was hat dir am besten gefallen?«

»Dass ich eine Hexe bin!«, antwortete Nan. »Ich fühl mich so – so selbstsicher. Ich trau mir einfach mehr zu.«

»Erzähl mir, was du alles erfunden hast, soweit es mit Hexerei zu tun hat«, sagte Chrestomanci.

»Ich – also …«, begann Nan. Sie sah Chrestomanci an, der auf einer Seite von der starken Lampe, auf der andern Seite von den Funken sprühenden Drähten beleuchtet wurde. Verwirrt entdeckte sie, wie wenig sie ihr Talent als Hexe bis jetzt genützt hatte. Genau genommen hatte sie noch nichts gehext als einen Besenritt und für sich und Estelle ein paar mehr oder weniger passende Kleider und dann noch diese ausgesprochen scheußlichen Sammelbüchsen. »Ich hab noch nicht viel Zeit gehabt zu hexen!«, sagte sie entschuldigend.

»Charles Morgan hat ungefähr genauso viel Zeit gehabt wie du, aber was man so von ihm hört, war er recht einfallsreich!«, sagte Chrestomanci. »Vielleicht ist es so, dass du, seit du eine Hexe bist und mehr Selbstvertrauen hast, lieber erzählst und beschreibst.«

Nan überlegte. »Ich glaube, ja«, sagte sie ein wenig überrascht. »Bloß nicht im Tagebuch.«

»Gut!«, sagte Chrestomanci. »Ich glaube, ich kann dir eine wirklich gute Gelegenheit versprechen, wo du was erzählen und beschreiben kannst, was nichts mit Tagebüchern zu tun hat. Ich hab euch schon gesagt, dass es stärkste Zauberkraft kostet, diese Welt wieder mit jener anderen zu vereinen. Wenn ich erst weiß, wie man das macht, werde ich Hilfe von euch allen brauchen. Wir müssen alle Zauberei und Hexenkunst, die wir auftreiben können, zusammenraffen, um das herbeizuführen. Und wenn's dann soweit ist – kann ich mit dir rechnen?«

Nan nickte geschmeichelt. Sie fühlte sich geehrt und verantwortlich.

»Wie gut, dass du lieber Dinge beschreibst«, fügte Chrestomanci hinzu. »Denn es ist fraglich, ob du noch eine Hexe bist, wenn die Welt sich verändert hat«, fuhr Chrestomanci fort. Nan starrte ihn an. Er meinte es ernst.

»Ich weiß, dass du von der Erzhexe abstammst«, sagte Chrestomanci. »Aber Begabung wird nicht immer in derselben Form vererbt. Du scheinst am ehesten durch Erfinden und Dichten zu verzaubern. Mein Rat ist: Bleib bei dieser Art Hexerei, wenn du kannst. Und jetzt nenn mir eine Persönlichkeit aus der Geschichte.«

Bei diesem Wechsel des Gesprächsgegenstandes wurde es Nan gleich wieder flau im Magen. »Äh …«, sagte sie, »äh – Christoph Columbus!«

Chrestomanci nahm ein goldenes Notizbuch und zückte einen goldenen Stift. »Könntest du mir bitte erklären, wer das war?«, fragte er. Er schien es wirklich nicht zu wissen.

Es war überhaupt erstaunlich, was Chrestomanci alles nicht zu wissen schien. Nan erzählte ihm, was sie über Christoph Columbus wusste, und Chrestomanci schrieb es in sein goldenes Notizbuch. »Ausgezeichnet«, murmelte er. »Klar und lebendig!«

Nan verließ das Zimmer mit einem lachenden und einem weinenden Auge. Sie war glücklich, weil Chrestomanci gesagt hatte, sie könne so gut dichten und erzählen. Aber sie war auch traurig, weil er meinte, dass sie nicht sehr lang eine Hexe sein würde.

Dan Smiths Freund Lance Osgood, der als Nächster drankam, blickte prüfend in ihr Gesicht, aber er wurde nicht klug daraus.

Lance blieb nur kurz im Arbeitszimmer. Ebenso Theresa Mullet, die nach ihm an der Reihe war. Inzwischen stand Estelle schon auf der obersten Stufe. Als Theresa herauskam, verbog Estelle sich den Hals, um auf Theresas Gesicht irgendwelche Zeichen von Schwärmerei zu erkennen, aber Theresa sah nur verdrießlich und verwirrt drein. Der Inquisitor hatte sie offenbar nicht mit dem Respekt behandelt, der ihr zukam. Delia flüsterte darüber mit Heather, während Charles das Zimmer betrat.

Charles hatte jetzt überhaupt keine Angst mehr. Er war nun überzeugt, dass Chrestomanci jeden so behandelte, wie er es verdiente. Und als er das schwarz verhängte Zimmer sah, grinste er nur und rückte seine Brille zurecht, um die Gegenstände an den Wänden näher zu betrachten.

Chrestomanci war eine verschwommene Gestalt hinter der Lampe, die sagte: »Gefällt's dir?«

»Nicht schlecht«, sagte Charles. »Wo ist Brian?«

»Hier!«, sagte Brians Stimme. Zwei Paar Handschellen an der schwarz drapierten Wand bewegten sich und schepperten. »Wie lang dauert das alles noch? Das wird doch langsam fad und Sie sind erst beim ›M‹!«

»Warum haben Sie ihn denn mit hereingenommen?«, fragte Charles den Zauberer verdrießlich. Er warf dem unsichtbaren Brian einen seiner drohend-bösen Blicke zu.

»Ich habe meine Gründe«, sagte Chrestomanci ruhig, und Charles kroch es kalt den Rücken hinunter. »Ich möchte mit dir über diesen *Simon-sagt*-Zauber reden«, fuhr Chrestomanci fort.

Die Kälte an Charles' Rückgrat verbreitete sich nun im ganzen Körper. In seinem Magen lag ein Eisklumpen. Er merkte, das Verhör war nicht der Spaß, den er sich vorgestellt hatte.

»Was ist damit?«, murmelte er.

»Ich verstehe einfach nicht«, sagte Chrestomanci sanft und mit tödlicher Ruhe, »wie du vergessen konntest, mir von diesem Zauberspruch zu berichten! Wie konnte dir das passieren?«

Charles bibberte vor Kälte. »War doch kein Grund dazu. Nicht wichtig. War doch bloß ein bisschen Zauber – und Simon hat's verdient! Außerdem hat ihn Nirupam ohnehin wieder rückgängig gemacht!«

»Ich bitte um Verzeihung. Mir war nicht bewusst, dass du dich so ausführlich verteidigen musst«, sagte Chrestomanci.

Sarkasmus ist schwer zu ertragen, und dass Brian zuhörte, machte es noch viel schlimmer. Charles wollte wieder einen Blick losschicken. Aber er brachte es nicht fertig, ihn auf Chrestomanci zu schleudern, der hinter dem Licht verborgen war, deshalb schickte er den Blick zu Brian hinüber, oder dorthin, wo er Brian vermutete.

»Dieser Spruch wegen Simon war doch wirklich nicht so wichtig«, wiederholte er.

Chrestomanci war fassungslos. »Nicht wichtig? Mein lieber Junge, gibt es überhaupt etwas Unwichtiges an einem Zauberspruch, der die ganze Welt zerstören kann? Du wirst es natürlich besser wissen, aber ich habe den Eindruck, dass Simon sehr leicht etwas sehr Dummes hätte sagen können. Zum Beispiel: ›Zwei und zwei ist fünf!‹ Und hätte er das gesagt, was, glaubst du, wäre geschehen? Alles, was mit Zahlen zu tun hat, wäre auseinander gefallen. Und weil man alles zählen kann, wäre alles auseinander gefallen – die Erde, die Sonne, jede Zelle, einfach alles, was man sich nur vorstellen kann. Du hast dir sicher was dabei gedacht – ich jedenfalls halte die Angelegenheit für sehr, sehr wichtig.«

Charles blinzelte auf die Handschellen, um herauszufinden, wie scheußlich er sich dabei fühlte. Und Brian konnte jedes Wort hören!

»Das hab ich nicht bedacht. Und Simon – wenn sich einer so benimmt wie Simon, dann hat er es wirklich verdient!« Wie gut, dass niemand weiß, dass ich auch Dan Smith etwas Fürchterliches antun will, dachte Charles.

»Simon hat es verdient?«, fragte Chrestomanci.

»Simon hat gewiss eine sehr gute Meinung von sich selbst, aber – Brian, was meinst du dazu? Du bist zumindest so sehr von dir eingenommen wie Simon von sich. Glaubst du, man sollte dir oder Simon solche Macht in die Hände geben?«

»Nein«, kam Brians Stimme ein wenig mürrisch von der Wand. »Keine, mit der man die Welt kaputtmachen kann.«

Charles wurde nachträglich kalt bei dem Gedanken, was da alles hätte passieren können. Aber er wollte es nicht zugeben. »Nirupam hat ja den Spruch wieder zurückgenommen«, sagte er. »Noch bevor Simon was wirklich Schlimmes tun konnte.«

»Brian scheint ja wenigstens schon etwas gelernt zu haben«, bemerkte Chrestomanci. »Du noch nicht, Charles. Ich will dir was sagen: Eben weil Zauberei bei euch verboten ist, hat euch niemand beigebracht, was man damit anrichten kann und wie man sie vernünftig anwendet. Aber du hättest versuchen können selber draufzukommen. Und du bist dir immer noch nicht klar, was passiert ist. Nirupam hat den Spruch *nicht* zurückgenommen. Er hat ihn bloß umgedreht. Und jetzt wird *überhaupt nichts* wahr und wirklich, was der arme Simon sagt. Deshalb hab ich ihm den Mund verschließen müssen.«

»Der arme Simon?«, schrie Charles. »Tut er Ihnen vielleicht Leid?«

»Mir tut er Leid«, sagte Brians Stimme.

»Und wenn ich nicht im Krankenzimmer gewesen wäre, hätte ich selbst versucht den Zauber von ihm zu nehmen. Ich hätte es bestimmt besser gemacht als Nirupam!«

»Nun, Charles«, sagte Chrestomanci, »wenn wir einmal von moralischen Gesichtspunkten wie Recht und Unrecht absehen, hier hast du ein Musterbeispiel dafür, wie unklug es ist, Leuten etwas Schlimmes anzutun. Denn jetzt tut Simon allen Leid. Und das ist doch nicht das, was du wolltest, oder?«

»Nein.« Charles betrachtete den nachtschwarzen Teppich und beschloss, sich wegen Dan Smith etwas Gescheiteres einfallen zu lassen. Diesmal würde er nicht stümpern.

»Er soll Simon wieder enthexen«, schlug Brian vor. »Sie müssen ihm bloß sagen, wie er das machen soll!«

»Er wird es nicht fertig bringen«, erklärte Chrestomanci. »Es ist furchtbar schwer. Charles muss offensichtlich Kräfte im Range eines erstklassigen Zauberers haben, dass er einen so schwierigen Zauber überhaupt zu Stande gebracht hat!«

Charles starrte weiter auf den schwarzen Teppich und hoffte, Chrestomanci würde sein breites Grinsen nicht bemerken. »Um diesen Zauber von Simon loszukriegen, brauchen wir ganz besondere Bedingungen«, fuhr Chrestomanci fort. »Zuallererst muss Charles den Zauber überhaupt zurücknehmen wollen. Und das tut er leider nicht. Oder, Charles?«

»Nein«, sagte Charles. Die Vorstellung, Simon müsste sein ganzes Leben lang den Mund halten, war zu schön.

Die Schimpfnamen, die Brian ihm nun an den Kopf

warf, ließen ihn kalt. Charles hielt den verbrannten Finger ins Licht und bewunderte die Reflexe der grellen Lampe und der blitzenden Drähte auf der dicken, gelben Brandblase. Die Bosheit ist in mich hineingebrannt, dachte er.

Chrestomanci wartete, bis Brian kein Schimpfwort mehr einfiel. Dann sagte er: »Schade! Wirklich sehr schade, Charles, dass du so denkst! Wir alle werden deine Hilfe brauchen, wenn wir versuchen diese Welt wieder in der ursprünglichen zu verankern. Willst du's dir nicht noch überlegen?«

»Nein!«, sagte Charles. »Nicht, nachdem Sie mich vor Brian so behandelt haben!« Und er fuhr fort seine Brandblase zu bewundern.

Chrestomanci seufzte. »Du bist genauso bockbeinig wie Brian«, sagte er. »Viele Schüler und Schülerinnen in eurer Schule entwickeln sich früher oder später zu Hexen und Hexern, hat mir Mr Wentworth berichtet. Es ist ihm bisher noch gelungen, zu vermeiden, dass es herauskommt. Aber du und Brian, ihr lasst euch ja nichts sagen. Brian war so gierig darauf, sich in den Vordergrund zu stellen, dass es ihm ganz egal war, ob er verhaftet würde.«

»Das ist doch –«, begann Brian wütend.

Jetzt versucht Chrestomanci mich zu besänftigen, indem er auf Brian losgeht, dachte Charles. Aber jetzt ist es zu spät! Ich werde ihm nicht helfen!

Brian murmelte etwas.

»Also«, sagte Chrestomanci. »Was Brian betrifft, so kann er sich aussuchen, was er möchte: uns helfen oder sein Leben lang unsichtbar bleiben.« Er überhörte Brians Protest und wandte sich Charles zu. »Und du, Charles, du hast einen zerstörerischen Hass gegen alles und jeden in dich hineingefressen. Dann ist deine Hexenkraft ausgebrochen und du bist sozusagen außer Kontrolle geraten. Jetzt musst du dich entweder wieder zusammenreißen, oder du landest auf dem Scheiterhaufen. *Oder* aber du hilfst uns. Du hast eine sehr starke Begabung zum Hexen. Deshalb wirst du in der anderen Welt sicher eine ebenso starke Begabung für etwas anderes haben, und das wird dir viel leichter fallen. Also, wofür entscheidest du dich?«

So eine Gemeinheit!, dachte Charles. Ich soll nicht mehr hexen können! Er drückte die Brille mit dem Finger ganz fest auf seine Nase und starrte durch das grelle Licht hindurch Chrestomanci so wütend an, wie noch nie in seinem Leben. Er hasste den Zauberer plötzlich mehr, als er Simon oder Dan je gehasst hatte. »Und ich bleib ein Hexer!«, schrie er. »So! Jetzt wissen Sie es!«

Die undeutliche Gestalt Chrestomancis hinter dem Licht zuckte die Achseln. »Leute wie dich, die so mit der Welt umgehen, nennt man normalerweise Schwarzmagier. Nun gut. Jetzt nenn mir bitte eine Persönlichkeit aus der Geschichte.«

»Jack the Ripper!«, knurrte Charles.

Das goldene Notizbuch blitzte auf. »Danke«, sagte Chrestomanci. »Du kannst gehen, Charles. Schick mir den Nächsten herein.«

Als Charles zur Tür ging, begann Brian wieder ihn mit Schimpfnamen zu überschütten.

»Brian«, sagte Chrestomanci ruhig. »Ich hab dir doch gesagt, ich nehm dir sofort die Stimme weg, wenn du zu irgendjemand anderem sprichst!«

Typisch!, dachte Charles wütend. Er riss die Tür auf und überlegte, was er Nan und Estelle alles antun wollte, weil sie Chrestomanci herbeigerufen hatten. Plötzlich sah er sich Delia Martin gegenüber. Er musste sie Furcht erregend angesehen haben, denn Delia wurde kalkweiß. Sie sprach ihn sogar an: »Wie ist er?«

»Ein ekelhaftes Scheusal!«, sagte Charles laut. Er hoffte, Chrestomanci hatte ihn gehört.

Fünfzehntes Kapitel

Nach und nach kam die ganze Klasse dran, einer nach dem anderen ging in das schwarz verhängte Zimmer, manche kamen bleich heraus und manche fröhlich erleichtert. Estelle schien ganz verklärt. Sie strahlte.

»Also wirklich«, sagte Theresa. »Manche Leute!« Estelle warf ihr einen Blick voll tiefer Verachtung zu. Sie ging zu Nan hinüber und flüsterte ihr ins Ohr: »Er hat gesagt, wenn wir's fertig bringen, bleibt meine Mama nicht mehr eingesperrt!«

»Wie schön«, sagte Nan herzlich, und plötzlich fiel ihr etwas Wunderbares ein: *Meine* Mum wird dann auch noch leben!

Endlich kam nun auch Chrestomanci mit Geoffrey Baines, dem Letzten in der Reihe, aus dem Zimmer und wechselte mit Mr Wentworth einen bedeutungsvollen Blick. Nan kam es vor, als hätte der Zauberer noch immer nicht herausgefunden, wie man die Welt in Ordnung bringen konnte. Auch Mr Wentworth schien bekümmert.

»Aufstellen und zurück in die Klasse!«, rief Mr Wentworth. Er sah schrecklich besorgt drein und jagte die Kinder so eilig die Treppe hinunter, dass Nan begriff, dass etwas schief gegangen war. Vielleicht war der wirkliche Inquisitor angekommen. Als die 2Y noch den

Gang entlang marschierte, zeigte das Läuten das Ende der Stunde an. Die Türen der anderen Klassenzimmer gingen auf, und die herausströmenden Kinder betrachteten die 2Y voll mitleidiger Neugier.

Simons Freunde versuchten immer wieder, ihm ein Wort zu entlocken, aber Simon schüttelte nur wie verrückt den Kopf und zeigte auf seinen Mund. »Er weiß, wer die Hexe ist, aber seine Lippen sind versiegelt!«, sagte Roland West weise.

Delia und Karen brachen aus der Reihe aus und liefen zu Simon. »Sag uns, wer die Hexe ist, Simon!«, flüsterten sie. »Wir sagen's nicht weiter!« Aber je mehr sie ihn drängten, desto heftiger schüttelte Simon den Kopf.

»Ruhe!«, brüllte Mr Wentworth.

Sie kamen in die Klasse, wo schon Mr Crossley auf sie wartete, weil er die Aufsicht beim Tagebuchschreiben hatte.

»Betrachten Sie die Stunde als Freistunde«, sagte Mr Wentworth zu ihm. Hocherfreut verschwand Mr Crossley im Lehrerzimmer und hoffte Miss Hodge dort zu finden.

»Der arme Teddy«, flüsterte Estelle Nan zu. »Er hat keine Ahnung, dass Miss Hodge sich am nächsten Dienstag befindet. Aber ich glaube, sie lässt ihn auch dann noch abblitzen!«

Chrestomanci betrat die Klasse. Niemand konnte ihm ansehen, dass ihm die Zeit davonlief und dass er vielleicht ebenso besorgt war wie Mr Wentworth. Mit einem Räuspern bat er um Aufmerksamkeit. Es wurde sofort mäuschenstill. Mr Wentworth nahm das mit säuerlicher Miene zur Kenntnis.

»Es ist ein Jammer«, sagte Chrestomanci. »Wir haben eine Hexe oder einen Hexer unter uns. Und die Hexe oder der Hexer hat Simon Silverson verhext …«

Die Klasse wandte sich füßescharrend und tuschelnd nach Simon um, und der sah, wie Charles grimmig bemerkte, beinahe glücklich aus: Er war wieder im Mittelpunkt der Aufmerksamkeit, wo er seiner Meinung nach hingehörte.

»Höchst unglücklicherweise«, fuhr Chrestomanci fort, »hat jemand, wenn auch in bester Absicht, den Fehler begangen, den Spruch auf den Kopf zu stellen.« Nirupam sah schrecklich enttäuscht aus. »Man darf dieser Person keinen Vorwurf machen«, fuhr Chrestomanci fort. »Aber das Ergebnis ist wirklich fatal. Denn es ist ein sehr starker Zauberspruch. Und nun ist Folgendes passiert: Alles, was Simon jetzt sagt, geschieht nicht nur *nicht*, sondern *ist auch niemals geschehen*! Ich musste Simon daher dringend warnen überhaupt den Mund aufzumachen, bevor wir ihn nicht enthexen können.« Chrestomanci sah dabei Charles an.

Charles antwortete ihm mit dem bösesten Blick, den er zur Verfügung hatte. Wenn Chrestomanci glaubte ihn so herumzukriegen, hatte er sich geirrt. Er sollte sich gefälligst etwas anderes ausdenken!

Weder Charles noch sonst jemand bemerkte, dass Chrestomanci jetzt Nan ansah, denn drei Hände fuhren aufgeregt hoch und Delia, Karen und Theresa riefen durcheinander: »Herr Inquisitor! Wir haben Ihnen doch schon gesagt, wer die Hexe ist! Nan Pilgrim ist es!«

Estelle sprang auf, sie war rot vor Zorn. »Nan Pilgrim ist keine Hexe!«, schrie sie. »In ihrem ganzen Leben hat Nan noch niemandem was getan! Hört auf mit dem blöden Tratsch! Pfui, Karen, und mit dir war ich einmal befreundet!«

»Danke, Estelle«, sagte Chrestomanci. »Aber bevor wir auf den Namen der Hexe kommen, möchte ich, dass jeder von euch mir eine weitere Persönlichkeit aus der Geschichte nennt. Fang an, Theresa!«

Sie hatten ihm alle schon den Namen einer Persönlichkeit aus der Geschichte genannt. Alle waren sie überzeugt, der Inquisitor würde aus den Namen, die sie ihm nannten, herausbekommen, wer die Hexe in der Klasse war. Vielleicht war es jemand, der eine besonders grauslige Persönlichkeit aus der Geschichte nannte, Nero zum Beispiel oder Judas Ischariot.

»Denk nicht so lang nach!«, sagte Chrestomanci zu Theresa. Sie hatte eine plötzliche Eingebung, wen sie nennen sollte.

»Die heilige Therese«, sagte sie.

Chrestomanci schrieb das in sein goldenes Notizbuch und zeigte auf Delia.

»Der heilige Georg!«, sagte Delia.

»Seine Existenz ist sehr umstritten«, sagte Chrestomanci. »Jemanden anderen, bitte.«

Delia zermarterte sich das Hirn und brachte schließlich »Lady Godiva« hervor. Chrestomancis Finger wanderte von einem zum anderen und stürzte jeden in die gleichen Probleme. Da waren plötzlich nichts als Schurken und zwielichtige Persönlichkeiten in ihren Köpfen: Der Hunnenkönig Attila, Richard der Dritte, Lucrezia Borgia, Josef Stalin, und wenn ihnen eine positive Gestalt einfiel, dann war es sicher eine, die zum Tode verurteilt worden war, wie Anne Boleyn oder Galilei.

Die meisten wagten es nicht, so jemanden zu nennen. Nirupam, der ja wusste, dass Chrestomanci kein Inquisitor war, riskierte es, Charles den Ersten zu nennen. Nach der Nennung der meisten Namen wandte Chrestomanci sich fragend an Mr Wentworth, und der erklärte ihm kurz, wer der Genannte war. Die meisten in der 2Y konnten sich nicht vorstellen, was der Inquisitor damit bezweckte, es sei denn, um Mr Wentworths Geschichtskenntnisse abzufragen. Nan aber dachte: Er sammelt schon wieder Symptome. Irgendjemand in der Geschichte muss besonders wichtig sein für unsere Sache.

Chrestomancis Finger deutete auf Charles. So kriegst du mich nicht klein, dachte er und sagte: »Der Heilige Franziskus!« Chrestomancis Finger wanderte weiter zu Dan Smith.

Dan war überfordert: »Bitte, ich hab so schreckliche Bauchschmerzen, ich kann überhaupt nicht denken, Sir!«, sagte er.

Der Finger blieb unerbittlich auf ihn gerichtet.

»Oh«, sagte Dan. »Äh – Dick Turpin.«

Das rief einen unterdrückten Schreckensruf in der 2Y hervor, und ein leises Raunen der Enttäuschung, als Chrestomancis Finger ungerührt über den Mittelgang zu Estelle wanderte. Estelle hatte Chrestomancis Finger gar nicht bemerkt. Nan musste sie anstupsen und Estelle zuckte zusammen. »Ich komm dran – oh, Verzeihung! Guy Fawkes – oder hat den schon jemand genannt?«

»Augenblick!«, sagte Chrestomanci. »Kannst du mir etwas über Guy Fawkes erzählen?«

Estelle blickte ihn verwirrt an. Alle starrten sie an. Ein neugieriges Gewisper huschte durch die Klasse. Ob vielleicht Estelle die Hexe war? »Guy Fawkes?«, wiederholte sie, »nun, sie haben ihn auf dem Scheiterhaufen verbrannt, weil er das Parlament in die Luft gesprengt hatte!«

»Hat er es wirklich in die Luft gesprengt?«, fragte Chrestomanci.

Simon öffnete den Mund, um Estelle Recht zu geben, aber machte ihn eilig wieder zu.

Estelle nickte. Einige Kinder schrien durcheinander: »Ja, Sir! Das stimmt, Sir! Das hat er getan!«

Chrestomanci warf Mr Wentworth einen Blick zu. Dieser sagte: »Im Jahr 1605 schlich sich Guy Fawkes mit ein paar Fässchen Schießpulver in die Keller des Parlaments. Er wollte die Regierung und den König in die Luft sprengen. Aber anscheinend hat er einen Fehler gemacht. Das Pulver ist zu früh, schon in der Nacht, explodiert und hat zwar das Gebäude zerstört, aber es wurde niemand getötet. Guy Fawkes selber kam zwar unverletzt davon, aber sie haben ihn gleich erwischt.«

Chrestomancis dunkle Augen glänzten plötzlich geheimnisvoll, er sah Nan aufmunternd an und bemerkte: »Einen Fehler hat er gemacht? Soso. Das wundert mich nicht. Dieser Bursche, dieser Fawkes, hat nie was ordentlich zu Ende gebracht.« Und er zeigte auf Nan.

»Richard Löwenherz«, sagte Nan. Jetzt, dachte sie. Jetzt hat er es gefunden. Guy Fawkes ist schuld, dass in unserer Welt etwas schief gelaufen ist. Aber warum? Chrestomanci will, dass ich erzähle, was wirklich passiert ist! Aber das weiß ich doch nicht! Nan grübelte und grübelte, während Chrestomanci von den übrigen historische Namen sammelte, die er nun nicht mehr brauchte. Guy Fawkes, dachte sie. 5. November. Alles, was ihr sonst noch dazu einfiel, war, was ihre Mutter vor langer Zeit, bevor die Inquisitoren sie weggeschleppt hatten, ihr erzählt hatte. Der fünfte November ist der letzte Tag der Hexenwoche, hatte die Mutter gesagt. Die Hexenwoche begann mit Halloween, und heute war Halloween!

War das vielleicht ein Anfang, der weiterführte? Es musste wohl so sein. Plötzlich wusste sie, dass sie auf dem rechten Weg war und dass Chrestomanci auch entdeckt hatte, wie es weiterging, denn er stand plötzlich ganz zufrieden lächelnd neben Mr Wentworth. »Jetzt«, sagte er, »werden wir enthüllen, wer die Hexe oder der Hexer ist.«

Langsam holte er eine goldene Dose aus der Tasche seines taubengrauen Anzugs, ganz, ganz langsam.

Seine Augen schweiften über die Klasse und blieben an Charles haften. Gut, dachte Nan, er lässt mir Zeit zu überlegen, wie ich am besten anfange.

Und Charles dachte: Na schön, verrat mich, du miserabler Chrestomanci. Jetzt helf ich dir erst recht nicht.

Chrestomanci hielt die flache goldene Dose in die Höhe, so dass jeder sie sehen konnte, und sagte:

»Das ist der allermodernste Hexen-Detektor. Seht ihn euch bitte genau an!« Charles tat es. Er war fast sicher, dass dieser Hexen-Detektor eine gewöhnliche goldene Zigarettendose war. »Wenn ich diesen Apparat einschalte«, sagte Chrestomanci, »schwebt er ganz allein durch die Luft und wird zu jedem Einzelnen, außer zu Simon, hinfliegen. Wenn er eine Hexe oder einen Hexer vor sich hat, gibt er ein Signal. Und die Hexe oder der Hexer kommt dann bitte vor und stellt sich neben mir auf.«

Die Klasse starrte aufgeregt und gespannt auf die längliche Dose. Und die Dose bewegte sich plötzlich in Chrestomancis Hand. Chrestomanci ließ sie los. Sie blieb in der Luft stehen und wackelte ein bisschen.

Charles durchschaute den Trick sofort. Brian! Der unsichtbare Brian trug die Dose in der Klasse herum! Das war genug. Wenn Chrestomanci wirklich glaubte, er könnte Charles derartig übergehen und Brian den ganzen Spaß lassen, dann hatte sich der Zauberer aber gründlich getäuscht!

Die Dose öffnete sich ein klein wenig, wahrscheinlich warf Brian einen schnellen Blick hinein, um sich zu überzeugen, dass sie wirklich nur Zigaretten enthielt. Es waren tatsächlich Zigaretten drin, Charles sah sie kurz aufleuchten.

»Los!«, sagte Chrestomanci zu der Dose.

Die goldene Dose schnappte zu, und zwar so laut, dass alle von den Sitzen fuhren, und dann flog sie zur ersten Bankreihe. In Augenhöhe von Ronald West blieb sie stehen und stieß einen schrillen Piepslaut aus. Wieder fuhren alle hoch, auch Ronald, und die Dose machte einen Hopser.

»Her mit dir, Ronald!«, sagte Chrestomanci.

Ronald stolperte vorwärts und beteuerte Chrestomanci, nie und nimmer wäre er …

»Doch, natürlich«, sagte Chrestomanci. »Du bist ein Hexer, und das weißt du auch sehr genau!« Und dann sagte er zur Dose: »Mach weiter!«

Ein wenig unsicher begab sich die Dose zu Geoffrey Baines. Dort piepste sie wieder. Chrestomanci winkte, und Geoffrey kam, bleich, aber er kam ohne Widerspruch.

»Wie haben Sie das wissen können?«, fragte er Chrestomanci niedergeschlagen.

»Moderne Technologie«, sagte Chrestomanci.

Die goldene Zigarettendose flog jetzt ohne weitere Aufforderung wieder los, piepste, wackelte und piepste nochmals. Einer nach dem andern wanderte trübselig nach vorn. Ein mieser Trick, dachte Charles. Seine Nerven waren kurz vorm Zerreißen. Die Dose war bei Lance Osgood angelangt. Alle warteten auf den Piepser. Aber der Piepser kam nicht. Die Dose blieb bei

Lance, der starrte sie an, bis seine Augen ganz starr waren, aber es kam kein Piepser.

»Weiter«, sagte Chrestomanci. »Er ist kein Hexer.«

Die Dose wanderte zu Dan Smith. Und dort tat sie den längsten, lautesten und schrillsten Piepser von allen. Dan wich zurück. »Ich hab doch meine Spuren verwischt«, murmelte er.

»Heraus mit dir!«, sagte Chrestomanci. »Danach zu urteilen, was für einen Lärm die Dose macht, hast du deine Hexenkraft ziemlich oft verwendet.«

Dan erhob sich unendlich langsam. »Mir ist ganz schlecht!«

»Geschieht dir recht«, sagte Chrestomanci. »Sag, was du mit deiner Begabung angestellt hast!«

»Ich hab doch nur ein paar Laufschuhe versteckt«, murrte Dan. Er wich Charles' Blicken aus und latschte nach vorn zu den andern Hexen und Hexern. Charles begann zu begreifen, dass Chrestomanci nicht nur so tat, als wären die da vorn alle Hexen. Vorn an der Tafel gab es inzwischen ein regelrechtes Gedränge.

Die goldene Dose flog nun auf Nirupam zu, der sie bereits erwartete. Und bei ihm piepste sie noch viel lauter, als sie bei Dan gepiepst hatte. Noch während sie piepste, stürzte Nirupam zu den anderen nach vorn, nur um nicht gefragt zu werden, was er denn mit seinen Hexenkräften angefangen hätte.

Und dann erschien die Dose vor Charles. Ihr Gepiepse zerriss ihnen fast die Ohren.

»Jaja, ich komm ja schon«, murrte er. Auch er schleppte sich nach vorn. Er wusste nun, dass er die stärksten magischen Kräfte von allen besaß, und er wollte sie behalten. Er hatte mindestens tausend Einfälle, wozu er sie verwenden konnte. Er wollte nicht mit einer anderen Welt verschmelzen, nicht einmal dann, wenn sie dort keine Hexen verbrannten. Und verbrannt werden ... Charles schaute auf seine Brandblase. Er hatte inzwischen direkt Spaß daran, Angst zu haben. So war das Leben viel aufregender und interessanter.

Die goldene Dose folgte Charles den Zwischengang hinunter und blieb vor Delia stehen.

Atemlose Stille. Delia versuchte gar nicht, ein geziertes, spöttisches Lächeln zu verbergen. Doch die Dose schwebte gleich weiter zu Theresa und gab dort einen leisen, aber deutlichen Piepser von sich.

»Ich?«, fragte Theresa empört.

»Nur eine ganz schwache Hexe, eine dritten Grades«, erklärte Chrestomanci ihr gelassen.

Theresa gefiel das überhaupt nicht. Wenn schon eine Hexe, dachte sie, dann wenigstens eine erstklassige! Aber so? Eine Schande war das. Es ärgerte sie besonders, dass die Dose, vor Karen angekommen, überhaupt nicht piepste. Aber Heather, Deborah und alle ihre anderen Freundinnen mussten sich einen Piepser gefallen lassen.

Und die Dose piepste auch vor Estelle. Estelle strahlte.

»Ich bin eine Hexe! Ich bin eine Hexe!« Und strahlend hopste und tänzelte sie nach vorn zu den anderen.

»Also, manche Leute!«, sagte Theresa, aber es

klang nicht sehr überzeugend. Estelle beachtete sie gar nicht.

Sie musste lachen, als die Dose vor Nans Nase ihr Piepssignal ausstieß und Nan gedankenvoll neben sie trat. »Mir scheint, die meisten Leute in dieser Welt sind Hexen!«, flüsterte Estelle Nan zu. Die nickte.

Sie war ganz sicher, dass das zutraf. Es passte zu allem, was Chrestomanci herausgefunden hatte, sie wusste nur nicht, wie sie es später erklären sollte.

Chrestomanci winkte der Dose, sie kam durch den Zwischengang geflogen und schmiegte sich in seine Hand. Er steckte sie wieder in die Tasche und betrachtete die kleine Herde von Hexen und Hexern. Charles übersah er. Er schien ihn aufgegeben zu haben. Aber Nan blickte er freundlich an, und dann nickte er zu Mr Wentworth hinüber.

»Nun, Mr Wentworth«, sagte er, »sieht doch viel versprechend aus, wie? Da ist allerhand an Zauberkraft vorhanden, man muss sie nur erschließen. Gehen wir's an! Nan, bist du bereit? Erklärst du jetzt bitte allen …«

Nan war überhaupt noch nicht bereit. Sie wollte es schon sagen, aber da flog die Klassentür auf. Mr Wentworth wurde zur Seite gestoßen, und Miss Cadwallader erschien, steif und aufrecht und zorngeladen.

»Was macht die Klasse denn da vorn?«, fragte sie. »Marsch auf die Plätze! Aber rasch!«

Mr Wentworth wurde kreidebleich und zitterte. Alle schauten unsicher auf Chrestomanci, der aber sah ganz verloren drein. Sie schlichen auf ihre Plätze. Und da kamen auch schon drei Männer herein und stellten sich hinter Miss Cadwallader auf.

Miss Cadwallader maß Chrestomanci mit zornigen Blicken. »Herr Zau Bara, Sie sind ein Betrüger! Dies hier ist der wirkliche Inquisitor. Inquisitor Littleton.« Sie ging und schloss die Tür. Und nun sahen sie ihn alle, den Inquisitor.

Er war ein kleines Männchen im blauen Nadelstreifenanzug. Ihm zu beiden Seiten standen zwei riesige Burschen in schwarzen Uniformen, das waren Beamte der Inquisition. Jeder trug eine Pistole im Halfter und jedem hing ein Gummiknüppel am Gurt. »Keine Bewegung oder ich lasse schießen!«, bellte der Inquisitor Littleton Chrestomanci an. Seine Stimme war heiser. Seine kleinen, farblosen Augen in dem feisten, mit roten Adern durchzogenen Gesicht funkelten Chrestomanci drohend an. Sein blauer Anzug war ihm ein wenig zu groß, als wäre Inquisitor Littleton geschrumpft, nachdem er ihn gekauft hatte.

»Oh, grüß Sie Gott, Herr Inquisitor!«, sagte Chrestomanci höflich. »Eigentlich hab ich Sie erwartet.« Er blickte über die Schulter zurück nach Simon und sagte: »Red kein Wort, nick nur mit dem Kopf, wenn ich Recht habe! Hast du nicht gesagt, noch vor dem Abendessen würde ein Inquisitor da sein?«

Simon nickte niedergeschmettert.

Die Augen des Inquisitors verengten sich. »So war es also Hexerei, dass mein Auto eine Panne hatte«, sagte er. »Ich hab's mir doch gedacht!« Er nahm ein schwarzes Kästchen, das an einem Riemen über seiner

Schulter hing, hielt es Chrestomanci vor die Nase und drückte auf einen Knopf. Sie konnten alle sehen, wie die Zeiger oben heftig ausschlugen. »Natürlich. Ein Hexer«, sagte der Inquisitor. »Und jetzt zu Ihnen, Mr Wentworth!«

Einer der Uniformierten streckte eine Hand aus und zog Mr Wentworth so leicht vor den Inquisitor, als wäre dieser eine ausgestopfte Strohpuppe. Miss Cadwallader machte eine Bewegung, als wollte sie gegen eine so unhöfliche Behandlung eines Lehrers protestieren, aber sie wagte es offensichtlich doch nicht. Inquisitor Littleton hielt Mr Wentworth das schwarze Kästchen vor die Nase. Aber bevor er auf den Knopf drücken konnte, wurde es ihm aus der Hand geschlagen. Und dann sauste das Ding in Richtung Chrestomanci.

»Das hättest du nicht tun sollen, Brian«, sagte Chrestomanci.

Die zwei Uniformierten zogen die Pistolen.

Inquisitor Littleton trat einen Schritt zurück und zeigte auf Chrestomanci. Sein Gesicht war purpurrot und zeigte eine Mischung von Empörung, Schrecken und Begeisterung. »Seht ihn euch an!«, schrie er. »Er hat einen bösen Geist, der ihm zu Diensten ist! Oh, ich hätte es wissen müssen!«

Chrestomanci blickte ihn überrascht an. »Mein lieber Mann«, sagte er, »das ist wirklich eine völlig dummdreiste Unterstellung. Nur ein Stümper unter den Zauberern würde sich dazu erniedrigen, mit bösen Geistern zusammenzuarbeiten!«

»Ich bin kein böser Geist!«, schrie Brian mit schriller Stimme. »Ich bin Brian Wentworth!«

Delia kreischte auf. Der zweite große Mann schien kurz vor einem Nervenzusammenbruch. Mit schreckenstarrem Gesicht packte er seine Pistole mit beiden Händen und zielte nach der schwarzen Schachtel.

»Schmeiß das Ding weit weg von dir!«, rief Chrestomanci.

Brian gehorchte, und das Kästchen flog gegen das Fenster.

In all der Verwirrung feuerte einer der beiden Pistolenhelden auf das Kästchen. Es folgte ein ungeheurer Krach, und das Ding flog in einem Regen aus Metallplatten und -plättchen und Drahtresten auseinander und durchschlug dabei eine Fensterscheibe.

»Trottel!«, sagte der Inquisitor zu dem Mann. »Das war das neueste Hexen-Detektor-Modell!« Er starrte Chrestomanci böse an. »So, es reicht! Verhaftet ihn!«

Der Schütze steckte die Pistole ein und ging auf Chrestomanci zu. Da meldete Nirupam sich heftig. »Bitte! Ich muss etwas Wichtiges sagen. Ich glaube, Miss Cadwallader ist auch eine Hexe!«

Alle Blicke wandten sich Miss Cadwallader zu.

»Wie kannst du es wagen, Kind!«, sagte sie, aber sie war so bleich geworden wie Mr Wentworth.

Plötzlich wusste Nan, dass der Augenblick gekommen war, da sie eingreifen musste. Sie hatte keine Ahnung, was sie tun oder sagen sollte, aber sie sprang so heftig auf, dass sie beinahe ihren Tisch umgeworfen hätte. Alle starrten sie an. Sie war entsetzlich verlegen.

Einen endlos langen Augenblick lang stand sie einfach da, ohne den Funken einer Ahnung. Aber sie wusste, sie durfte sich nicht wieder setzen. Sie begann einfach zu reden.

»Einen Moment, bitte!«, sagte sie. »Bevor jetzt irgendwer irgendwas tut, muss ich erklären, wie das mit Guy Fawkes wirklich war. Er ist schuld, dass beinah jeder hier eine Hexe oder ein Hexer ist. Das Wichtigste an ihm, an Guy Fawkes meine ich, ist: Er war einer, der nie etwas richtig zu Ende gebracht hat. Er hat es gut gemeint, aber er war ein Taugenichts.«

»Bringt dieses Mädchen zum Schweigen!«, sagte Inquisitor Littleton. Nan sah ein wenig nervös zu ihm hinüber. Keiner rührte sich. Der Inquisitor und seine beiden Beamten schienen wie an der Stelle festgefroren. Sie warf einen Blick zu Chrestomanci. Der guckte Löcher in die Luft und schien nicht zuzuhören. Aber Nan war plötzlich sicher, dass er damit beschäftigt war, mit Zauberkraft alles auf seinen Platz zu bannen – um ihr Zeit zu geben, das zu sagen, was sie zu sagen hatte. Gleich wurde sie mutiger.

Die ganze Zeit, während sie sich umgeblickt hatte, hatte sie weitergeredet, von der Verschwörung, von dem Plan, das Parlament zu sprengen, und davon, was für einen Fehler die Verschwörer gemacht hatten, ausgerechnet Guy Fawkes für eine so kitzlige Aufgabe auszusuchen. Und dann redete sie über die verschiedenen Welten.

»Es gibt eine Unmenge von Welten«, sagte sie, »und auf jeder rennen solche Leute wie Guy Fawkes herum. Manche Leute sind einfach so. Es gibt Millionen anderer Welten, das sagte ich ja schon. Die großen Unterschiede passieren in den großen historischen Ereignissen, wenn Schlachten gewonnen oder verloren werden. Entweder gewonnen oder verloren – beides geht nicht in einer Welt, deshalb spaltet sich eine neue Welt ab und entwickelt sich von da an anders weiter. Aber es gibt jede Menge kleinerer Sachen, die sich auch so oder so entwickeln können, und da entsteht *keine* neue Welt. Ihr habt vielleicht alle schon solche Träume gehabt, die in der normalen Welt spielten, nur dass eben doch vieles anders war und dass ihr scheinbar in die Zukunft sehen konntet. Nun, das kommt vor, weil diese anderen Welten sich von unserer Welt wie Regenbogen ausbreiten und alles irgendwie ineinander übergeht …«

Nan fand ihre eigenen Beschreibungen richtig gut. Sie war jetzt in Schwung und hätte stundenlang weiterreden können.

Aber das war sinnlos, solange sie die 2Y nicht dazu brachte, etwas zu *tun*. Die starrten sie aber alle nur an.

»Unsere Welt sollte eigentlich nur ein Regenbogenstreifen in einer anderen, richtigen Welt sein«, sagte sie. »Aber es ist anders gekommen, und ich werde euch jetzt erzählen, wie das passiert ist, damit wir es ändern können. Guy Fawkes war also ein Taugenichts. Und das Schlimme daran war, dass er das auch wusste. Und deshalb ist er nervös geworden. Denn er wollte wenigstens diese Aufgabe gut ausführen und das Parlament ordentlich in die Luft sprengen. Und da ging er in Gedanken alles durch, was schief gehen könnte: Das Schießpulver könnte nass geworden sein, oder Zugluft könnte seine Kerze ausblasen, oder die Lunte würde nicht Feuer fangen. Er bedachte alles irgend Mögliche, was passieren konnte, all die Dinge, die die nicht ganz anderen Welten verursachen. Und um Mitternacht wurde er so nervös, dass er hinging und ausprobierte, ob die Lunte auch wirklich Feuer fing. Er dachte nicht daran, dass es der 5. November war. Dieser 5. November, an dem er das Parlament in die Luft sprengen wollte, war der letzte Tag der Hexenwoche. In der Hexenwoche ist aber bekanntlich so viel Zauber in der und rund um die Welt, dass die absonderlichsten und wunderbarsten Dinge geschehen können.«

»Stopft ihr doch endlich den Mund!«, sagte Inquisitor Littleton.

Und das gab Charles den entscheidenden Stups. Charles hatte schon die ganze Zeit vor sich hingrübelnd dagesessen. Er verstand nicht mehr, was er eigentlich fühlte und was er eigentlich sollte. Er hatte ein Gefühl, als hätte jemand sein Inneres in zwei Hälften gerissen. Die eine Hälfte bestand aus purem Entsetzen. Die andere Hälfte war wütend. Sie platzte fast vor Zorn über Chrestomanci und Miss Cadwallader und die ganze Klasse und Inquisitor Littleton. Jetzt aber, in eben dem Augenblick, als Inquisitor Littleton mit seiner lauten, grantigen Stimme Nan schweigen hieß, erkannte Charles, was für einer das eigentlich war: ein Männchen mit einem dumm glotzenden Gesicht, in einem Nadelstreifenanzug, der ihm nicht einmal richtig passte, ein Kerl, dem es Spaß machte, Hexen zu verfolgen.

Charles sah plötzlich den Hexer vor sich, den er als Kind auf dem Scheiterhaufen gesehen hatte. Wie erstaunt der gewesen war, dass so etwas Unmögliches, Unmenschliches, Dummes wirklich geschehen kann. Dass ein unscheinbarer, stupid glotzender kleiner Inquisitor solche Macht in Händen hat! Auf einer Welt, die doch allen Menschen gehört! – Nein, das darf nicht sein, dachte Charles.

»Hey«, sagte Nan. »Kapiert ihr denn nicht? Als Guy Fawkes die Lunte anbrannte, entstanden neue mögliche Welten. In unserer richtigen Welt, der Welt, zu der wir gehören sollten, wäre die Lunte sofort wieder ausgegangen, und die Parlamentsgebäude wären sicher unbeschadet stehen geblieben. Aber als die Lunte schon brannte, hätte der Nachtwächter es riechen können, oder Guy Fawkes hätte die Zündschnur mit Wasser wieder löschen können, oder es hätte genau das passieren können, was uns zu dem gemacht hat, was wir sind. Guy Fawkes hätte die brennende Lunte austreten können, aber ein kleiner Funken brannte weiter, und der fraß sich bis zu den Schießpulver-Fässern durch …«

»Bringt dieses Hexenmädchen endlich zum Schweigen!«, hörte Charles Inquisitor Littleton brüllen.

Plötzlich bestand Charles nicht mehr aus zwei Hälften. Sein Blick wanderte von dem Inquisitor zu Chrestomanci. Der Zauberer war ganz blass und schien ein wenig zusammengesunken zu sein, seine Stirn glänzte von Schweiß. Und da verstand Charles plötzlich:

Chrestomanci hielt mit ungeheurer Anstrengung den ganzen Lauf der Welt still, um Nan die Zeit zu geben, ihre Mitschüler zu überreden, mit vereinten Zauberkräften die in Unordnung geratene Welt wieder zurechtzuhexen. Aber die Klasse saß da wie blöd. Das kam daher, dass jetzt Inquisitor Littleton wieder dreinredete. Es schien, als hätte Chrestomanci seinen Bann über Littleton lockern müssen, weil er all seine Kraft brauchte, die Welt festzuhalten.

»Sei doch endlich still, Mädchen!«, schrie der Inquisitor.

»BUMMMM!«, sagte Nan. »Und das Parlament ist in die Luft geflogen. Aber es wurden keine Menschen dabei verletzt. Nicht einmal Guy Fawkes. Ihr müsst aber bedenken, dass das alles in der Hexenwoche geschehen ist. Und deswegen hat die Explosion, die an einem gewöhnlichen Tag gar nicht so viel angerichtet hätte, eine so schreckliche Wirkung gehabt. Dabei wurde dieser Streifen des Regenbogens, auf dem wir jetzt sind, und die ganze Zauberkraft der Umgebung wie ein langer bunter Splitter von der übrigen Welt abgesprengt. Aber er wurde nicht ganz abgesprengt, er blieb an beiden Enden mit dem übrigen Regenbogen verbunden. Und so ist das immer noch. Wir könnten den Splitter wieder einfügen, wenn wir es hinkriegen, die Explosion ungeschehen zu machen. Dann ist Zaubern und Hexen nicht mehr verboten, und man wird keine Menschen mehr verbrennen, nur weil sie anders sind als andere. Und weil heute Halloween ist und deswegen der Zauber in der Luft besonders dicht ist, könnten wir vielleicht heute was tun. Wir müssen uns nur anstrengen!«

Charles sah Chrestomanci schwanken. Der Zauberer sah völlig erschöpft aus. Er hatte kein bisschen Kraft mehr, den Kindern zu helfen, wenn sie daran gingen, die Welt in Ordnung zu bringen. Charles sprang auf. Er hatte plötzlich den Wunsch, alles wieder gutzumachen. Entschuldigen Sie, wollte er sagen, ich mache ja mit! Und es war ihm plötzlich klar, dass jemand, der ein so machtvoller Zauberer war wie Chrestomanci, ganz leicht hätte verschwinden können in dem Augenblick, da Inquisitor Littleton auftauchte. Er hätte die Kinder im Stich lassen können. Aber er war geblieben, und da stand er und hielt die Welt fest und wartete, bis sie selber was taten. Und das muss jetzt sein, dachte Charles. Dank Nan wusste er außerdem, was er tun konnte.

»Setz dich, Junge!«, schnarrte Inquisitor Littleton.

Charles hörte gar nicht hin. Er stürzte auf Simon Silverson los und fasste ihn vorn an der Jacke.

Simon starrte Charles an. Er schüttelte den Kopf und zeigte auf seinen Mund.

»Los, los! Rede! Sag's schon!«, rief Charles und beutelte Simon. Aber Simon öffnete den Mund nicht. Er hatte Angst vor jedem Wort, das ihm entschlüpfen könnte. Es war alles wie in einem bösen Traum. »Sag doch, was Guy Fawkes getan hat!«, schrie Charles ihn an. Dann gab er es auf, Simon zu beuteln, und überschüttete ihn mit allen zauberischen Kräften, die er in sich aufsteigen fühlte. »Sag's doch! Sag's doch!« Aber Simon schüttelte nur den Kopf.

Nirupam begriff als Erster, was Charles vorhatte. »Sag es, Simon!«, rief er. Und plötzlich verstanden auch alle anderen aus der Klasse, worum es in diesem Augenblick ging. Alle sprangen von ihren Sitzen auf und schrien Simon zu: »SAG ES, SIMON!« Auch Mr Wentworth schrie, und Brians Stimme schrie mit, von allen Seiten stürmte Zauberkaft auf Simon ein, und sogar Karen und Delia schrien. Nan fiel mit jubelnder Stimme ein, in ihr kribbelte und schäumte es vor Stolz und Glück. Sie war es, die diesen Zauber freigesetzt hatte! Und sie hatte doch bloß erzählt, einfach erzählt! Also wenn das nicht zumindest so gut war wie Hexen zu können …

Simon öffnete den Mund. »Aufhören! Bitte hört auf!« Er war entsetzt, dass er zu sprechen begonnen hatte, denn jedes seiner Worte konnte ja etwas Fürchterliches auslösen. Aber die vereinigte Zauberkraft, die auf ihn einstürmte, war zu stark. Er musste weitersprechen: »Er – er – Guy Fawkes hat das Parlament in die Luft gesprengt.«

Die Luft begann zu zittern und zu wogen. Unsichtbare Wellen überspülten und durchdrangen Bänke, Fenster, Wände und Menschen. Alles und jeder wurde von seinem Platz gerissen und weggespült, fühlte sich von den Wellen dahin getragen und dorthin und gegen etwas Unsichtbares geschleudert, bis jeder Einzelne sich völlig zerschlagen und doch wieder freundlich aufgelöst fühlte im Ganzen.

Sechzehntes Kapitel

Mr Crossley erwachte mit einem Ruck und hob den Kopf vom Pult. Hatte er geschlafen? Ihn fröstelte. Er hatte das Gefühl, als sei eben etwas Außergewöhnliches geschehen. Vor ihm lag ein Stoß Hefte, die er korrigieren sollte. Er blickte hoch und betrachtete seine Klasse.

Der Hausmeister war da. Wie hieß der nur? Er hatte eine knarrende Stimme und war ziemlich einfältig. Littleton, natürlich, Littleton hieß er. Littleton schien damit beschäftigt, Glas aufzukehren. Glasscherben einer zerbrochenen Fensterscheibe. Das überraschte Mr Crossley, denn er konnte sich nicht erinnern, dass eine Scheibe zerbrochen war. Aber als er zu den Fenstern hinübersah, bemerkte er, dass eines neu eingeglast schien, es war noch verschmiert von Glaserkitt und zeigte eine Menge Fingerabdrücke.

»Alles wieder in Ordnung«, schnarrte Mr Littleton geschäftsmäßig.

»Vielen Dank, Littleton«, sagte Mr Crossley kühl. Wenn man Littleton reden ließ, war er nicht mehr zu bremsen. Mr Crossley sah, wie der Hausmeister sein Werkzeug einsammelte und durch die Tür verschwand. Gott sei Dank.

»Danke, Charles«, sagte jemand.

Mr Crossley schaute auf und entdeckte einen völlig fremden Menschen in der Klasse. Er war groß und sah sehr müde aus, und seinem Feiertagsanzug nach zu schließen war er wohl auf dem Weg zu einer Hochzeit. Der Mensch konnte nur ein Schulinspektor sein, und Mr Crossley stand höflich auf, um ihn zu begrüßen.

»Behalten Sie doch bitte Platz!«, sagte Chrestomanci. »Ich bin schon im Gehen.« Und er ging zur Tür. Bevor er aber hinausging, sah er die Klasse an und sagte: »Wenn irgendwer von euch mich wieder einmal braucht, dann hinterlasst eine Botschaft am Alten Pförtnerhaus.«

Die Tür schloss sich hinter ihm. Mr Crossley setzte sich wieder zum Korrigieren nieder. Und riss die Augen auf: Auf dem obersten Heft lag ein Zettel. Der hatte vorhin noch nicht hier gelegen. In Großbuchstaben stand dort mit einem gewöhnlichen blauen Kugelschreiber etwas geschrieben, was Mr Crossley das unheimliche Gefühl vermittelte, er hätte all das schon einmal erlebt. Aber wann und wie? Er musste vor sich hingedöst und einen Traum gehabt haben. Ja, so war es wohl. Er hatte geträumt, er unterrichte in einem schrecklichen Internat, der Larwood-Schule. Dankbar blickte er jetzt über die eifrig geneigten Köpfe der 2Y hin. Und diese Klasse befand sich in der Portway-Eichen-Schule. Einer ganz normalen Schule. Gott sei Dank! Mr Crossley hasste den Gedanken, in einem Internat zu unterrichten. Da hatte man keinen Augenblick wirklich Freizeit.

Wer konnte den Zettel bloß geschrieben haben? Und als seine Augen wieder über die Klasse schweiften, durchfuhr ihn plötzlich ein Schreck. Es fehlten eine Menge Gesichter, die er aus seinem Traum kannte, eine Gruppe von Mädchen, Gänschen waren es, Theressa Mullett, Delia Martin, Heather Wie-hieß-sie-bloß und eine Karen und eine Else. Die fehlten hier alle. Auch Daniel Smith fehlte.

Richtig! Der war im Krankenhaus, erinnerte sich Mr Crossley. Vor zwei Tagen hatte dieser dumme Junge eine Hand voll Tapezierernägel verspeist. Einer Wette wegen. Niemand hatte es anfangs geglaubt. Blöd kann so ein Junge manchmal sein! Und noch etwas hatte Mr Crossley geträumt: dass Miss Cadwallader an Mr Wentworths Stelle Direktor war! Verrückt. Miss Cadwallader war doch Direktorin der Mädchenschule, an der auch Eileen Hodge angestellt war. Wahrscheinlich waren ihm deshalb ihre Schülerinnen, Theresa Mullett und ihre Freundinnen, in seinen Traum gerutscht. Vor kurzem hatte er Eileen Hodge mit einer Gruppe von Schülerinnen auf der Straße getroffen. Er erinnerte sich gut an die Gesichter der Mädchen, die ihn neugierig angeblickt hatten.

Aber jetzt fiel Mr Crossley etwas anderes ein, das ihn seinen Traum und den seltsamen Zettel vergessen ließ: Eileen Hodge hatte endlich zugestimmt, mit ihm auszugehen! Er sollte sie am Dienstag anrufen, denn sie ging mit Jahresschluss von der Schule. Ein Rendezvous – nun das war immerhin schon etwas!

Aber trotz der Freude über die beginnende Freundschaft mit Eileen nagten der Traum und der Zettel ein wenig an Mr Crossley. Andererseits – warum sollte er sich den Kopf zerbrechen, wer den Zettel geschrieben hatte? Er sah Brian Wentworth an, der neben Simon Silverson saß. Die beiden waren dick befreundet. Sie kicherten gerade miteinander. Vielleicht stammte der Zettel von Brian, der machte öfter solche Späße. Aber genauso gut konnte der Zettel von einem dieser zwei Spintisierer stammen, Charles Morgan oder Nirupam Singh. Mr Crossley blickte zu ihnen hinüber.

Charles blickte friedlich zurück, über den Rand seiner Brille hinweg. Auf seinem Tisch lag ein Bogen Papier, auf dem noch nicht mehr stand als der Titel: Halloweengedicht. Wie viel wusste Mr Crossley?, überlegte Charles. Auch Nirupam hatte noch nicht mehr geschrieben. Auf dem Boden zwischen ihnen lag ein Paar spikebewehrter Laufschuhe, auf denen der Name ihres Eigentümers stand: Daniel Smith. Das war doch wirklich merkwürdig. Sie wussten doch beide genau, dass Dan gar keine Laufschuhe besaß. Smith war zwar ein häufiger Name, aber – Charles und Nirupam kämpften mit seltsamen, zweigleisigen Erinnerungen.

Was Charles besonders ungewohnt vorkam, war die tiefe Erleichterung, der Friede, den er verspürte. Das verwirrte ihn ein wenig. Außerdem war er hungrig. Ein Zipfel vager Erinnerung sagte ihm, Brian Wentworth sei schuld daran, weil der unsichtbar die Hälfte seines Mittagessens aufgegessen hatte. Das zweite Gleis seiner Erinnerung behauptete, Charles hätte einen Großteil der Mittagspause im Schachklub verbracht. Das mit dem Schachklub war auch so eine Sache. Bis zu diesem Augenblick war Charles überzeugt gewesen, er wollte ein großer Schachmeister werden. Aber jene seltsame zweigleisige Erinnerung ließ seine Meinung ändern.

Irgendjemand, an dessen Namen sich Charles nur undeutlich erinnern konnte, hatte ihm erklärt, er, Charles, hätte eine große Begabung für etwas, aber damit hatte er nicht Schach gemeint. Dessen war Charles sich plötzlich ganz sicher. Vielleicht würde er Erfinder werden. Wie dem auch sei, die Schachklub-Erinnerung, welche die wichtigere schien, erinnerte ihn daran, nach der Schule so schnell wie möglich nach Hause zu laufen, um noch die letzten Cornflakes zu erwischen, bevor seine Schwester Bernhardine sie ihm wegschnappte.

»Warum hast du überhaupt mit Dan gewettet, ob er die Nägel schluckt oder nicht?«, flüsterte Charles Nirupam zu.

»Ich hab doch nicht geglaubt, dass er es wirklich tut!«, antwortete Nirupam mürrisch. Er hatte schon genug Ärger mit Mr Wentworth deswegen gehabt.

Mr Crossley saß da und grübelte weiter über die Notiz auf dem Zettel. Vielleicht hatte Nan Pilgrim sich die Sache ausgedacht. Das Mädchen hatte so viel Fantasie. Nan war mit Estelle Green befreundet. Die beiden hingen wie Pech und Schwefel zusammen.

Nan schaute kurz auf, beugte sich dann wieder über ihr Heft und schrieb weiter: »Und da stampfte Guy Fawkes fest mit dem Fuß auf und zertrat die brennende Lunte. Aber ein ganz winziger glosender Funke rettete sich und kroch und fraß sich den Weg bis hin zu den Pulverfässchen. BUMMMMM!«

»Estelle! Wie findest du das?«

Estelle beugte sich zu Nan hinüber, sie las und kicherte. »Weißt du, was ich glaube?«, flüsterte sie. »Wenn du erwachsen bist, und eine berühmte Schriftstellerin, dann wirst du glauben, dass du alle deine Geschichten nur erfindest, aber in Wirklichkeit sind sie alle irgendwie wahr!« Sie seufzte. »Mein Gedicht handelt von einem großen Zauberer!«

Mr Crossley musste plötzlich denken: Warum rege ich mich bloß über diesen Zettel so auf? Es war ja nur ein Spaß. Er räusperte sich. Die Kinder hoben die Köpfe und sahen ihn an. »Ich glaube«, sagte Mr Crossley, »jemand hat uns da eine wichtige Halloween-Nachricht geschickt.« Und er las laut vor: »JEMAND IN DIESER KLASSE IST EIN(E) HEXE(R).«

Die Klasse fand das wundervoll und alle Hände fuhren auf einmal hoch.

»Ich, Mr Crossley!«

»Mr Crossley, ich bin die Hexe!«

»Darf ich die Hexe sein, Mr Crossley?«

»Nein, ich, bitte, ich, ich, ich!«